2

1. Kapitel

Ich war Tot.....
Nun ja, werden sie sagen, das passiert jeden von uns irgendwann...
Aber gleich 12 mal?
Diesmal hatte meine „Mutter" ganze Arbeit geleistet. Nicht nur dass
sie mich vergiftet hatte (was immer in meinen Drink gewesen war, es
schmeckte lecker und macht Lust auf mehr), nein als ich nicht pflichtbe-
wusst umkippte, nahm sie das Tranchiermesser vom Esstisch und stach,
ich sah müde auf mein blutiges Shirt, 15 mal auf mich ein. Dann zerrte
sie mich durch den Flur des Hotels hin zu der Abstellkammer und öffnete das Fenster. Sie warf mich aus dem 12 Stock, direkt in die dreckige
Gasse. Nun, da lag ich jetzt, hier zwischen verbeulten Mülltonnen und
geplatzten Säcken. Essensreste hatten sich über mich verteilt. Wie ekelig!
Mein Muttermal kribbelte heftig, doch ich ignorierte es...
 Eine dunkle Wolke verzog sich und die Sonne ließ einige Strahlen
in den Dreck um mich herum fließen. Es war schön. In der Sonne zu
liegen und auf den Tot zu warten.. Ich lag hier also so herum und wartete..mein Muttermal kribbelte heftig doch..nichts geschah.. wieder mal
nicht...Ich hatte also Zeit um über mich und mein Leben nachzudenken.. nicht das es viel zu denken gab..
Ich wurde in der Hochzeitsnacht meiner Eltern gezeugt. Das war wohl
das einzige Mal, das mein geliebter Vater Sex mit seiner 2.Frau gehabt
hatte. Er war ein vermögender Mann gewesen. Er war damals Witwer
und trauerte. Meine Mutter hatte diesen Umstand ausgenutzt und sich
Vater gefügig gemacht. Vater hatte den Boden geküsst, auf den Mutter
wandelte.

Meine „Mutter" wollte mich nicht. Das war schon in ihrer Schwangerschaft erkennbar. Sie war so dermaßen wütend gewesen, als sie feststellte
schwanger zu sein, dass sie sich eine Treppe herunter stürzte. Sie brach

sich einen Arm und mehrere Rippen, doch sie blieb schwanger. Sie versuchte es noch einige Male. Doch trotz aller ihrer Versuche, wurde ich am 24.12 Geboren. Ja, sehr richtig. Ich versaute meiner Mutter das Weihnachtsfest. Sie revanchierte sich, indem sie direkt nach der Geburt aus dem Krankenhaus verschwand und mich zurückließ.

Sie ging tanzen und vergaß, das sie soeben die Erbin eines riesigen Vermögens zur Welt gebracht hatte.

Ein Arzt brachte mich nach Hause, wo ich wie ein Paket von DPD gegen Unterschrift abgegeben wurde. Mein Vater hatte mich geliebt, doch leider war er sehr viel auf Reisen..

Doch wenn er mal Zuhause war, war es toll.

Es folgten turbulente Jahre. Mal „stürzte" ich in den Pool, trieb eine halbe Stunde kopfüber im Wasser, bis mich ein Angestellter fand, dann wurde ich von einen Auto überfahren. Oder, mein Lieblingstod, Mutter nahm mich mit zu einen Ausflug. Ich war damals, glaube ich, 6 Jahre. Ich war leicht verwundert, dass Mutter mit mir einen Ausflug machen wollte, aber ich freute mich. Welches 6 Jähriges Kind würde sich nicht freuen, wenn seine Mutter ihr Zuckerwatte und Karussellfahrten versprach. Doch dann landete ich, wie auch immer, im Tierkäfig. 2 überaus hungrige, gereizte Tier sahen mich an und überlegten, welche Hälfte von mir sie wohl zuerst fressen würden.

Mutter war einfach weitergegangen, doch eine andere Besucherin schrie auf und reizte die Tier weiter. „Liebe Katzen" hatte ich gesagt. Ich war zu den gereizten Tieren gegangen und hatte ihnen meine Hand auf die Nasen gelegt. Es hatte gekitzelt, als ihr Atem durch meine Finger gestrichen war. Atemlose Stille herrschte, als beide Tier sich mir zu Füßen legten. Das war ja noch kein Grund zu sterben, werden sie sagen, das ging ja noch glimpflich ab,Okay. Aber sie kennen meine Mutter nicht. Sie kam zurück, in der Gewissheit, ich wäre gefressen worden. Als sie jedoch mich im Käfig stehen sah, die Tiger friedlich neben mir, hob sie ihren Regenschirm und stach hysterisch auf die Tiere ein. Einer der Tiger zerriss mir die Halspulsader. Jeder andere Mensch wäre nun tot... ich erwachte am übernächsten Tag munter im Krankenhaus. Nicht im Bett, sondern in der Leichenhalle. Eine 6 Jährige, die frierend auf einem Metallbett erwachte. Rings um mich herum lauter tote Gruseltypen. Sie versuchten nach mir zu greifen, mich zu fangen, sie riefen mir Befehle zu doch ich reagierte nicht. Fast hatte einer dieser merkwürdigen Wesen es geschafft, mich zu fangen, da erschien zum Glück die Pathologin. Und diese toten Wesen verschwanden..Ich unterdrückte ein Grinsen. Immer noch sehe ich das Gesicht der Pathologin vor mir. Ungläubig, angsterfüllt... dann ohnmächtig...

KONZENTRIER DICH!!! richtig, ich war ja dabei zu sterben... vergiftet, erstochen aus dem Fenster geworfen...

Wieder gingen meine Gedanken zurück zu meiner Kindheit. Ich war nie ein einfaches Kind gewesen. Immer voller Wut, ständig in Streitigkeiten verstrickt. Mehr als einmal war ich von irgendeiner Schule geflogen, wegen meinem losen Mundwerk oder einer gefährlichen Prügelei. Das besserte sich erst als ich Susan traf. Susan war wie ich eine Außenseiterin gewesen. Als Tochter armer Eltern war sie dank ihrer Intelligenz und einem Stipendium im gleichen Internat gelandet wie ich. Schnell waren wir Freundinnen geworden.

Ein Seufzen entfuhr mir, sehr ungehörig für jemanden der am Sterben war.

Ich lag nun also in der dreckigen Gasse des riesigen Hotels, welches ich mit meiner Mutter bewohnte und starrte in den Himmel. Wo blieben diese merkwürdigen Wesen, die Wesen die mich immer wieder heimsuchten.. Irgendwie hatten sie heute anscheinend Verspätung... oder, was ich eher annahm, sie hatten es aufgegeben, mich zu jagen und zu fangen. Das konnte nur heißen, dass meine Mutter diesmal wirklich Erfolg gehabt hatte.

Ich würde diesmal also wirklich sterben, na gut. Nicht, dass ich nicht Erfahrung damit gehabt hätte. Aber nun langsam, sollte es auch mal geklappt haben. Was bedauerte ich? Was hatte ich versäumt? Ich bemühte mich, meine Augen geschlossen zu halten, als ich über diese Frage nachdachte. Sex... ja, vielleicht hätte ich wenigstens einmal Sex haben sollen... es soll ja eine tolle Sache sein, und meine Freundin Susan sagt, es wäre mit jedem neuen Kerl besser... aber ich hatte es nie versucht.

Mit 15 hatte ich mich in meinen Geschichtslehrer verknallt — Geoffrey Mc. Laine. Er war damals in meine Klasse gekommen und seitdem hatte ihm mein Herz gehört.. Groß, sehr groß, breit, dunkle Haare..durchtrainiert. Kein Gramm Fett an seinem Körper. Er stand mitten in meinem Klassenzimmer, etwas zu lange, schwarze Haare, schwarze Lederjacke, schwarze Jeans. Mein Herz hatte mehrere Schläge lang ausgesetzt....

Als er meinen Namen aus dem Klassenbuch vorgelesen hatte, war ich noch immer am Betrachten des schönen Mannsbild, das ich vergaß zu antworten. Er hatte mich dreimal aufrufen müssen und ich war zum Gelächter meiner Schulkameraden geworden. „Hier, Mister Goffy" hatte ich hastig geantwortet. Meine Freunde hatten noch mehr gelacht. Wutentbrannt war ich aufgesprungen und hatte mich auf den nächstbesten Mitschüler gestürzt. Der arme Johnny... Es war Geoffrey Mc. Laine gewesen, der mich von Johnny Hilferding heruntergezogen hatte. Johnny war mindestens zwei Köpfe größer und 20 Kilo schwerer als ich gewesen, doch ich hatte ihn unter mir gehabt, hatte auf seinem Brustkorb gesessen und auf ihn eingeschlagen...

Mister Mc. Laine hatte seinen Spitznamen... Bald benutzte jeder Schüler im Internat diesen Namen. Irgendwie hatte der Mann mir dies nie verziehen. Er hatte mich seit dem Tag ständig unter Wind.

Seit dem Tag hatte ich alle meine Bekanntschaften an Mister Goffy gemessen. Niemand war an ihm herangekommen... Und ich hatte nie Sex gehabt...

Ein Punkt, den ich nun nicht mehr ändern konnte...

KONZENTRIE DICH...

Ja richtig, ich war ja am sterben... ob alle Menschen solche Schwierigkeiten damit hatten? Also, mir jedenfalls reichte es. Es stank hier bestialisch, ich wahrscheinlich auch. Die großen Säcke waren, Dank meines Sturzes, gerissen und überall verstreut lagen Essensreste. „Hallo, ich will weg von dieser schmutzigen Gasse!" rief ich, keine Antwort. Wo blieben denn die dunklen Wesen, die die mich jedes mal bedrängten, ihnen zu folgen, meinen Körper hinter sich zu lassen? Die versuchten, mir meine Lebenselixier auszusaugen? „Hallo ihr Gruseltypen, kommt! Ich habe Bock auf eine gute Prügelei" schrie ich wieder. Stille...

Heute hatten sie anscheinend Verspätung...Vorsichtig schielte ich durch meine Augenschlitze. Es war auch kein Tier in der Nähe, welches diese Typen hätte von mir fern halten können...

Aber zum aller erst, ich sollte mich vielleicht an meinen Namen erinnern. Wenn ich schon in die ewigen Jagdgründe eingehen würde,
und man mich nach meinen Namen fragte, sollte ich den auch nennen
können. Also; Ich versuchte meine Gedanken auf das wesentliche zu
konzentrieren. „Ich bin 20 Jahre alt. Ledig, Jungfrau, Erbin eines Mul-
tivermögens... jedenfalls, bis zu meinen Tod vor... wie viel Zeit war
vergangen?" fragte ich mich laut.. Ich könnte auf meine Uhr schauen,
doch dazu müsste ich meine Augen wieder öffnen..ich schüttelte meinen
Kopf. Meine überaus teure Armbanduhr war wahrscheinlich kaputt....
„Mein Name ist..." sagte ich nachdenkend...

2. Kapitel

„Willst du noch länger zwischen den Mülltonnen liegen?" Die Stimme war dunkel, erotisch und ich hätte sie immer und überall wiedererkannt. „Mary Cooper Clarens. Immer für eine Überraschung gut." Jetzt schwang etwas Humor in seiner Stimme. Ich blinzelte. „Mister Goffy!" hauchte ich überrascht. Vor mir stand tatsächlich mein Geschichtslehrer Geoffrey Mc. Laine und sah auf mich herab. So wie ich ihn in Erinnerung hatte... groß, breit, durchtrainiert. Ganz in schwarz gekleidet...

„Hauen sie ab, ich will wenigstens in Ruhe sterben." antwortete ich schroff. „Und nein, ich weiß immer noch nicht wann der Krieg im Teutoburger Wald stattfand!" Die Frage hatte mir damals eine glatte sechs von ihm eingebracht. Dann schrak ich kurz zusammen. Mister Goffy, ich unterdrückte ein Grinsen, (Er schien es allerdings gesehen zu haben, denn ein Grunzen erklang in meinen Ohren), war gestorben, als ich gerade 17 geworden war. Auf eisglatter Straße war sein Wagen, ein wunderschöner 69. Cadillac, ein Traum von Oldtimer, ins Schleudern geraten und eine Klippe hinunter gestürzt. Was hatte ich damals geheult. Ich glaube drei Tage und drei Nächte.

Ich richtete mich auf meine Ellenbogen auf und versuchte, den Mann vor mir genauer zu betrachten. drei Jahre waren seit unserer letzten Begegnung vergangen und der Typ sah noch immer nicht einen Tag älter aus als 26. „Diesmal hat es anscheinend geklappt und ich bin wirklich tot. Wenn ich jetzt bereits tote Menschen sehen kann.." Ich vollendete den Satz nicht... Leider auch eine sehr schlechte Angewohnheit meinerseits... "Äh," räusperte ich mich dann, als er schwieg. „Sie wissen schon, dass sie tot sind oder? Ich war auf ihrer Beerdigung. Ich müsste es also wissen. "Ich ließ mich wieder rückwärts fallen und schloss wieder meine Augen. „Sie sind tot, ich bin tot...fertig." Ich faltete meine Hände über meine Brust. Ich wollte wenigstens würdevoll aussehen, wenn ich starb. Irgendwann würde jemand kommen, meine Leiche finden und man würde mich schon wegbringen...Ich wollte eine hübsche Leiche abgegeben...

„Steh auf!" befahl Goffy mir. Ich schüttelte meinen Kopf. Schließlich war ich nicht mehr seine Schülerin. "Nö!" sagte ich nur. „Du kannst hier nicht liegen bleiben." sagte er weiter. „Doch!" antwortete ich. "Ich bin Tot!"

„Bist du nicht." widersprach er mir. „Doch, und sie auch, falls sie es immer noch nicht begriffen haben." Ich konnte ein Grinsen nicht unterdrücken. „Könnten sie sich durchsichtig machen? Sie stehen mir in der Sonne." sagte ich milde.

Ich hob meine Augenlider einen Spalt und sah mit Genugtuung, wie er sich seine dunklen, dichten, etwas zu langen Haare raufte. Ganz so wie früher, wenn er mich nach Geschichtszahlen abgefragt hatte. „Wenn ich bislang gestorben bin, habe ich keine mir bekannten tote Menschen sehen können. Nun sehe ich sie, also bin ich hoffentlich einen Schritt weiter in Richtung ewige Jagdgründe." argumentierte ich und schloss wieder meine Augen. Ein leises, genervtes Grunzen war seine Antwort. Auch das kannte ich zur Genüge. Früher, wenn er mich abgefragt hatte und ich nicht Antworten konnte, (weil ich stundenlang an ihn denken musste, Löcher in die Luft gestarrt hatte, statt Geschichtszahlen zu pauken) hatte ich angefangen zu diskutieren. Nicht, dass ich damit meine Note bei ihm verbessern konnte, nein, aber es gab mir immer Genugtuung zu sehen, wie er sich die Haare raufte.

„Da sitzt eine riesige Ratte, gleich neben dir in der Ecke." sagte Geoffrey Mc. Laine jetzt. Ich hörte ein leises Lachen, als ich meinen Kopf etwas drehte und mich vorsichtig umsah. Wenn er jedoch hoffte, mich so vom dreckigen Boden hochzubekommen, so hatte er sich nur getäuscht. Ich schob meine Hand in die Richtung, in der die Ratte saß und schmatzte mit den Lippen. Erstaunt fuhren Geoffreys Augenbrauen in die Höhe, als er sah, wie die Ratte näher kam, schnüffelte und sich dann, wie es aussah, verbeugte. Er schwieg, doch ich fühlte, das er Fragen hatte. Er schwieg jedoch weiter. Dann kam er etwas näher. Die Ratte quietschte und verschwand wieder. Sie blieb hinter einer der Tonnen sitzen. „Sie ist hungrig und ich liege auf ihrem Mittagessen." sagte ich sarkastisch. Ich lag hier lange genug herum um zu wissen, dass ich wieder einmal nicht gestorben war.

Endlich bückte er sich und griff nach meinem Arm. Er zog mich hoch, dann begann er den Schmutz von meinen Jeans abzuklopfen. „Interessant, dass du keine Angst vor den Nagern hast." sagte er endlich.

Ich zuckte mit den Schultern. „Als ich 8 Jahre alt war, erwachte ich mal in einen Abwasserrohr. Es war das Jahr, als der riesige Schneesturm tobte. Mein Kopf brummte und ich fühlte mich schwach." Ich überlegte. „Das war mein, wenn ich mich nicht verzählt habe, 6. Tot. Es war bitterkalt gewesen. Mutter hatte wohl gehofft, ich würde erfrieren. Ich fror und wünschte, ich hätte etwas zum wärmen. Es kamen so um die 500 Ratten und legten sich auf mich, um mich, unter mich. Sie wärmten mich, bis der Schneesturm draußen aufgehört hatte und ich mich auf den Weg Nachhause machen konnte. Seitdem sind wir befreundet. Kein Nager würde mir etwas antun." Wieder schossen Geoffreys Augenbrauen in die Höhe. So als überlegte er ob ich log. Doch er schwieg. Immer noch hielt er mich am Ellenbogen fest. Energisch machte ich mich von ihm los. „So und nun, auf zu meiner Mutter." sagte ich.."Die kann sich auf was gefasst machen. Wenn sie glaubt, wieder wenigstens zwei Tage Ruhe vor mir zu haben, täuscht sie sich diesmal!"

Er griff erneut nach meinem Arm, doch ich wich aus. „Das geht nicht." widersprach er.

„Und ob das geht." sagte ich. „Glauben sie, ich würde sie damit durchkommen lassen?! Mein Vater ist tot! Er starb vor drei Tagen. Er ist noch nicht einmal beerdigt! Und Mutter hat bereits das Testament eröffnen lassen.," Ich stemmte meine Hände in die Hüfte und marschierte an Geoffrey vorbei. „Und wollen sie wissen, warum ich heute Vergiftet, erstochen und aus den Fenster geworfen wurde? Weil ich die Erbin bin! Vater hat alles mir hinterlassen und Mutter geht leer aus." Ich schniefte wütend. „Wenn ich mich jetzt geschlagen gebe, kommt sie mit allem durch! Dann bekommt sie alles!" ich schrie, es war mir egal. Mein Vater war tot, der einzige Mann, der mir so etwas ähnliches wie Liebe entgegengebracht hatte.

„Wenn wir „sterben" können wir nicht zurück zu unserer Familie" widersprach Geoffrey. „Für sie sind wir tot!"

Wieder schüttete ich meinen Kopf. Meine Haare flogen wild, Dreck spritzte heraus und traf den angewiderten Mister Mc. Laine im Gesicht. „Und ob ich zurück in das Hotel marschiere! Glauben sie allen Ernstes, ich würde der Frau, die bereits während ihrer Schwangerschaft mit mir, versucht hat mich umzubringen?" Ich schrie jetzt und merkte erstaunt, das meine Stimme sich überschlug. „Mein Erbe, dass was mir von Vater bleibt, überlassen?" Dieser dämliche tote Nachtwächter hier brachte mich tatsächlich um meine schwer erkämpfte Selbstbeherrschung..

Wieder dieser erstaunte Blick meines Gegenübers. „Daran erinnerst du dich?" fragte er leise, so leise, das ich zuerst geglaubt hatte, es geträumt zu haben. Doch dann nickte ich wütend. „Oh Ja!" sagte ich dann. „An jeden Tod. Jedes mal!" Ich schlug gereizt nach seiner Hand, die er mir entgegen streckte. „Das ist nicht weiter schlimm, man gewöhnt sich daran!" sagte ich weiter.

„Ungewöhnlich" murmelte Geoffrey. Ich ignorierte ihn, so gut ich konnte und zog mir verdorbene Spagetti aus den Haaren. Die Ratte steckte ihren Kopf hinter einer Tonne hervor. Ich warf ihr die Spagetti zu, die sie dankbar davon trug.

„Du solltest mit mir kommen, wir müssen reden. Um deine Mutter kümmern wir uns später." sagte Geoffrey. Wieder griff er nach meiner Hand.

„Nein jetzt!" widersprach ich wütend. „Und sie halten mich nur auf. Husch ab in ihr Grab." Ich schlug ihn kurz gegen die Brust und wunderte mich, dass er heftig gegen die andere Seite der langen Gasse stolperte. Na nu, so stark hatte ich doch gar nicht geschubst. War ich seit meinem letzten Tod noch stärker geworden? Egal, ich zuckte mit den Schultern. Ungläubig starrte mich Geoffrey an. Damit hatte er anscheinend auch nicht gerechnet. „Bleib stehen!" befahl er mir nach Luft ringend, als ich mich jetzt abwandte und ihn stehen ließ. Ich antwortete nicht. Zu wütend war ich. „Bleib stehen!" befahl er erneut, diesmal bedeutend herrischer. Ich drehte mich zu ihm um und zeigte ihm meinen Mittelfinger...

Ich marschierte, das kaputte T-Shirt zusammen haltend, aus der dunk-

len Gasse heraus, um die Ecke ins Hotel. Oh ja, meine liebe Mutter konnte sich warm anziehen...
Mister Mc. Laine, er hatte sich endlich aufgerappelt und seine Hände in seinen Jeanshosen vergraben, eine düstere Miene in Gesicht, folgte mir schweigend.

Der Portier sah mich fragend, sehr angeekelt an. „Kein Wort!" zischte ich den Mann wütend an, als ich an ihm vorbei zum Fahrstuhl ging. Er hob seine Augenbrauen, und fast, so spürte ich, hätte er den Sicherheitsdienst gerufen. Doch ein strenger Blick aus Geoffreys Mc Laines Augen, und der Portier ließ den Telefonhörer wieder sinken. Geoffrey beeilte sich und kam beim Fahrstuhl an, als sich gerade die Türen hinter mir schlossen, er blieb stehen, ich fuhr in die Höhe. Es erheiterte mich, Mister Mc. Laine – Goffy - musste auf den nächsten Fahrstuhl warten. Zeit, mich meiner Mutter zu stellen. Ihr ungläubiges Gesicht zu sehen, wenn sie feststellen musste, dass ihre ganze Arbeit, sich meiner zu entledigen, wieder mal umsonst gewesen war. Ein Lächeln flog über mein Gesicht. Bislang hatte es immer ein bis zwei Tage gedauert, bis ich wieder zu mir gekommen war. Diesmal war es anders gewesen. Ich war überhaupt nicht weggetreten gewesen. Es war, als sei ich diesmal die ganze Zeit über wach gewesen.

„Hallo Mutter!" sagte ich frostig. Ich stand in dem großen Wohnzimmer und sah mit Genugtuung wie meiner Mutter das große Glas Sherry aus der Hand fiel. Sie kniete auf dem Boden und versuchte das Blut, welches ich vergossen hatte als sie mich niedergestochen hatte, wegzuwischen. „Rate mal, wer wieder unter den Lebenden weilt!" Meine Mutter fasste sich an die Kehle und versuchte zu antworten, doch es kamen keine Worte aus ihrem Mund. „Du, du, du..." sagte sie endlich. Sie konnte nur kurz atmen und sprach abgehackt. Sie griff nach der großen Flasche Sherry, die neben ihr auf dem Boden stand und nahm einen großen Schluck direkt aus der Flasche."Du, du, du bist nicht real, ich halluziniere!"brachte sie endlich heraus. „Du bist tot."
„Aber Mutter, ich bitte dich." sagte ich sanft, gefährlich sanft...Eigentlich sollte sie sich langsam mal daran gewöhnt haben, dachte ich. Schließ-

lich machten wir diese Szene nicht das erste mal durch.

„Du solltest tot sein. Er hat gesagt, wenn du noch einmal stirbst ändert sich alles!" Mutter flüsterte die Worte. Ich fragte mich, wer was warum gesagt hatte. Was sollte das heißen, mein jetziger Tod würde alles ändern. Ich zeigte auf den großen Blutfleck. „Ich habe eine ziemliche Schweinerei verursacht, was?" fragte ich sie sarkastisch."Du weißt doch, Blut geht am besten mit Bleiche raus!"

Mister Mc. Laine erschien jetzt hinter mir. Ich hatte ihn nicht gehört, vielmehr hatte ich ihn gespürt. So wie früher, wenn ich auf dem Schulhof stehend, ihn nahen gespürt hatte. Ich hatte noch so tief in einem Gespräch gewesen sein können, wenn Goffy sich näherte war mir immer eine Gänsehaut über den Rücken gelaufen. So wie jetzt auch. Er blieb hinter mir stehen und sah unverwandt meine Mutter an. Er grüßte nicht, er schwieg. Jetzt legte er eine seiner großen Hände auf meine Schulter, sie war angenehm warm und schwer. Fast glaubte ich mich beschützt. Doch das war ein Trugschluss, ich war noch niemals beschützt worden und schon gar nicht von einem Toten....

Mutter starrte Geoffrey an, ihre Augen weiteten sich. „Sie sind auch tot" sagte sie tonlos. "Sie sind gestorben, ihr Auto... sie sind über die Klippen.." Mutter stotterte.

„Was geht hier vor?" Meine Frage war an Geoffrey gerichtet. Er stand hinter mir und sah auf meine Mutter herab. Sie kniete immer noch auf dem Boden, den Finger auf Geoffrey gerichtet.Von ihr würde ich keine vernünftige Antwort bekommen. „Er war damals hier. Er hat gesagt, du darfst nicht wieder... wieder.." Mutter stammelte. Tränen liefen ihr übers Gesicht. Ihr perfektes Make Up verlief über die Wangen, sie sah aus wie ein Clown. „Woher kennen sie meine Mutter!" fragte ich ihn, es war keine Frage, mehr ein Vorwurf.

Geoffrey Mc. Laine schwieg und meine Wut steigerte sich. „Hallo? Was ist hier los?!" fragte ich wütend.

Mein Vater hatte mich, auch wenn er meiner Mutter hörig gewesen war, in einem Augenblick der Klarheit in Sicherheit vor ihr gebracht. Er hatte mich in einem Internat angemeldet und dafür gesorgt, dass ich nur zu Weihnachten nach Hause kommen musste. Zwischen den Tagen hatte er mich oft besucht, heimlich wie ich vermutet hatte. Es war immer schön

gewesen, wenn Vater mich abgeholt und mit mir irgendwo hingefahren war. Heimliche Zeit, gestohlene Zeit. Auch war er es gewesen, der mit meinen Lehrern gesprochen hatte, sich um meine Ausbildung gekümmert hatte. Mutter hatte sich nie in meinem Internat blicken lassen.
Woher kannten sich Geoffrey und Mutter also?
„Sagen wir, deine Mutter und ich hatten damals eine kurze interessante Unterhaltung... Ich sagte ihr, was immer sie mit dir anstellt, womit sie dich quält, sie damit aufhören soll!" Er seufzte schwer. „Zwei Tage später versagten die Bremsen an meinem Wagen, Interessant nicht wahr?" sagte Geoffrey eisig. Dann wandte er sich wieder an meine Mutter.
„Ich hatte sie gewarnt!" sagte Geoffrey jetzt leise. Sehr leise. Mutter hob ihren Kopf und schüttelte ihn dann. „Sie sind tot! Sie können nicht hier sein, ich bilde mir alles nur ein!" sagte sie zittrig.
„Warum? Ich habe sie damals gewarnt, Mrs. Clarens. Mary steht unter meinem Schutz." sagte er. „Mary ist ein besonderer Mensch." Wieder seufzte er kurz. Mein Kopf zuckte hoch. Ach ja? Das war ja interessant, seit wann dachte er denn so von mir?
„Und, und ich sagte ihnen bereits damals, Mary ist nicht ganz richtig.. sie fantasiert um Aufmerksamkeit zu erregen... sie erfindet Geschichten, abenteuerliche Märchen..." meine Mutter zitterte am ganzen Körper.
Es war mir plötzlich egal.
Es war mir vollkommen egal, was Mutter und er sich zu sagen hatten. Ich stand hier, vor dem toten Geoffrey, neben meiner Mutter. Beide sprachen so, als sei ich nicht im Raum, oder erst 5 Jahre alt.
Ich räusperte mich energisch. „Hör zu, Muuutter" das letzte Wort zog ich sarkastisch in die Länge. „Seit ich denken kann, hast du versucht, mich umzubringen!" Es tat gut, es endlich auszusprechen. Die vielen Jahre, die ganzen Jahre, die ich es verheimlicht hatte. Ich hatte mich geschämt. Hatte stets mir die Schuld gegeben, Schuld daran, nie geliebt worden zu sein. Ein lästiges Insekt dass man umbringen musste, dass es nicht wert gewesen war die selbe Luft zu atmen...
Warum, so fragte ich mich, hatte ich mich nie jemanden anvertraut? Ich zögerte... einmal, einmal hatte ich es versucht. Ich war damals 16 Jahre alt gewesen und das erste mal betrunken. Susan, die ich damals im Internat kennengelernt hatte, hatte ihren 18.Geburtstag gefeiert. Unerlaubterweise hatte jemand Alkohol mitgebracht. Nun, es war hoch

hergegangen, bis uns die Lehrer auffliegen ließen. Ich war angetrunken gewesen und torkelte über den Campus auf mein Zimmer zu, als mich... verdammt. Ausgerechnet Mister Mc. Laine hatte mich gefunden und in mein Zimmer gebracht. Ich hatte damals, in der einzigen Nacht, mich geöffnet. Ich hatte mich über die Kloschüssel gebeugt, gekotzt und geweint. Hatte mich über meine Mutter beschwert. Geoffrey hatte die ganze Zeit meine langen Haare gehalten und mir schweigend zugehört. Nicht einmal hatte er mich unterbrochen. Wahrscheinlich hatte er geglaubt, ich würde lügen... Trotzdem hatte er hinter mir gehockt, ich die Kloschüssel zwischen den Beinen, hatte meine Haare gehalten und mir zugehört.. Reden, kotzen, reden kotzen., die halbe Nacht...
Es war extrem peinlich gewesen, ausgerechnet der Mann, den ich so sehr liebte,hatte mich so erleben müssen.....Damals hatte ich gehofft, er würde meine Geschichten dem Alkohol zuschreiben. Jedenfalls, als er mich nach der nächsten Geschichtsstunde wiedermal zurückhielt, entschuldigte ich mich bei ihm und schob meine Geschichten darauf zurück. Sein Blick, den er damals zuwarf, werde ich wohl nie vergessen.

„Mary!" Geoffreys Stimme holte mich in die Gegenwart zurück. Ja richtig, ich hatte doch gerade etwas gesagt. Wieder sah ich zu meiner Mutter. „Also, Ich werde nicht sterben, egal wie oft du es noch versuchst!" meine Stimme überschlug sich. „Ich werde immer und immer und immer wieder aufwachen! Du kannst es noch so oft versuchen!" Ich schrie sie an, meine Stimme überschlug sich. „Und Vater hat mir das Vermögen vermacht. In all den Jahren, in der Zeit da er dir hörig gewesen war, hatte er wenigstens so viel klaren Verstand besessen, mich in Sicherheit zu bringen vor dir! Jetzt bin ich alt genug, um mich zu wehren! Das Vermögen gehört mir, Mutter. Alles, das Geld, die Häuser und alles andere! Verschwinde, ich gebe dir einen Tag um deine Sachen zu packen und zu verschwinden!" Jetzt schrie ich fast hysterisch., meine Stimme klang selbst in meinen Ohren schrill. Besänftigend spürte ich den Druck von Geoffreys Hand auf meiner Schulter. Er legte mir einen Finger auf die Lippen und augenblicklich schwieg ich. Erschöpft, müde.
„Sie sagten, wenn sie noch einmal stirbt, wird alles anders. Ich dachte, wenn sie jetzt stirbt, ist es endlich zu ende! Sie ist nicht normal! Sie ist der Teufel! Nur der Teufel erwacht immer wieder!" Mutter saß immer

noch auf dem Boden und wies mit zittriger Hand auf mich. „Sie kann nicht erben! Teufel erben nicht! Sie sagten damals…"

„Ihr kennt euch wirklich!?" fragte ich überrascht. „Warum, wieso, weshalb?" meine Stimme überschlug sich. Es war mir egal, das ich meine Mutter unterbrach. Mein Blick durchbohrte Geoffrey. Woher kannten sie sich? Mir war nicht bekannt gewesen, dass Mutter sich auch nur in die Nähe meines Internats gewagt hatte. Woher also kannten sich die Beiden?

„Später!" raunte Geoffrey mir zu. Ich war wütend, wütend, müde, erschöpft. Heftig schüttelte ich seine Hand ab und trat vor meine Mutter. Sie sah jämmerlich klein und ängstlich aus. „Du hast mich geboren, sag du mir wer mein Vater ist!" sagte ich. Mutter schwieg. Ihre Augen waren auf Geoffrey geheftet.

„Ich sagte ihnen damals, sie sollten ihre Tochter in Ruhe lassen. Sie dürften sie nicht noch einmal quälen!" Seine Stimme war hart, fast schneidend. „Sie haben Mary gehört. Ihre Zeit läuft. Verschwinden sie und lassen sie sich in Marys Leben nie wieder blicken!" sagte er. Mutter sah ihn verwirrt an. Er gebot ihr Schweigen, als sie etwas erwidern wollte. „Ich werde Mary mitnehmen! Sie ist bei ihnen in Gefahr!" Er nahm meinen Arm und zog, zerrte mich aus dem Hotelzimmer. Ich wehrte mich, Ich stemmte mich gegen seinen Arm, doch er war unnatürlich stark. Selbst für meine Verhältnisse..Ohne auf meine Gegenwehr zu achten, zog er mich über den Flur zu einen der Fahrstühle. „Hör auf dich zu wehren. Ich will…" er räusperte sich. „Ich wurde geschickt, dir zu helfen." verbesserte er sich. „Ich könnte dafür sorgen, dass du augenblicklich einschläfst, aber es wäre nett, dich nicht durch das Hotel tragen zu müssen." Hauchte er mir ins Ohr , augenblicklich erlahmte mein Widerstand… Sein Blick glitt über meine Figur. Ich war etwas rundlich, das wusste ich. Ich hatte keine Modellfigur. Vielmehr war ich etwas zu klein und hatte einen wohl gerundeten Busen. Meine kastanienbraune, dunkel rote lange Mähne war zu wild und lockig, als dass sie sich bändigen ließ. Auch jetzt hatte ich sie mit einen losen Band nach hinten gebunden. Er hielt mich also für fett, wahrscheinlich sogar hässlich, beleidigt schwieg ich und unterließ meine Gegenwehr. Fast zutraulich, wie ein Kind, nahm ich seine dargebotene Hand und folgte ihm zum Wagen.

3. Kapitel

„Versuch etwas zu schlafen" Geoffrey sah zu mir herüber. „Wiedererweckt zu werden kostet Kraft und du warst diesmal die gesamte Zeit bei Bewusstsein" Er zögerte, es schien ihn zu überraschen. Er hatte wohl gemerkt dass mir immer wieder die Augen zufielen. Wir saßen seit einer geschätzten Ewigkeit in einem kleinen alten Geländewagen und fuhren, fuhren, fuhren. Es war das erste mal, dass er mich ansprach. Jedes mal wenn ich versucht hatte, ihm eine Frage zu stellen, hatte er nach seinem Handy gegriffen und telefoniert. Das letzte Gespräch dass er geführt hatte, war wohl mit einem Anwalt gewesen. Jedenfalls fiel mein Name, der meiner Mutter und einige andere Dinge, die mein Erbe betrafen.
„Wohin fahren wir?" fragte ich nervös. Ich hatte noch nicht einmal Zeit gehabt, mich umzuziehen, oder mir einige Sachen einzupacken. Er hatte mich einfach aus dem Hotel gezerrt, in sein Auto und war losgefahren.
„In ein sicheres Haus." war seine Antwort. Wieder klingelte das Telefon. Ich seufzte.
„Du bist gestorben... wieder einmal." sagte Geoffrey, zögernd, fast ungläubig. „All die Jahre die wir uns kennen, und ich glaubte..." sagte er leise. Es war wohl nicht für mich gedacht gewesen...
Er sah auf sein Telefon und drückte den Anruf weg. „Normalerweise ruht sich dein Körper nach jedem Tod mindestens zwei Tage aus. Doch diesmal..." Er schwieg einen Moment. „Diesmal war ich sofort wieder wach." vollendete ich seinen Satz. Er nickte. „Und das ist anormal." Er versuchte ein Lächeln, doch ich spürte noch mehr. Unausgesprochene Worte, Fragen denen er auf den Grund gehen wollte. „Schlaf, dein Körper braucht Ruhe." es war keine Bitte, es war ein Befehl. Meine umhin müde Augen fielen zu und ich dämmerte ein. „Sie ist tatsächlich eine Wiedererweckte. Und ich habe es die ganzen Jahre nicht gespürt, nicht geglaubt." Hörte ich ihn wie aus weiter Ferne. „Verdammt, ich schätze da

kommt eine ganze Menge Ärger auf mich zu."

Wieder klingelte das Telefon, im Halbschlaf versuchte ich den Worten zu folgen. Geoffrey schien zu glauben, dass ich schlief, denn ein kurzer Blick und er antwortete dem Anrufer. „Nein, ich musste unsere Pläne ändern. Ich kam am Hotel an und was sah ich? Ich sah wie die Zielperson aus einem der oberen Fenster geworfen wurde!" Ein Schweigen, der Anrufer schien etwas zu sagen. „Nein, als ich in die Gasse kam um die Zielperson zu bergen und wegzubringen, da war sie wach!" Geoffreys Stimme war wütend, ich konnte die Wut hören, auch wenn er sich bemühte, leise zu reden. „Nein, weder ohnmächtig, noch tot." sagte er weiter. „Sie lag in der Gasse und redete wie immer wie ein Wasserfall! Redete und redete!" Wieder sprach der Anrufer, Mister Mc. Laine schwieg.

Er war wütend, dass ich überlebt hatte? Er war darüber sauer, dass ich wach gewesen war? Ich wollte mich gerade hochrappeln, als Geoffrey weiter sprach. „Ja, ich weiß, sie hätte diesmal wirklich tot sein müssen. Aber jetzt sitzt sie neben mir und schläft." Als müsste er sich von seinen eigenen Worten überzeugen, beugte er sich zu mir. Der Wagen fuhr ziemlich schnell, ich fragte mich, wie er es bewerkstelligte, zu telefonieren, zu fahren und sich zu mir zu beugen. „Sie sagte mir, sie sei bereits 12x gestorben. Das müssen wir nachverfolgen. Das kann nicht wahr sein. Noch nie ist jemand so oft gestorben!"

Wieder eine Pause. Ich tat weiter so als schliefe ich. Es tat weh, dass er glaubte, ich hätte ihn angelogen in Bezug auf meine Tode. Ausgerechnet er... Ich nahm mir vor, ihm, so wir Zeit hätten, ihm alle meine Tode aufzuzählen. Wut kam in mir hoch. Wieder mal glaubte man mir nicht. Es war eine Tatsache, dass man mir nie geglaubt hatte. Wenn ich als Kind gestorben war, hatte man es als kindliche Fantasie abgetan, wenn ich versucht hatte, es jemanden zu erzählen. Schnell hatte ich gelernt, meinen Mund zu halten und meiner Mutter aus den Weg zu gehen, so gut ich konnte. Sie erzählte jedem, dass ihre Tochter"nicht ganz Dicht" sei. Ein Erbe ihres Mannes, wie sie gerne gesagt hatte.

„Ich lüge nicht!" es entfuhr mir, ehe ich mich daran erinnerte, dass ich ja eigentlich schlafen sollte. „Und ich rede nicht wie ein Wasserfall!" setzte ich beleidigt hinzu.

Das Auto machte einen gefährlichen Schlenker, als Geoffreys Blick mich traf. Überrascht schossen seine Augenbrauen in die Höhe. Nach einigen Mühen war der Wagen wieder sicher auf der Straße. Ich grinste, hatte er wirklich geglaubt, ich wäre eingeschlafen? Er schwieg und sein Blick heftete sich auf die Straße. „Ich kann ihnen jedes Mal beschreiben. Das erste mal, nein das zweite oder dritte mal war wirklich gut." Ich schloss grinsend meine Augen und genoss den Sonnenschein der mir ins Gesicht schien. Er schwieg weiter. Also seufzte ich leise. „Ich war etwa 5 Jahre alt. Mutter hatte einen Wutanfall. Einen wie sie ihn öfter hat. Sie saß am Pool und telefonierte, ich spielte am Pool. Plötzlich warf sie das Telefon beiseite, schnappte mich und warf mich im hohen Bogen in den Pool. Dann ging sie ins Haus und Minuten später fuhr sie mit dem Wagen davon. Ich trieb kopfüber im Pool und starb." Geoffrey grunzte, ein Zeichen dass er mir zuhörte. „Unser Poolboy fand mich und alarmierte die Polizei. Sie stellten natürlich meinen Tod fest. Ertrunken im Pool beim Spielen." Ich seufzte. „Zwei Tage später erwachte ich in einer Leichenhalle. Das Gesicht der Pathologin war einmalig. Eine 5 Jährige, die eigentlich hätte tot sein müssen, stand vor ihr und fragte sie nach Geld für ein Taxi." Ich unterdrückte ein Lachen. Es war einmalig gewesen. Die Ärztin war ohnmächtig zusammen gesunken. Ich hatte mir das benötigte Geld aus ihrer Handtasche genommen, hatte mir im Krankenhaus Kleidung besorgt und war dann nach Hause gefahren... Es hatte Vater eine Stange Geld gekostet, den Vorfall unter den berühmten Teppich zu kehren.

Der Wagen hielt. Geoffrey legte seinen Kopf schwer aufs Lenkrad, dann hob er seinen Kopf und wies auf ein altes Anwesen. Ein uraltes Kloster, wie es schien. Und ziemlich marode, fiel mir auf.
„Dein Zuhause für die nächste Zeit. Bis wir überlegt haben, was an deinen wirren Geschichten stimmt." sagte er kurz. Dann, fast gegen seinen Willen, wie mir schien, schob er meine Haare beiseite und starrte auf meinen Nacken. Dann schüttelte er seinen Kopf und wies wieder auf das Anwesen. „Geh rein,die anderen warten auf dich. Ich bringe den Wagen in die Garage." Er beugte sich über mich und öffnete die Wagentür. „Raus mit dir!" befahl er. „Ist das ihr Ernst? Willkommen im Mittelalter?" fragte ich. Genervt schnaubte er. „Schon gut, nicht gleich explodieren." rutschte mir heraus.

Widerstrebend gehorchte ich. Dann stand ich in einem großen Innenhof. „Wo bin ich?" fragte ich mich laut. Selbst hier wirkte alles wie tiefstes Mittelalter. Es würde mich nicht wundern, wenn gleich einige Ritter in ihren Rüstungen erscheinen würden...

Ein leises Lachen hinter mir ließ mich umdrehen.

Eine junge Frau, nur wenig älter als ich, kam mir entgegen. Sie war schlank, blond und wunderschön. Ihr Lächeln ließ meine schlechte Laune augenblicklich verschwinden. „Du bist in St. August. Einem ehemaligen Kloster. Jetzt unser Hauptquartier." sagte sie lachend. „Ich bin Jill" stellte sie sich vor.

„Und ich muss hier weg!" sagte ich statt einer Begrüßung. „Schnell, weit weg! Sag, von welchem Bahnsteig fährt der Zug zurück ins 21. Jahrhundert?"

Wieder lachte sie auf. „Das wird wohl noch dauern. Mr. Mc. Laine muss noch einiges über dich herausfinden. Er glaubt, du bist die beste Schauspielerin, die er je getroffen hat. Das sagt jedenfalls meine Schwester. Sie ist Geoffreys Assistentin." erzählte Jill.

Ich seufzte. „Und dann behauptet der Idiot, ich würde zu viel reden?"fragte ich sie.

Jill lachte auf und zog mir Spagetti aus den Haaren. Dann wurden ihre Augen zu Schlitzen. „Meine Schwester sagt, Geoffrey glaubt du bist spinnst etwas. Bis heute jedenfalls. Bist du wirklich 10 Stockwerke tief gefallen?" fragte sie. „12" antwortete ich automatisch. Wie hatte sich das so schnell herum sprechen können fragte ich mich. Dann erinnerte ich mich an die Telefonate, die Geoffrey geführt hatte. Na, der Klatsch funktionierte hier jedenfalls....

„Wow!" sie zog ihre Augenbrauen zusammen. „Wirklich12 Stockwerke?"
„Ja, Ja, guter Flug gewesen, nur der Bordservice ließ zu wünschen übrig." antwortete ich sarkastisch. „Und den Bordfilm kannte ich auch schon."

Sie lachte herzlich. „Du bist lustig!" sagte sie fröhlich. Ich fragte mich wie sie gute Laune haben konnte. „Wie viele T-Male hast du? Wie oft bist du schon gestorben?" Ihre Fragen überschlugen sich. Nun, das ersparte mir die Antworten, wenigstens etwas gutes... Sie führte mich zu einen der vielen Gebäude, es war ziemlich alt und sah heruntergekommen aus. Drinnen jedoch war alles modern eingerichtet und der Raum war angenehm kühl. Sie warf mir eine kleine Flasche Wasser zu, die ich gern annahm.

„Mr. Mc. Laine sagte, du besitzt keine Male, und das bedeutet das du kein Lazarus bist." Ihr Blick glitt zu meinen Nacken. Ebenso wie Geoffrey vor wenigen Minuten... Dann grinste sie. „Hat er dir nicht erlaubt, dich wenigstens zu waschen?" fragte sie dann lachend. Ich sah auf mich herunter und musste ebenso ein Grinsen unterdrücken. Ich sah wirklich verdreckt aus... Dann fielen mir ihre Worte wieder ein.

T-Mal? Lazarus? Was ging hier vor? Ich grübelte und wollte sie gerade fragen, was sie damit meinte, als die Tür aufflog und ein kleines Mädchen hineingestürmt kam. Auf ihren Armen hatte sie eine Katze, die roteste Katze, die ich je gesehen hatte.
„Wo ist Dad?" fragte das Mädchen aufgeregt. Die Katze hing leblos in ihren Armen. Kopfüber, Augen weit geöffnet, Zunge aus dem Hals... Mir schwante übles, als ich spürte, dass keine Flamme von dem Tier ausging. Hatte ich schon erwähnt? Ich konnte die Flammen von Lebewesen spüren. Es war etwas, über das ich noch mit niemanden gesprochen hatte. Jeder Mensch hatte eine besondere Art von Wärme. Mutters Flamme war stets verzerrend gewesen. Die meines Vaters lau, fast kalt.
„Er parkt das Auto in der Garage. Was ist denn los?" Jill bückte sich zu dem Mädchen herunter, dann sah sie die tote Katze und schluckte tief. „Was ist geschehen?" fragte sie das Mädchen, das nun aufschluchzte.
„Tom ist vom Baum gefallen. Einfach so, von ganz oben. Und er wacht nicht wieder auf." erzählte das Mädchen. „Ich habe alles versucht, doch er reagiert nicht."
Ich hatte unendliches Mitleid mit den kleinen Kind...
Die Tür öffnete sich und Geoffrey betrat den Raum. Sein Blick streifte mich nur kurz bevor er sich dem kleinen Mädchen zuwandte. Das Kind hielt immer noch die Katze fest umklammert und wiederholte traurig ihre Geschichte. „Dad!" sagte es dann. „Er wacht einfach nicht wieder auf."
Geoffrey nahm ihr das tote Tier sanft aus den Armen und legte die Katze auf einen der Stühle. Dann untersuchte er das Tier und schüttelte dann bedauernd seinen Kopf. Das Mädchen weinte bittere Tränen. Es

brach mir fast das Herz.

"Er schläft nur, oder? Er ist ohnmächtig. So wie ich vor zwei Jahren. Ich war ohnmächtig und bin hier bei dir aufgewacht." Das Mädchen hoffte, Geoffrey würde ihr zustimmen, doch er schüttelte erneut seinen Kopf. Der Raum war groß, sehr groß, stellte ich erst jetzt fest. Hier konnten bequem 15 Menschen sitzen und essen, reden... Etwas grub sich in meine Gedanken. Dad- Das Mädchen hatte Geoffrey Dad genannt. War er ihr Vater? Ich hob meinen Blick. Er hatte das Kind auf seine Arme genommen und führte es in eine der anderen Ecken des Raums. Jill verließ den Raum und ich blieb mit der toten Katze zurück. Die Augen der Katze starrten mich anklagend an. Ich hatte das Gefühl, sie wollte mir sagen: Hilf mir! Fast entschuldigend schüttelte ich meinen Kopf.

„Tom ist tot, Liebes. Er kann nicht wiederkommen. Das weißt du doch- Tiere sind keine Lazarus." Ich hörte die melodische Stimme von Geoffrey. „Er war schon alt. Wir mussten damit rechnen. Das habe ich dir doch bereits erzählt" Er kniete in einer der Ecken und versuchte das Mädchen zu beruhigen. Das Mädchen weinte jetzt laut auf. Sie schrie leise und warf ihre Arme um den Hals ihres Vaters. Geoffrey strich ihr liebevoll übers Haar. Fast wurde ich eifersüchtig. Wenn mein Vater doch nur einmal so zärtlich mit mir umgegangen wäre. Wieder zog mich die tote Katze magisch an. Ich seufzte. Das Kind tat mir unendlich leid. Niemand sollte so traurig sein, dachte ich.

Unbemerkt erhob ich mich und schlich mich zur Katze. Geoffrey schien mich komplett vergessen zu haben. Er war so mit dem Kind beschäftigt, dass mich so etwas ähnliches wie Traurigkeit erfasste. Ich sah auf das tote Tier herunter und seufzte erneut. „Hör zu Tom.." flüsterte ich dem toten Tier zu. „Wenn ich das jetzt tue, wage es ja nicht mich anzufauchen oder mich zu kratzen." Mein Blick ging zu Geoffrey. Er tröstete immer noch das Mädchen. Mich schien er vollkommen vergessen zu haben.

„Wir werden ihn beerdigen. Ein richtig schönes Grab. Du kannst ihn dann jeden Tag besuchen." tröstete er sie.

„Wohl eher nicht." flüsterte ich leise. „Der verflohte Bettvorleger wird dich und alle anderen hier noch überleben, Goffy." flüsterte ich zu mir selbst. Dann holte ich tief Luft und nahm ein Messer vom Tisch. Schnell ritzte ich mir den Zeigefinger auf und schob ihn dem toten Tier tief in das Maul. Mein Blut tropfte dem Tier in den Rachen. „Acht, Neun,

Zehn" zählte ich in Gedanken, dann zog ich meinen Finger wieder heraus und schlich zu meinen Platz zurück. Dort sah ich unbeteiligt aus dem Fenster, das tote Tier, das kleine Mädchen, den großen Mann angestrengt ignorierend...

Es dauerte ungefähr zwei Minuten, dann flackerten die Augenlider des Tiers. Dann ein leises Miau und der Kater bewegte sich.

Das Mädchen schrie auf, „Dad, Tom Lebt, Juhu!"

Geoffrey sprang überrascht auf und kam zu mir herüber. Zum Glück saß ich wieder auf meinem Stuhl und sah immer noch unbeteiligt aus dem Fenster.

Das Mädchen hatte die Katze wieder auf den Arm genommen und strahlte über ihr ganzes Gesicht. „Siehst du Dad? Tom war nur ohnmächtig. Er war nicht tot!" Sie drückte das Tier an sich, der Kater befreite sich und sprang davon. Das Mädchen rannte hinterher. Ich war mit Geoffrey alleine.

Schnell schob ich meine Hände in die Hosentasche, um keinen Preis sollte er meinen blutenden Finger sehen. Er kam mir ziemlich nahe, seine Augen brannten sich in meine und er schien zu überlegen, was eben geschehen war.

„Nette Tochter haben sie Goffy." sagte ich nervös. Wieder hatte ich seinen Namen verunglimpft. Etwas was mir immer dann passierte, wenn ich versuchte etwas vor ihm zu verheimlichen,

Verdammt und er wusste das!

Ich wich seinen fragenden Blick aus. Er schwieg, er schwieg und schien sich nicht sicher zu sein, was er sagen sollte... „Wo sind wir hier eigentlich?" fragte ich schließlich. Meine Frage zielte darauf ab, ihn abzulenken. Vielleicht funktionierte es ja. Doch es war Geoffrey Mc. Laine, der vor mir stand. Dieser Trick hatte schon früher nicht geklappt.

„Nicht vom Thema ablenken." sagte er nur ernst. Welches Thema? Was wollte er?

„Der Kater war tot." sagte er weiter. Seine Augen suchten meinen Blick, ich versuchte wieder ihm auszuweichen. Ich musste mir eine gute Antwort einfallen lassen. Wie früher fiel ich in meine stets saloppe, schnodderige Art. „Anscheinend nicht. Oder warum sollte er ansonsten wieder fröhlich herum hüpfen?" antwortete ich. Ich stellte mich demonstrativ an das große Fenster. Draußen konnte ich das kleine Mädchen sehen, das hinter dem Kater herlief und versuchte ihn wieder einzufangen. „Er war tot." sagte er wieder. „Ich hatte ihn mir angesehen. Da war kein Leben mehr in dem Vieh" sagte er düster. Ich versuchte, unbeteiligt mit den Schultern zu zucken. „Sind sie Tierarzt?Ich dachte sie sind Geschichtslehrer." Ich demonstrierte ein Gähnen. Das hatte ich früher schon immer getan, wenn er auf seinen Beruf zu sprechen kam."Totes Wissen." sagte ich grinsend. Das war auch früher immer meine Antwort gewesen, wenn ich durch einen durch einen seiner Tests gefallen war. „Was hast du getan?" fragte er. Er kam auf mich zu, den Zeigefinger auf mich gerichtet. „He vorsichtig, ihr Finger könnte als Waffe dienen." sagte ich schnell. Ich hob abwehrend meine Hände. Das war ein Fehler. Ich hatte meine Hände aus der Tasche gezogen und hielt sie mir schützend vors Gesicht. Sofort griff Geoffrey danach und sah auf die winzig kleine Schnittwunde an meinem Finger herab.

Autsch- Fluchte ich still, wie dumm war ich eigentlich? Hatte ich die Hand nicht mit Absicht in die Tasche gesteckt? Dann ging mir ein ganzer Kerzenleuchter auf- Geoffrey Mc. Laine hatte mich absichtlich provoziert. Er hatte meine Hände sehen wollen!

Sein Blick heftete sich auf die kleine Schnittwunde, die sich ganz langsam schloss. Er zog meine Hand näher zu sich und... schnüffelte! Er hob meine Hand an seine Nase und roch an meinem Finger! „Riecht nach Katzensabber." sagte er finster. Ungläubig zog er seine Augenbrauen zusammen.

„Woran sie schon alles geschnüffelt haben." sagte ich ironisch. Mein Hand kribbelte, meine Finger, eben noch kalt, wurden warm, angenehm warm. Es erinnerte mich an meine Jugendjahre im Internat. Damals, als ich so dermaßen verliebt gewesen war in diesen Mann, der jetzt vor mir stand. Wie oft hatte ich in meinem Zimmer wach gelegen, in Gedanken an diesen Mann. Ich hatte gewusst, dass nichts daraus werden würde. Ich war damals 15, er mein Lehrer. Und mindestens eine Million Jahre älter als ich...

Er hat ein Kind- die Stimme in meinem Hinterkopf läutete sämtliche Alarmglocken. Und wenn ich das Alter des Kindes betrachtete, so war er bereits während meiner Schulzeit Vater gewesen. Wieder mal wurde mir klar, wie dumm meine damalige Schwärmerei gewesen war. Aber andererseits, welche 15 Jährige hätte nicht für solch einen Mann geschwärmt....

Ich schweifte wieder mal ab, so wie so oft....

Ich musste das Thema unbedingt wechseln. Wütend entzog ich ihm meine Hand und steckte sie wieder in meine Jeans.„Ich will Nachhause" sagte ich, mir fiel ein, dass hier nichts zu suchen hatte. Warum, so fragte ich mich, war ich bloß mit ihm mitgefahren? Ich hatte doch so viel zu erledigen. Mein Vater musste beerdigt werden, mein Erbe geregelt werden... Ich hatte keine Zeit, mich mit meinem toten Lehrer zu streiten.

„Du bist Zuhause." war seine Antwort. „Du wirst hierbleiben." Es schien für ihn beschlossene Sache zu sein. Hatte er bis vor wenigen Minuten noch geglaubt, ich wäre hier fehl am Platz, so schien etwas seine Meinung geändert zu haben.

„Nein!" sagte ich nur. „Nie und nimmer!" Ich schüttelte energisch meinen Kopf, meine wilde Lockenpracht wirbelte um mein Gesicht. „Ich werde bestimmt nicht hierbleiben." sagte ich bestimmt. Ich hoffte meine Stimme hätte energisch genug geklungen. Doch Fehlanzeige...

Wieder schüttelte er seinen Kopf. „Hatten sie ihrer Assistentin nicht erzählt, ich sei eine Schauspielerin?" fragte ich provozierend. Dann fiel mir etwas anderes ein, was Jill gesagt hatte. „Diese Jill..." Ich versuchte es nachlässig klingen zu lassen. „Sagte etwas wie T-Male..." Ich machte eine kunstvolle Pause. „Und irgendetwas wie Lazarus." Ich sah mit Genugtuung, wie Geoffrey Mc. Laine zusammenzuckte. „Jill redet zu viel." sagte er dann. Er nahm meinen Arm und zerrte mich durch den Raum. Ich stemmte meine Füße gegen ihn. Er zerrte, ich bewegte mich keinen Millimeter. Erstaunt schossen seine Augenbrauen in die Höhe. Dann holte ich tief Luft.

„Mister Mc. Laine. Ich bin keine 15 mehr... auch nicht 16." begann ich, wurde jedoch von seinem kleinen Lachen unterbrochen. „Du meinst, du bist nicht betrunken?" seine Augenbrauen tanzten. „Sturzbetrunken?" Wieder zog er an meinem Arm. „Sehr lustig!" antwortete ich bitter. Langsam, geschlagen, folgte ich ihm jetzt. Wieder hatte er mich an die Nacht erinnert. Ich über die Kloschüssel gebeugt, er hinter mir auf dem Boden kniend, meine wilde Mähne haltend. Man war ich damals betrunken gewesen... Damals hatte ich ihm mein Geheimnis, mein bestgehütetes Geheimnis verraten. Hatte ihm erzählt, was meine Mutter mir angetan hatte. Wenn einer mir helfen konnte, dann er, mein geliebter

Geschichtslehrer, hatte ich damals gedacht...Doch Fehlanzeige! Er hatte
es, wie auch alle anderen, als Fantasien eines Kindes, als um Aufmerksamkeit haschend, abgetan.Ich zuckte mit den Schultern, diese Diskussion führte zu nichts. Es gab andere, wichtigere Themen.
„Hören sie, Goffy!" ich wählte absichtlich seinen Spitznamen und sah
mit Genugtuung, wie er sein Gesicht verzog. „Es ist mir egal ob sie mir
glauben, oder nicht." Ich holte tief Luft. „Sie haben mir damals nicht
geglaubt, also warum jetzt! Aber egal...Ich muss einiges ordnen. Die
Beerdigung meines Vaters, mein Erbe.... „ Ich machte eine kurze Pause.
„Meine Mutter hat bestimmt schon damit begonnen, sämtliche Konten
zu räumen und hat sich einen Flug in ein abgelegenes Land gebucht. Ich
muss Nachhause..." Wo niemand auf mich warten würde... Plötzlich war
ich wieder traurig, so traurig, wie damals, als man mir erzählt hatte dass
Mister Mc. Laine verunglückt war. Der Mann, auf dessen Beerdigung ich
gewesen war, der Mann, der jetzt hier in diesem Raum vor mir stand.
„Mein Anwalt kümmert sich um deine Probleme" Geoffrey seufzte und
wies auf meine Haare. „Einigen wir uns darauf, dass du erst einmal hier-
bleibst und dich ausruhst." Er schien nachzudenken. „Vielleicht solltest
du erst mal duschen."

4. Kapitel

Sein Anwalt? Wann hatte er mit einem Anwalt gesprochen? Mir fielen seine Telefonate im Auto ein. „Duschen und neue Kleider wären ein Anfang." sagte ich erschöpft. Vielleicht sollte ich sein Friedensangebot annehmen. Im Moment jedenfalls. Dann fiel mir etwas wieder ein, ein Detail, dass er sehr geschickt umgangen hatte. „Was sind T- Male, was bedeutet Lazarus!" verlangte ich zu wissen. „Ich mein, ich weiß wer Lazarus war. Der beste Kumpel von Jesus. Der Typ soll eine große Nummer gewesen sein...zu seiner Zeit. Und dann, als er tot war, kam Jesus und päng, Lazarus lebte wieder." Ich verzog mein Gesicht und sah wie Geoffrey sich seine Haare raufte, eine mir gut bekannte Angewohnheit dieses Mannes.

„Du hast überhaupt keine Achtung vor der Geschichte!" schnauzte er mich dann an. Ich ignorierte seine Worte und grinste. „Was sind T- Male?" fragte ich ihn. Ohne auf meine Frage zu antworten, schob Geoffrey sein Shirt beiseite und zeigte mir seinen Nacken. Sieben dunkle, schwarze Punkte korrekt in einer Reihe waren zu sehen. „Meine Male." sagte er nur. Wieder zuckte ich unwissend mit meinen Schultern. Auch eine Angewohnheit aus meiner Schulzeit, die Geoffrey ein Grunzen entlockte. Die Male stehen für unsere Tode." erklärte Geoffrey. „ Ich habe sieben Male."

„Jill hat vier." Ich erinnerte mich, sie an ihrem Hals gesehen zu haben. „Ja...Sie sahen wie ein verunglückter Vampirbiss aus." sagte ich,und sah wie Geoffrey ein Lächeln über die Lippen huschte. „Gut beobachtet." sagte er. „Lisa hat fünf!" Er zeigte aus dem Fenster. Dort konnte ich das kleine Mädchen stehen sehen. Es spielte immer noch mit dem Kater. Seine Tochter hieß also Lisa. „Die Male stehen für die Häufigkeit ihrer Tode. Also ich könnte sieben Mal sterben, Jill viermal und Lisa fünfmal." sagte er und schwieg einen Moment. Dann wandte er sich wieder mir zu. „Du müsstest auch welche haben, aber ich konnte keine entdecken." sagte er dann leise, fast fragend. „Das widerspricht unseren gesamten Weltbild. Ich verstehe nicht, wie es angehen kann. Wenn du wirklich so oft gestorben bist, dann müsste dein Körper mit Malen übersät sein."

Ich grinste ihn breit an. „Nun, vielleicht habe ich sie woanders an meinem Körper. An einer Stelle, die sie nie zu sehen bekommen werden." Dann reckte ich mich ausgiebig. „Was war das mit duschen? Ich komme mir langsam wie eine überreife Pizza vor." Geoffrey blieb stehen und sah mich durchdringend an. „Hast du Male?" Sein Blick suchte meinen, ich versuchte auszuweichen, doch er griff meinen Kopf und starrte mir weiter in die Augen. „Nein, ich habe keine solche Male." antwortete ich dann leise. Was ging hier vor? Wo war ich hineingeraten?

Dann siegte wieder meine schnoddrige Art. „Was nur beweist, dass ich hier nichts zu suchen habe. Was für eine Irrenanstalt das hier auch ist. Ich werde hier nicht einchecken. Ich werde also duschen und mir dann ein Taxi rufen." Ich unterdrückte ein Gähnen. „Nur raus aus diesem Irrenhaus. Rein in den Irrsinn meiner Mutter. Die ist entweder über alle Berge oder wartet mit einer Axt auf mich."

„Einigen wir uns darauf, dass du erst einmal duschst und dich ausruhst. Ich muss einiges nachverfolgen und telefonieren." Geoffrey ging zu einer Tür und wies mich an, ihm zu folgen. Ich würde natürlich nicht hier bleiben. Ich würde duschen und neue Kleidung wäre auch schön. Aber wenn mein toter Lehrer glaubte, ich würde hier bleiben und diesen Unsinn weiter mit machen, so täuschte er sich gewaltig.

Plötzlich war es wieder da. Die Frage, die in den ganzen Zeit in meinem Hinterkopf festsaß. Die Frage, die wie ein böses Tier lauerte und nur darauf wartete, in den Vordergrund zu rücken. „He!" begann ich, während ich ihm eine Treppe hoch folgte. „Sie sind doch eigentlich tot..." sagte ich.

„Du auch, nicht? Willkommen im Club." sagte er. Seine saloppe Antwort entlockte mir ein Seufzen. „Aber nein." sagte ich sarkastisch, immer noch schmerzten seine Annahme, ich sei eine „gute Schauspielerin". „Ich bin eine Betrügerin. Ich möchte nur Aufmerksamkeit erhaschen." Geoffrey grunzte nur kurz. Dann wies er auf eine Tür. „Das Bad!" sagte er. „Geh duschen, du stinkst."

Ich warf ihm mein strahlendes Lächeln zu. „Und anscheinend stehen sie

darauf. Oder warum schnüffeln sie sonst an meinem Finger?" antwortete ich. Wieder raufte er sich seine Haare. Gerade wollte er antworten, als
Jill im Flur erschien. Sie hielt sich ihre Hand und fluchte.
„Dieser blöde Kater hat mich gebissen!" rief sie. Sie hielt sich ihre Hand
und ich sah wie Blut auf den Boden tropfte. Geoffrey wandte sich von
mir ab und ging einige Schritte auf Jill zu. „Das kann nicht sein, Jill.
Tom hat doch kaum noch Zähne." sagte er ungläubig. „Selbst sein Futter
müssen wir immer pürieren."
    „Ach ja!?" fragte Jill wütend. „Sieh dir meine Hand an! Der Kater hat
ein verdammt gutes Gebiss! Dieses blöde Tier! Schnell wie der Wind
und bissig wie eine Raubkatze!"
„Liebes" sagte Geoffrey beruhigend und besah sich jetzt die heftige
Bisswunde an Jills Hand. Er hatte den gleichen Ton angenommen, wie
vorhin bei Lisa. „Tom ist ein altes Tier, Ich glaubte vorhin schon, er sei
tot. Wir haben doch eigentlich jeden Tag damit gerechnet. Bist du sicher,
das es Tom war?" Jill nickte heftig. „Oh ja, allerdings! Dieser Kater ist,ist,
ist, irgendwie ist er verjüngt! Er ist hinter dem Eichhörnchen her und
hat es diesmal auch erwischt! Ich bin dazwischen und.... sieh dir meine
Hand an!" Jill schimpfte und eine Träne lief ihr übers Gesicht. Geoffrey
besah sich die Wunde gründlich.
Langsam, fast wie in Zeitlupe, drehte sich Geoffrey zu mir um. Sein
Blick durchbohrte mich, schien sich in mich zu brennen. Schnell, ich
musste mir etwas einfallen lassen. Geoffrey war der Wahrheit schon viel
zu nahe.
Ein Grinsen überzog mein Gesicht, als ich seinen Blick zu erwidern
versuchte. „Wow, klingt wie Steven King!"s agte ich salopp. Seine Au-
genbrauen schossen verwirrt in die Höhe. „Friedhof der Kuscheltiere?"
fragte ich. Sah hier denn niemand Fern? Lasen sie hier keine guten
Gruselromane?
Schnell öffnete ich die Tür zum Bad und verschwand. Dies war keine
Niederlage, es war ein strategischer Rückzug, sagte ich mir.

„Verdammter Kater!" fluchte ich, während das warme Wasser mir über
den Kopf und den Körper lief. Ich seufzte wütend auf. 10 Sekunden waren anscheinend zu viel des guten gewesen. Noch eine Sekunde länger
und das Vieh hätte sich in ein niedliches, nach seiner Mutter miauendes

Katzenbaby zurückverwandelt.

Notiz an mich selbst- ich schrieb unsichtbar in die Luft- 5 Sekunden reichen für eine tote Katze.

Ich griff nach den Shampoo und verzog mein Gesicht. Apfelblüte - ich war nun wirklich nicht der Apfeltyp. Aber wenn ich nichts anderes zur Hand hatte...

Geoffrey Mc. Laine war mir auf der Spur. Verdammt, hätte ich das Katzenvieh doch einfach sterben lassen. Nun, der Kater war ja eigentlich schon tot gewesen, doch hatte ich immer noch eine Spur von Wärme in ihm spüren können. Und diese Wärme, diese verlöschende Flamme, hatte ich wieder entzündet. Etwas zu gut, wie ich mir grimmig eingestehen musste. Wieder fluchte ich unterdrückt. Doch die Katze sollte jetzt mein kleinstes Problem sein. Ich musste unbedingt nachdenken, was, wo war ich. Warum war ich hier?

Wie passte mein toter Lehrer in das ganze Bild? War ich vielleicht doch tot und in einer bizarren Zwischenwelt gefangen?

Nein, ich war oft genug gestorben um das zu erkennen. Als kleines Kind, erinnerte ich mich, waren immer irgendwelche Tiere bei mir gewesen, wenn ich wieder erwacht war. Mal war es ein alter Hund, dem ich etwas Jugend wiedergab als Danke dafür, dass er mich die zwei Tage, die ich ohnmächtig gewesen war, beschützt hatte. Dann mal eine Katze, deren verkrüppeltes Bein ich heilte. Oder... ich grinste, als ich an die Ratte im Hinterhof zurückdachte. Mister Geoffreys Gesicht war einmalig gewesen. Diesmal, so merkte ich jetzt, war es ein Mensch gewesen, der für mich dagewesen war. Und nicht irgendein Mensch, es war Geoffrey Mc Laine gewesen.

„Verdammt!" fluchte ich wütend, hätte es nicht mein Vater sein können? Schließlich war er auch tot. Hätte er mich nicht erwarten können, als ich heute meine Augen aufgeschlagen hatte? Aber all diese Überlegungen brachten mich nicht weiter mit meinem aktuellen Problem. Wo war ich hier? Was sollte ich hier?

Ein zaghaftes Klopfen an der Tür riss mich aus meinen Überlegungen. Ich schloss meine Augen. Es war eine kleine, angenehme, blaue Wärme. Die Person vor der Tür war Lisa. Ich lächelte. Die Tür ging auf und ich späte durch den Vorhang, richtig. Lisa kam mit einem Stapel Handtücher in den Raum. Ihr auf den Fuß folgend...Tom. Er miaute leise. Ich wusste, es sollte Danke heißen.

„Hallo!" sagte sie nervös. „Selber Hallo!" antwortete ich freundlich, ein Kichern belohnte mich. Lisa warf die Handtücher auf den kleinen Stuhl neben der Dusche und wartete. Glaubte ich, sie würde gehen, so täuschte ich mich. Sie setzte sich auf die Kloschüssel und zog ihre Beine hoch. „Du hast Tom wiederbelebt." sagte sie plötzlich, fast wäre ich in der Dusche ausgerutscht. Hastig hielt ich an der Armatur fest. „Er hat es mir gesagt." Wieder wäre ich fast gefallen. Schnell stellte ich das Wasser ab. „Du kannst mit ihm reden?" fragte ich sie, warum sollte mich das eigentlich überraschen. Gefangen in einem Irrenhaus, toll. Tote Lehrer, durchgeknallte Menschen und ein kleines Kind das mit Tieren reden konnte. Super, konnte es noch besser werden?

„Nicht reden, es ist eher so, das ich seine Gedanken fühlen kann." sagte Lisa nun. „Aber ich habe es niemanden gesagt. Tom meint es sei unfair, dich zu verraten." Das Mädchen kicherte erneut. „Jetzt haben wir also ein Geheimnis." sagte sie. Sie schien nicht gehen zu wollen, also trat ich aus der Dusche und griff nach einem der Handtücher, die sie mir zurecht gelegt hatte.

Ich hatte mich immer meines Körpers geschämt, geniert, wenn man es so sagen kann. Ich war nie so schlank gewesen wie meine Mitschülerinnen, und einige hatten sich stets darüber lustig gemacht. Einzig Susan war mir immer eine gute Freundin gewesen- Susan, die einzige Person der ich mein Geheimnis anvertrauen hatte können, ohne dass sie mich für verrückt hielt. Aber mich vor einer 5 Jährigen zu schämen, dafür bestand kein Grund, beschloss ich. Sie würde nicht urteilen.... Der Blick der kleinen Augen wurden sekundenlang groß, dann wandte sie sich wieder der Katze zu, die sich jetzt an meine nackten Beine rieb. „Ja, ist doch schon gut." sagte ich, beugte mich zur Katze herunter. „Genies deine neue Jugend und halte dich von Eichhörnchen fern. Die übertragen Tollwut oder so etwas in der Art." sagte ich grimmig.

Wieder kicherte das Mädchen. „Goffy ist also dein alter Herr, ja?" fragte ich sie, ein fragendes Gesicht war meine Antwort. Nun, ja, ich redete mit einer 5 Jährigen, ich holte tief Luft. „Mister Geoffrey Mc. Laine ist dein Vater?" wiederholte ich geduldig. Das Mädchen legte seinen Kopf schief und kicherte, sie schien gerne zu kichern. „Goffy?" fragte sie, dann nickte sie heftig. „Irgendwie schon." sagte sie wage. Ich sah sie geduldig an. Mir wurde kalt, also schlang ich ich das große Badelaken fester um mich. Konnte das Kind sich endlich mal äußern? Was sollte das heißen : irgendwie?

„Goffy..." das kleine Luder wiederholte tatsächlich den Spitznamen, „... ist mein Addoptivvater. Er fand mich vor zwei Jahren in einem Kinderheim und brachte mich hierher. Seitdem ist er mein Vater." Ich nickte, das kleine Kind war wirklich eine Wiedererweckte. Ich konnte es spüren, Ihre Erinnerungen verblassten nicht. Das war eine Tatsache, der sich Wiedererweckte stellen mussten. Man erinnerte sich an alles, an jeden verdammten Tod. Sie sprang von der Kloschüssel und nahm meine Hand. Ohne meinen Protest zu beachten zog sie mich in den Flur, der zum Glück leer war. „Du sollst etwas schlafen, Dad hat zu tun und wir treffen ihn später beim Abendessen." erzählte sie weiter.

Nun, so lange würde ich nicht bleiben, beschloss ich. Wenn ich etwas zum Anziehen finden würde, dann würde ich mich auf den Weg zu Susan machen. Ich überlegte, wo war Susan jetzt? Richtig. Sie war mit ihrem Verlobten auf eine kurze Reise in die Berge gefahren. Ein Lächeln umspielte meine Lippen. Ich hatte zum Glück einen Schlüssel für ihre Wohnung. Ich musste nur an meine Tasche kommen. Die sich, ich unterdrückte wieder einen Fluch, im Hotel bei meiner Mutter befand.

Lisa öffnete eine Tür und wies auf den Raum dahinter. „Dein Schlafzimmer. Dad sagt, es sei kein großer Raum und nicht schick eingerichtet, aber er muss dir für das erste reichen." Jetzt fluchte ich wirklich. Goffy spielte auf mein Vermögen an, er glaubte wirklich, ich sei eine verwöhnte, reiche, egoistische Göre. Natürlich hatte er dafür auch einige Gründe, überlegte ich und schloss beschämt meine Augen. In meiner Internatszeit hatte ich mich nicht gerade von meiner besten Seite gezeigt. Und meine heimliche Verliebtheit in ihn hatte es nicht gerade besser gemacht. Mister Mc. Laine war damals unser Vertrauenslehrer gewesen, und immer wenn er uns Anweisungen gegeben hatte, war es mir wichtig gewesen, sie zu missachten, Ich hatte mir selbst beweisen wollen, dass er mir egal war. Wenn Mister Mc. Laine gesagt hatte, um Zehn Licht aus, war ich es gewesen, noch um Mitternacht durch die Gänge zu laufen,auf den Weg zu irgendeiner Party in der Oberstufe.

Einmal hatte Geoffrey mich abgefangen. Er hatte wie ein schwarzer

Dämon mitten im dunklen Flur gestanden, unbeweglich, starr. Wie ein Wesen aus der anderen Welt. Groß, breit, schwarze Kleidung, glühende, wütende Augen... Susan hatte laut aufgeschrien, doch ich, die ich schon weit schlimmeres erlebt hatte, stand einfach nur still vor meiner Freundin, bereit sie vor dem Gespenst, dem Geist, der dort im dunklen Flur vor uns stand, zu beschützen.

„Hallo Gevatter Tod!" Hatte ich ihn salopp gegrüßt. „Diesmal nicht, auch diesmal wirst du mich nicht bekommen. Ich werde wieder aufwachen. Ich werde hier und heute nicht sterben. Du musst dir eine andere Seele suchen." hatte ich damals geflüstert. Dann hatte ich meine Hände auf meinen Magen gelegt. Mein Muttermal kribbelte, doch daran war ich gewohnt wenn etwas vom Tode mir zu nahe kam. „Wer hat Angst vorm schwarzen Mann? Niemand!" hatte ich leise gesungen. Meine Hand hatte sich auf mein Muttermal gepresst...
Dann jedoch hatte ich Mister Mc. Laine erkannt und aufgelacht. Er jedoch hatte damals nicht gelacht, er hatte mich finster angestarrt und geschwiegen. „Hör auf zu schreien, Susi!" hatte ich damals grinsend gesagt. „Das ist nicht der Sensenmann der mich holen will .Das ist nur Goffy!"
Man, hatte das damals Ärger gegeben. Ärger und eine Menge Strafarbeit.

„Hallo, bist du Zuhause, da oben in deinem Kopf?" Lisa zuckelte am Handtuch, das ich schnell wieder hochzog. Richtig, ich war ja hier, hier in diesem schrecklichen Mausoleum. Neben mir ein 5 Jähriges Kind. Ihr salopper Spruch entlockte mir ein Lächeln. Wenn ich mich etwas mit ihr beschäftigen würde, könnte sie in 10 Jahren ebenso frech sein wie ich. Mädchen mussten sich behaupten können. Das war meine Devise, und Lisa würde eine würdevolle Schülerin abgeben.
„Ich danke dir, Liebes." sagte ich endlich. „Das Zimmer ist toll." Ich ging zum Bett und schlug die Decke auf. „Ich werde etwas schlafen, das ist gut. Ich bin ziemlich müde." Lisa nickte. „Das kenne ich gut. Ich bin auch immer müde." Das Kind ging zum Fenster und zog die Vorhänge zu. Ein Grinsen ging über meine Lippen, das Kind war zu erwachsen für ihr Alter. Anscheinend hatte sie keine Spielkameraden...Dann ging sie und ich war endlich allein. Das Bett sah so einladend aus, es war himmlisch und verführerisch. Erst jetzt merkte ich, wie müde ich eigentlich war. Nun, beschloss ich, ich würde mich ein, zwei Stunden ausruhen

und mich dann auf die Suche nach Kleidung machen. „Hoffentlich sind nicht alle so dürr wie diese Jill." sagte ich leise, dann fielen mir die Augen zu und ich schlief, was mich wunderte, Traumlos ein.

5. Kapitel

Ich wachte auf. Ein Gesicht beugte sich über mich.
Im ersten Augenblick sah ich Jill, doch dann stockte ich. Das Mädchen, dass sich so ungeniert über mich gebeugt hatte, war nicht Jill, auch wenn sie so aussah. Die Flamme von Jill war Rosa gewesen, ein lustiges, warmes Rosa. Dieses Mädchen hatte eine grelle, grüne Flamme, ein Grün, das mir in den Augen weh tat. Schnell kniff ich meine Augen zusammen.

„Wer bist du!" fuhr ich das Mädchen an, welches sofort zurück schreckte. Es war eine Frechheit, sich an mich heranzuschleichen, während ich schlief. „
Du bist nicht Jill!" Ich sah zur Uhr, die an der Wand gegenüber hing. Tatsächlich hatte ich fünf Stunden geschlafen. Verdammt, ich wollte doch bereits ein gutes Stück von diesem Mausoleum weg sein. Wie hatte ich so lange schlafen können?

„Das hast du erkannt?" Das Mädchen mir gegenüber verzog wütend ihr Gesicht. „Wir sehen vollkommen gleich aus. Wie hast du das erraten!" fragte sie und kniff ihre Lippen zu einem Strich zusammen.

Ich zuckte mit den Schultern, warum sollte ich dem unhöflichen Mädchen irgendetwas verraten. Dann sah ich zum Fußende des Betts. Ein Stapel Wäsche lag dort sauber gefaltet.

„Niemand kann uns unterscheiden!" sagte mein Gegenüber. „Das schafft nur Geoffrey." Ihre Stimme wurde beim Namen von Goffy weich. „Das schafft nur er." Ihr Gesicht nahm einen dümmlichen, verzückten Ausdruck an..."Geoffrey".

Oh, Bitte nicht - dachte ich, bitte nicht ein weiteres Problem. Mir schwante übles. Hatte ich nicht schon genug um die Ohren? Doch richtig, warum sollte ich davon verschont bleiben. Ich setzte mich im Bett auf und wappnete mich gegen das, was kommen würde.

„Geoffrey ist mein Freund." sagte sie auch prompt. Nicht, dass ich sie da-

nach gefragt hatte. „Tolle Ansage, gut eingeübt. War es dann?" fragte ich so höflich ich konnte. Ich wartete einfach, bis sie verschwinden würde, doch den Gefallen würde sie mir wohl so schnell nicht tun. „Lass deine Finger von ihm." Sie redete also weiter. „Er gehört mir!"
„Du kannst ihn gerne haben, ich steh nicht auf so düstere Typen." war meine Antwort. "Außerdem ist er mir viel zu alt." Ich überlegte, wie viel Jahre wohl zwischen uns lagen... zu viele, das war mir bereits damals in der Schule bewusst gewesen...
Ihre Augen wurden zu Schlitzen. „Du findest Geoffrey nicht attraktiv? Bist du lesbisch?" fragte sie mich provozierend. Man, war die auf Krawall gebürstet. Wenn sie Streit wollte, na gut. „Nein bin ich nicht, und selbst wenn... du bekämst meine Telefonnummer bestimmt nicht, Darling." antwortete ich so zuckersüß ich konnte. Das Mädchen holte jetzt tief Luft, anscheinend hatte sie mir noch einiges zu sagen. „Die ganze Zeit spricht er nur noch von dir, regt sich über dich auf, er..."
Na toll... Ich demonstrierte ein Gähnen. „Hallo? Ich muss mal dringend aufs Klo, dann würde ich mich gerne anziehen. Können wir deine kleine Eifersuchtsszene auf einen späteren Zeitpunkt verschieben? Mir platzt gleich die Blase." Schmunzelnd sah ich zur Uhr. „Sagen wir in einer halben Stunde. Dann kannst du mich gern weiter anmachen." Mein Gegenüber war sprachlos. Mit aufgerissenen Mund stand sie im Raum und rang um Worte. „Du... Du...Du..." mehr sagte sie nicht, dann rauschte sie aus dem Zimmer.

„Warum beenden die Menschen in meiner Gegenwart eigentlich nie ihre Sätze?" fragte ich mich. Die Jeans saß etwas eng, doch ich war froh, nicht mit einem Badelaken durch die Räume zu laufen. Ich hob den riesigen Pullover an meine Nase und roch. After Save... Das gleiche, dass Geoffrey benutzte. Ich lächelte, es war also einer seiner Pullover. Kein Wunder dass er so groß war.
Nachdem ich aufgestanden war und die Vorhänge geöffnet hatte, hatte ich meine Fluchtpläne für heute verworfen. Draußen herrschte Dunkelheit... und ich hatte keine Ahnung, wo ich mich befand. Morgen würde ich dieses Anwesen in aller Frühe verlassen. Der Kater erschien und schlich mir um die Beine. Lachend strich ich ihm über das Fell, er machte zufrieden einen Buckel. „Zeigst du mir, wo ich die anderen fin-

de?" fragte ich das Tier, dass nun hoheitsvoll vor mich her schritt.
Vor einer großen Tür blieb der Kater stehen und sah mich aus seinen
unergründlichen grünen Augen an. „Danke dir." sagte ich milde. Hinter
der Tür konnte ich die Stimmen von 10 verschiedenen Menschen hören.
Sie sprachen durcheinander, lustig, ernst. Sie schienen beim Abendessen zu sein, dass erinnerte mich an meinen knurrenden Magen. Sollte
ich klopfen, sollte ich warten? Ich entschied mich für die dritte Lösung
und trat einfach ein. Sofort verstummten alle Gespräche. „Äh.... Hallo!"
begann ich, immer noch starrten mich alle Gesichter an. „Selber Hallo!"
sagte Lisa und lachte. Sie kam auf mich zu und griff nach meiner Hand.
„Das ist Mary" stellte sie mich vor. Sie zog mich zu ihren Platz. Ich setzte
mich und nahm das kleine Mädchen auf den Schoß. Jill reichte mir den
Brotkorb. Es war Jill, eindeutig Jill, ich spürte ihre freundliche Flamme.
„Wo ist denn dein Klon?" fragte ich sie, alle am Tisch lachten. „Josefine
ist mit Mister Mc. Laine beim Rat." antwortete sie lächelnd, dann legte
sie ihren hübschen Kopf schief. „Wie hast du es gemerkt? Das ist noch
keinem gelungen... bis jetzt." ein Kichern kam aus ihrer Kehle. „Joe war
richtiggehend wütend darüber."
Wie gerufen ging die Tür auf und Geoffrey trat ein gefolgt von Josefine. Er schenkte sich einen Kaffee ein, Josefine drängte sich in seine
Nähe, ihr Blick streifte mich, so als wolle sie sagen.... siehst du: Meiner!"
Geoffrey wies über die kleine Gruppe am Tisch. „Habt ihr euch schon
bekannt gemacht?" fragte er. Schweigen folgte... „Also..." begann er und
ging um den Tisch herum. Dann fasste er jeden der Angesprochenen an
die Schulter. „Das ist Jim. Jim ist 18, Henry ist 20." Er stellte mir jeden
der Anwesenden vor. „Und dann haben wir noch Jill und Joe. Die beiden
hast du schon kennengelernt." sagte er zum Schluss.
Ich unterdrückte ein Lachen. „Jill und Joe? Klingt wie ein Kinderbuch...
Hanni und Nanni?" sagte ich frech. Ich zwinkerte Jill zu, sie verstand
und lächelte während Joe ärgerlich ihre Lippen zusammen zog. Geoffrey
seufzte. „Kannst du dich nicht wenigstens einmal normal benehmen,
Mary?" fragte er und schenkte sich Kaffee nach.
„Hallo?" fragte ich ihn, er ärgerte mich, regte mich auf. Seine verdammt-
te, ruhige, fast stoische Art... „Sie stören mich beim Eintritt in die ewigen Jagdgründe, verschleppen mich in ein Mausoleum alla Harry Potter
- wie hieß das bei ihm noch? Hogwarts? Und zwingen mich, hier zu

bleiben solange sie es für richtig halten, und ICH soll mich normal benehmen?", mein Mundwerk war wieder mal schneller als mein Verstand, das merkte ich, als die Jugendlichen am Tisch laut zu lachen begannen Egal, ich ignorierte sie. „Da ich ja wieder mal nicht abgekratzt bin…" Ich holte kurz Luft, dann wurde ich lauter, da das Lachen im Raum anschwoll… „Erwartet mich Zuhause ein voller Terminkalender! Die Beerdigung meines Vater? Meine liebreizende Mutter, die mir mein Erbe streitig machen will? Wahrscheinlich erwartet sie mich bereits mit einer neuen Idee, mein Leben zu beenden. Vielleicht sollte ich ihr mal einen Tipp in dieser Richtung geben… Sie hat es noch nicht mit Enthauptung versucht!" sagte ich zornig. Ich hatte mich regelrecht hineingesteigert. „Und am Ende des Monats beginnt das neue Seminar für Geschichte und Religiöse Fakten!" der letzte Satz war mir entschlüpft, bevor ich es verhindern konnte. Das Lachen artete in einen Brüllen aus. Selbst die kleine Lisa lachte, obwohl wie ich vermutete, sie nur einen kleinen Teil meiner Worte verstanden hatte.

Geoffreys Augenbrauen schossen bei meinen letzten Worten in die Höhe. „Geschichte und Religion?" fragte er mich, als das Lachen endlich etwas verebbte. Ich zuckte nur mit meinen Schultern. Nach Geoffrey Mc. Laines „Tod" hatte ich begonnen, diese Themen zu lieben. Ich hatte all meine Liebe die ich für den Mann empfunden hatte in diese beiden Fächer gelegt. Zusammen mit Susan war es mir gelungen den versäumten Stoff innerhalb kurzer Zeit aufzuholen. Dann hatten wir beide uns an einer kleinen Uni im Südwesten eingetragen… weit weg von meiner Mutter. Aber das war etwas ‚dass ich Geoffrey nie in meinem Leben verraten würde. „Ja,ja, ich weiß: ich und Geschichte? Das wäre ja so als würde man einem Esel das Tanzen beibringen" antwortete ich salopp. Wieder erscholl Lachen.

„Mensch Mary." japste der Junge den Geoffrey mir als Jimmi vorgestellt hatte. „Ich hoffe du kannst bleiben… So lustig war es hier noch nie!" „Schnauze!" befahl Geoffrey und ich wunderte mich über die derbe Zurechtweisung. Dann sah er sich streng um. „Esst auf, dann Tischdienst, Jimmi!" sagte er finster. „Aber ich bin nicht dran!" widersprach dieser. „Jetzt schon!" war die Antwort von Geoffrey. Dann kam er zu mir und beugte sich an mein Ohr. „Ess dein Brot. Die Ratsmitglieder warten in der großen Halle auf dich. Und ich rate dir, deine dummen Sprüche in

Gegenwart dieser Menschen im Zaum zu halten." sagte er wütend. Seine direkte Nähe machte mich nervös. Plötzlich war ich wieder 15 Jahre alt. Und mein Herz überschlug sich bei seinem Anblick. „Jawoll, Mister Goffy." sagte ich pflichtschuldig. Ich legte meine Hand an die Stirn und salutierte. Wieder brüllten die anderen vor Lachen. „Mary nennt Dad Goffy!" plapperte Lisa heraus. Das Lachen schien kein Ende zu nehmen. Verdammt, mein Mundwerk würde mich irgendwann umbringen... wieder mal...

10 Minuten später liefen wir über den dunklen Innenhof des alten Anwesens. Zwischen uns hüpfte Lisa, jeden von uns an der Hand. Es hatte einen kleinen Disput gegeben, da Josefine darauf bestanden hatte, uns zu begleiten. Geoffrey hatte dies verneint, und schließlich bestimmt, das Lisa noch einen kleinen Spaziergang gebrauchen könne. Jetzt liefen wir mit dem Kind über den Hof und schwiegen. Geoffrey grimmig, verstimmt, ich nachdenklich... Was würde mich von diesen Menschen, die sich selbst den Rat nannten, erwarten? „Was wollen diese Typen von mir?" fragte ich Geoffrey, doch er schwieg weiter. Ich stolperte kurz, er hielt mich. Dankbar wandte ich mich zu ihm. „Hören sie, Geoffrey." begann ich, er schwieg weiter. „Es tut mir leid ... dass mit ihren Spitznamen, er ist mir so raus gerutscht."
„Du und dein verdammtest Mundwerk!" er blieb stehen und raufte sich mit seiner freien Hand die Haare, eine mir sehr bekannte Geste, „Du glaubst das Geld deines Vaters würde dir erlauben, egoistisch, rücksichtslos, arrogant und überheblich zu sein! Du kannst dir alles erlauben. Das dir die Welt gehört! !" Er hatte nicht laut gesprochen, doch so kalt, dass ich trotz der sommerlichen Temperaturen fror. „Du verletzt, beleidigst die Menschen in deiner Umgebung, und wenn das nicht reicht, verprügelst du sie! Mir ist noch nie so eine kalte, herzlose Person wie du untergekommen." Er schwieg und richtete seinen Blick auf einen Punkt irgendwo in der Dunkelheit.
Ich blieb tief betroffen stehen. „Lisa, geh doch mal zum Brunnen und such mir einen schönen Kiesel." bat ich das kleine Mädchen. Kaum war sie davon gehüpft, drehte ich mich zu Geoffrey um. Er sah mich fragend an. Ich hob meine Hand und schlug ihn ins Gesicht. Dann folgte ich Lisa und bückte mich zu ihr, um im Dunklen nach einen schönen Kieselstein

zu suchen. Es war ein Glück, dass es dunkel war, so sah niemand meine Tränen, die mir stumm über die Wangen liefen...

Der große Saal erinnerte mich an die Schulaula meiner letzten Schule. Geoffrey hatte gewartet, bis ich mit Lisa zu ihm zurückgekehrt war, dann war er schweigend vor mir her in das Gebäude gegangen. An einem langen Tisch, der mich wieder irgendwie an Harry Potter erinnerte, saßen 2 Männer und eine Frau. Sie tuschelten leise und verstummten, als wir näher kamen. „Setzen sie sich Miss Clarens." bestimmte der Älteste der drei. Geoffrey drückte mich sanft auf den Stuhl, der direkt vor dem Tisch stand. Sein Blick glitt über meine Person und wieder beugte er zu den anderen und unterhielt sich leise. Dann wandte er sich wieder mir zu und verschränkte schweigend seine Arme.
„Hüter Mc. Laine hat sie hergebracht, weil ihre Geschichten uns Anlass zur Sorge geben." sagte der älteste der Männer dann.
Ich wollte vernünftig sein... Gott ist mein Zeuge.. und nach den harten Worten von Geoffrey draußen auf dem Hof, wollte ich beweisen, das ich es sein konnte... doch mein Mundwerk hatte es irgendwie nicht verstanden.... „Hüter Mc. Laine?" fragte ich und unterbrach den Mann vor mir? „Moment... Auszeit....Hüter? So wie aus Hüter des Lichts?" Ich unterdrückte ein Grinsen. „Lassen sie mich raten.. Dann sind sie der Weihnachtsmann." Ich wies auf den Sprecher vor mir, „Daneben sitzt der Osterhase und sie..." ich wies auf die Frau."...sind die Zahnfee. Jetzt fehlt nur noch der Sandmann!" Wie auf Befehl ging die Tür auf und ein Mann kam mit einem Tablett voller Getränke zu uns. „Und da ist er auch schon!" sagte ich weiter. Dann drehte ich mich zu Geoffrey um. „Dann sind sie also ein in die Jahre gekommener Jack Frost."

Eisiges Schweigen breitete sich im Raum aus. Alle Schwiegen, man hätte eine Stecknadel fallen hören können.
„Wie ich ihnen bereits sagte, Ratsmitglieder. Undiszipliniert, vorlaut, ohne jeglichen Respekt. Dieses Mädchen ist vollkommen unmöglich. Und ihre Geschichten unglaubwürdig." sagte Geoffrey endlich."Es gibt keinerlei Berichte, die ihre angeblichen Tode unterlegen. Trotzdem musste ich sie herbringen, denn sie ist ungewöhnlich gut informiert."
„Miss Clarens..." begann der Mann vor mir wieder, anscheinend hatte

er sich endlich wieder etwas gefasst. „Hüter Mc. Laine hat Recht. Sie behaupten 12 x gestorben zu sein. Es gibt dafür keinerlei Beweise. Er hat sie zwar aus dem Fenster stürzen sehen, aber es kann sein, dass sie einfach nur Glück gehabt haben."

„Glück? Aus dem 12 Stock zu stürzen, nachdem man vergiftet und erstochen worden ist?" fragte ich, dann wandte ich mich um. „Alles klar.. Okay, kein Problem, sagen wir einfach es war Glück... Kann ich dann zurück Nachhause? Wie ich bereits „Hüter Mc. Laine" sagte, ich habe einen vollen Terminkalender!"

„Wir wissen nur, dass sie aus einem Fenster gestürzt sind. Und für alles andere fehlen die Beweise....Sie weisen auch keine Male auf... Außerdem sind sie dafür bekannt, sich gerne Geschichten auszudenken. So wie in ihrer Schulzeit, wenn sie den Unterricht schwänzten." der Mann überlegte einen Moment... „Dann geben sie also zu, gelogen zu haben?" sagte er.

„Ich lüge nicht, Verdammt!" Ich sprang auf und beugte mich über den Tisch. Es reichte mir, jeder stellte mich als Irre oder Lügnerin hin. Niemand glaubte mir... einzig Susan, meine Freundin Susan... Was sehnte ich mich in diesem Moment nach ihr. Sie war die einzige Person, dich mich nicht ansah, als sei ich verrückt, wenn ich ihr von meinem Erlebnissen erzählt hatte.

„Ein Vorteil, wenn man so viel Geld wie Vater hat....hatte," verbesserte ich mich. „Ist, dass man beliebig viele Leute bestechen kann, Berichte verschwinden lassen kann und „Gedächtnisse löschen"kann." Ich holte kurz Luft. „Im Laufe der Jahre ist mein Vater ein Spezialist darin geworden. Aber wenn ich zugebe zu Lügen, kann ich dann diese Irrenanstalt hier verlassen? Wie bereits gesagt, ich habe noch einiges zu erledigen."
Wieder herrschte Schweigen. Lange, endlos wie mir schien.

„Sie weisen keinerlei Male auf." sagte jetzt die Frau. Sie schob den Kragen ihrer hochgeschlossenen Bluse beiseite und ließ mich ihre Male sehen. 3 kleine Punkte. „Nein, habe ich nicht." sagte ich. „Wenn diese dämlichen kleinen Schlangen ein Mitgliedssymbol sind, so bin ich froh keine zu haben." Alle Augen starrten mich an. Niemand sagte etwas..

„Woher wissen sie, dass es kleine Schlangen sind? Sie sind so winzig, dass man sie mit dem bloßen Auge nicht erkennen kann." sagte endlich der dritte Mann.

„Ich trage gute Kontaktlinsen." antwortete ich salopp. Geoffrey schüttelte seinen Kopf. „Sie hat nie eine Brille gebraucht." sagte er dann. „Und wie ich bereits sagte, sie hat ungewöhnliche Kenntnisse über uns."
„Hören sie, meine Dame, meine Herren. Ich denke doch, dass es sich hier um keine Gefangennahme handelt. Ich bin freiwillig hier. Um was für ein Institut es sich auch immer hier handelt, ich habe kein Interesse, Mitglied zu werden.. Sie haben doch bereits festgestellt, dass ich hier nicht her passe. „Wie Mister.. Hüter Mc. Laine bereits feststellte, bin ich undiszipliniert, vorlaut und noch einiges andere Unschmeichelhafte. Ich passe nicht hierher und würde es begrüßen, wegzukommen..." beendetet ich meine Rede. Geoffrey drückte mich zurück in den Stuhl, seine Hand blieb auf meiner Schulter liegen. „Als ich zu dem Hotel kam, sah ich Miss Clarens aus dem Fenster stürzen. 12 Stockwerke tief. Sie lag in der Gasse und unterhielt sich angeregt mit sich selbst..." Er drückte fest zu, als ich etwas sagen wollte. „Sie war weder weggetreten noch waren irgendwelche Ghost zugegen. Es war mehr als merkwürdig. Als ich ihr ins Hotelzimmer ihrer Mutter folgte, war diese gerade dabei einen riesigen Blutfleck vom Teppich zu entfernen. Auch in dem Hotelzimmer spürte ich keinerlei Anwesenheit von Ghost." sprach er weiter. „Wir müssen der Sache gründlich auf den Grund gehen." Die Menschen am großen Tisch schwiegen.
„Ähm, also wenn sie mit Ghost diese unheimlichen, grauen Typen meinen, so um die zwei Meter groß, durchscheinend und mit hässlichen Make Up im Gesicht... Fingernägel die dringend einer Maniküre gebrauchen?... die tauchen nur noch vereinzelt auf. Sie haben wohl im Laufe der Jahre genug Prügel von mir bezogen." Ich schlug mir auf den Mund. Wieder mal redete ich mich um Kopf und Kragen. Hatte ich diese merkwürdigen Typen nicht gerade fast dazu gebracht, mich gehen zu lassen? Wenn ich ihnen jetzt von den nervenden Gespenstern erzählte, die mich in den ersten Jahren immer wieder gejagt und zu verführen versucht hatten, dann würden sie mich bestimmt jetzt einsperren... Ich war hier in einer Irrenanstalt gelandet... Das wurde mir jetzt schlagartig klar. Eisiges Schweigen im Raum. „Sie lügen!" sprach endlich einer der Männer. „Man kann Ghost nicht bekämpfen." Er schüttelte entschieden seinen Kopf. Ich log nicht. Wutentbrannt wollte ich wieder aufspringen. Wieder drückte Geoffrey mich nieder. „Im Buch steht es geschrieben...

ein Krieger wird kommen und sich den Ghosts entgegen stellen." sagte er leise.

„Ein Krieger, jawohl Hüter. Es steht ein Krieger wird auferstehen und sich den Ghosts entgegen stellen. Er wird kämpfen wie keiner vor ihnen gekämpft hat. Ein Krieger wie keiner vor ihm." Der Blick des Sprechers schien mich zu durchbohren. „Und wirklich, glauben sie, diese, dieses Mädchen hier entspricht der Beschreibung auch nur im geringsten?" Alle drei Menschen vor mir schüttelten nun ihren Kopf.

„Ich habe sie beobachtet, Ratsmitglieder! Sie hat Jungen verprügelt, die zwei Köpfe größer und doppelt so schwer wie sie selbst gewesen waren. Sie hat mich heute durch die Gasse geschubst, als würde ich nichts wiegen... Das ist nicht normal! Wir müssen nachforschen." antwortete Geoffrey, doch die Typen vor mir schüttelten wieder ihren Kopf. Geoffreys Griff um meine Schulter tat jetzt weh, ich stöhnte auf und entwand mich seinem Griff. Dann erhob ich mich und ging einige Schritte zur Tür.

„Bleiben sie! Wir sind noch nicht fertig!" befahl der Älteste mir. „Ich schon!" war meine Antwort. „Wie sie bereits festgestellt haben... ich gehöre hier nicht her... Es ist sterbenslangweilig bei ihnen. Ich bin schon lustiger gestorben, ehrlich...Und ich erinnere sie nur ungern an meinen vollen Terminkalender."

„Sie ist zu alt für unsere Schule, zu undiszipliniert, sie wird uns nur Ärger bereiten." Die Frau erhob jetzt ihre Stimme. „Sie ist nicht auserwählt, sie besitzt keine Male. Was immer sie auch erzählt, was immer sie auch weiß, es ist UN-relevant." Sie erhob sich. „Sie können das Kloster verlassen, Miss Clarens. Hüter Mc. Laine wird dafür sorgen, dass sie zurückgebracht werden." Sie hob ihre Hand als Geoffrey ihr widersprechen wollte. Sie nickte mir kurz zu und verließ den Raum, die Männer folgten ihr. Ich blieb mit Geoffrey zurück.

Unangenehmes Schweigen breitete sich aus. „Werden sie nun mein Gedächtnis löschen? Werden sie dafür Sorgen dass ich alles vergesse?" fragte ich endlich. „Haben sie auch so ein cooles Gerät wie die Men in Black?"

„Dein verdammtes loses Mundwerk." sagte er statt einer Antwort. „Du hast vor nichts und niemanden Respekt." Er fuhr sich erneut durch seine Haare. „Du bist intelligent. Es hätte etwas großes aus dir werden

können, aber du bist viel zu ich - bezogen, arrogant...schon in deiner Schulzeit. Bist du lieber Tagelang verschwunden oder hast dich auf irgendwelchen Partys herumgetrieben...."
Es reichte, das Fass war übergelaufen. Ich konnte nicht mehr. Tränen liefen mir ungehindert übers Gesicht, ich zitterte am ganzen Körper.
„Sie verdammter, blöder Idiot. Haben sie sich in all den Jahren auch nur einmal die Mühe gemacht, hinter meinen Spiegel zu schauen? Haben sie sich auch nur eine Moment mal Überlegt, dass alles was ich sage und tue vielleicht nur eine Maske ist? Eine Maske hinter der ich all meinen Schmerz und meine Demütigungen verstecke? Vielleicht bin ich überhaupt nicht so selbstgefällig und egoistisch. Vielleicht verberge hinter alledem nur den Schmerz. Den Schmerz, von seiner Mutter nicht geliebt zu werden, von Vater nur sporadisch Beachtung zu bekommen? Niemanden zu haben, der einem glaubt, wenn man mal wieder von den Toten heimgekehrt ist? Die Scham, weil man glaubt alles was passiert ist sei ihre Schuld? "Meine Wut bahnte sich einen Weg. „Haben sie überhaupt eine leise Ahnung wie einsam ich bin?" Ich schrie jetzt, schrie den Mann vor mir an, Tränen strömten mir übers Gesicht. Mein so schwer erkämpftes Selbstbewusstsein sackte in sich zusammen. Ich zitterte als würde ich frieren... Er wollte nach mir greifen, doch ich schubste ihn, so das er rückwärts stolperte. Ohne auf Geoffrey zu achten, rannte aus den Gebäude und blieb erst im Mondbeschienen Innenhof stehen.
Es dauerte einen Augenblick bis Geoffrey, Lisa an seiner Hand, mir folgte. Wir gingen schweigend zurück, der große Raum, das Esszimmer, war leer. Ich ging zum Kühlschrank und holte mir etwas zu trinken heraus. Es war Wasser mit Sprudel, eigentlich mochte ich kein Sprudel, doch das war mir jetzt egal.
„Ich bringe Lisa zu Bett." sagte Geoffrey schließlich. „Dein Zimmer kennst du. Wir sehen uns morgen früh. Ich fahre dich zurück zu deinem Hotel." Ich nickte, er verließ den Raum.
Mein Kopf sank gegen den Kühlschrank und ich weinte still. Es war zu viel, zu viel heute passiert. Ich wusste, ich würde keinen Schlaf finden...

6. Kapitel

„Wo sind die anderen?" es war die erste Frage, die ich heute morgen über meine Lippen brachte. Geoffrey hatte mich schweigend am Auto erwartet als ich heute morgen das Gebäude verlassen hatte. Ich hatte nicht geschlafen. Ich hatte, wie befürchtet, wach im Bett gelegen, immer wieder kreisten die Geschehnisse des vorherigen Tages in meinem Kopf. Meine Mutter war so wütend gewesen, als das Testament verlesen worden war. Sie hatte mich schon immer gehasst und es war klar, dass sie es sich nicht gefallen lassen würde. Dann mein Sturz aus dem Fenster, das Erscheinen vom toten Geoffrey Mc. Laine und mein fast unfreiwilliger Aufenthalt hier in diesem Kloster. Was war das hier für ein Gebäude, was waren das für Menschen, die hier lebten? Ich hatte an die ganzen Jugendlichen gedacht. Sie alle hatten Male, etwas was sie verband...
„Haben Unterricht." antwortete Geoffrey knapp. Er setzte Lisa in einen Kindersitz auf der Rückbank. „Lisa hat noch Zeit und wird uns begleiten." er strich dem kleinen Mädchen sanft über die Wange. „Ich darf dich begleiten Mary." plapperte das Mädchen lustig. Ich wusste, Geoffrey hatte sie mitgenommen um die unangenehme Stille, die seit gestern Abend zwischen uns herrschte, zu überbrücken. „Das wird toll. Ich liebe Autofahren." Ich versuchte den Kopf zu wenden und ihr zuzulächeln. Geoffrey stieg ein und startete den Wagen, langsam rollte der Wagen vom Hof. Wir fuhren schweigend, von Lisas Geplapper abgesehen, den Weg zurück. Es schien eine Ewigkeit zu dauern, dann endlich konnte ich die ersten Hochhäuser der Stadt erkennen. „Sie werden versuchen, mir die Erinnerung an gestern nehmen, nicht wahr? Sie können es sich nicht leisten, dass irgendjemand weiß, dass sie noch leben." sagte ich nach fast zwei Stunden. Ich wandte meinen Kopf zu ihm, Geoffreys Lippen waren zusammengepresst, er schwieg.
„Ja, ich muss." antwortete er endlich. „Niemand darf von uns erfahren."

Dann fast widerwillig, fuhr er fort. „Es tut mir leid, Mary. Du hast recht gehabt... damit, dass ich nie darüber nachgedacht habe, warum du dich benimmst wie du dich benimmst. Heute Nacht habe ich wach gelegen und mir überlegt, was für ein einsames Leben du geführt haben musst mit solchen Eltern. Es tut mir leid, dich so falsch eingeschätzt zu haben." Wieder verfiel er ins Schweigen. Auch ich schwieg. Nur noch wenige Stunden und ich würde vergessen haben, dass er noch am Leben war... Wir fuhren jetzt auf eine der großen Straßen, die uns weiter in die Innenstadt brachte. Bald, bald war ich wieder bei meinen Koffern, meinen Schuhen, meinen Kleidern....Das gab mir wenigstens einen kleinen Trost und ein leichtes Grinsen erschien auf meinen Lippen. Endlich ausgiebig baden und sich neu einkleiden, herrlich..

„Mary hat keine Male." sagte Lisa plötzlich und riss mich aus meinen Tagträumen. Es platzte aus ihr heraus, so als habe sie lange darüber nachgedacht. „Ich meine keine kleinen Schlangen." Sie kicherte. Mir blieb das Herz stehen, es setzte einen Augenblick schier aus. Plötzlich wusste ich, was sie ihrem Vater erzählen wollte. „Ist kein Problem, Lisa." sagte ich schnell, versucht, das Kind zu unterbrechen. „Nicht jeder braucht solche Dinger."
Doch Lisa ließ sich nicht ablenken. Sie reckte sich in ihrem Kindersitz vor und strahlte über ihr ganzes Gesicht. „Aber sie braucht keine kleinen Male. Sie hat eine ganz große, eine Schlange... wie eine Acht, die sich selber in den Po beißt." platzte sie heraus. Das habe ich gestern genau gesehen..."
Geoffrey trat so heftig auf die Bremse, das der Wagen gefährlich schlingerte, rutschte und endlich am Straßenrand zum Stehen kam. Ich fluchte still.
„Wo?" fragte Geoffrey, seine Stimme schien aus puren Eis zu bestehen.
„Ach was, sie fantasiert." versuchte ich das Kind zu unterbrechen.
„Auf ihrem Bauch, Dad. Direkt unter dem Bauchnabel. So wie auf dem Bild das in deinem Büro hängt. Der große, dunkle Mann, der so ausschaut als sei er immer böse." erzählte Lisa weiter, froh die Aufmerksamkeit ihres Vaters zu erhaschen.
„Woher weißt du das, Liebes?" fragte Geoffrey Lisa wieder. Sie kicherte leise. „Ich habe Mary doch gestern die Handtücher ins Bad gebracht,

und dann, als sie aus der Dusche kam, da habe ich das Mal gesehen. Es sieht ganz genauso aus, wie bei dem Mann auf dem Bild." sagte Lisa stolz weiter.

Verdammtes süßes, niedliches, unwissendes Plappermaul. Ich konnte die Stadt bereits sehen. Ich war fast da, in der Stadt, in meinem Hotel. Bei meinem Klamotten, meinem Handy... meinem Leben. Dieses verdammte Kind hatte mich verraten.

Geoffreys Blick wandte sich von Lisa ab und richtete seine Augen jetzt auf mich. „Zeig es mir." befahl er. Ich schüttelte heftig meinen Kopf. „Ich soll mich ausziehen? Aber Mister Mc. Laine, es sind Kinder anwesend." versuchte ich die Situation mit meinen saloppen Tonfall zu entschärfen. Doch ich konnte mein Zittern nicht verbergen. Natürlich spürte er es, Verdammt!

Ich will das verdammte Mal sehen!" befahl er mir. Ich schüttelte den Kopf. Das würde nicht passieren. Dieses komische Muttermal hatte mich schon genug geärgert. Nie war es mir möglich gewesen, einen Bikini oder ein Bauchfreies T- Shirt zu tragen. Immer prangte dieses hässliche Mal unterhalb meines Bauchnabels.

„Wie sind gleich in der Stadt. Sie können mich auch gleich hier rauslassen, Mister Mc. Laine." sagte ich erstickt. „Die Hüter des Lichts.." ich seufzte, mein verdammtes Mundwerk..." die Typen gestern haben mich freigelassen. Sie haben mich regelrecht rausgeschmissen." Ich griff nach den Türgriff und drückte ihn herunter. Seine Hand legte sich schwer auf meine und hielt mich gefangen. „Nicht so schnell, kleine..... Defender!" er benutzte das Wort schwer und nachdenkend.

„Hören sie, Geoffrey." sagte ich wieder, seine Nähe, wie er sich über mich beugte, seine Hand auf meiner, machten mich wieder nervös. „Lisa übertreibt. Es ist nur ein Muttermal, ein kleines, unscheinbares Muttermal. Eins dass ich mir schon längst hatte entfernen lassen wollen." Jetzt ärgerte ich mich, es nie in Angriff genommen zu haben. Geoffrey schwieg, sein Blick heftete sich auf meinen Bauch. „Nein!" sagte ich entschieden, ich ahnte, was er vorhatte.

„Wenn ich mich recht erinnere, ist es mein Pullover den du trägst. Wenn ich es mir jetzt überlege, möchte ich ihn gerne wieder haben." Seine freie Hand umfasste den Saum des Pullovers. Er schob ihn etwas in die Höhe. In dem Moment war es wieder so, als sei ich 15 Jahre alt und über beide Ohren verliebt in ihn.

Verflucht, reiß dich zusammen, konzentriere dich.. befahl ich mir selbst.

„Sie wollen ihren Pullover zurück? Gerne!" sagte ich. Mit einem Ruck riss ich mir den Pullover über den Kopf, im selben Augenblick öffnete ich die Tür und sprang aus den Wagen. Doch Geoffrey hatte schon gesehen, was er hatte sehen wollen. Mein Muttermal ….

Ich rannte über den Streifen am Fahrbahnrand, meine Arme um meinen nackten Oberkörper geschlungen. Es war mir peinlich, aber das brachte nun nichts, darüber würde ich mir später Gedanken machen. Hauptsache weg von hier, weg von diesen irren, toten Mann.

Doch so schnell ich rannte, Geoffrey holte mich ein, seine Hand ergriff meine Schulter und riss mich hart zurück. Ich stoppte mitten im Laufen und wäre fast gefallen. Geoffrey riss mich herum, zog meine Hände, die ich über mein Muttermal gelegt hatte, fort und starrte auf das rote Mal, das nun zu glühen schien.

„Verdammt, verdammt, verdammt!" schnauzte er, immer wieder fuhr seine freie Hand durch sein Haar. Das war meine Chance. Ich ballte meine Hände und schubste ihn von mir. Er strauchelte und stolperte einige Schritte zurück, erstaunt, verblüfft. „Du hast das Mal der Defender!"sagte er ungläubig. Wieder kam er näher, vorsichtiger diesmal. Ich wartete, bis er nahe genug war. Dann öffnete ich meinen Mund und hauchte ihn an.

„Du hast nichts gesehen, dies hier ist nie passiert. Du hast mich zu meinem Hotel gebracht und abgesetzt. Du bist froh mich Nervensäge los zu sein." Ich ließ meine Worte, Worte mit einem eisernen Willen, in seinen Kopf fließen. Mit einer warmen, einlullenden Flamme voller Zwang. Die Flammen gruben sich in Geoffreys Gehirn, versuchten dort Halt zu finden.

Seine Flamme wurde heller,war seine Flamme, das Leben, das in ihm tobte war immer von einem dunklen Türkis gewesen, einen angenehmen Türkis. Jetzt wurde die Flamme heller, fast weiß. Einen Augenblick lang hoffte ich, ihn überzeugt zu haben. Dann jedoch wurde seine Flamme wieder Türkis... dunkel, satt. Ich seufzte.

„Du steckst voller Überraschungen, Mary Cooper - Clarens. Du hast viele Geheimnisse. Du beherrscht den Zwang sehr gut, alle Achtung" Geoffrey sprach langsam, nachdenklich. „Und das ohne je darin unterrichtet worden zu sein." Mein ausgeübter Zwang machte ihm immer noch etwas zu schaffen. Aber er hatte ihn abgewehrt. Ärgerlich verzog ich mein Gesicht. „Fast hätte es geklappt." schmollte ich. „Ihre Dunkeltürkise Flamme war fast weiß." widersprach ich und hätte mir am liebsten selbst eine Ohrfeige verpasst. Verdammt, wie blöd war ich eigentlich?Seine Augenbrauen schossen in die Höhe. „Du kannst Flammen sehen?" fragte er ungläubig. „Ja, natürlich, warum nicht? langsam gibt alles einen Sinn."

„Hallo? Wir stehen hier an einer Autobahn. Ich bin obenrum nackt, im Auto sitzt ein kleines Mädchen und wartet, und sie fragen mich nach irgendwelchen Flammen?" fragte ich ihn wütend. Er reagierte nicht darauf sondern nickte jetzt fast lächelnd. „Natürlich! Deshalb konntest du gestern Josefine von Jill unterscheiden... natürlich." Etwas dass ihm wohl die ganze Zeit beschäftigt hatte. „Auch wenn sie gleich aussehen..."
„Haben sie doch unterschiedlich Farben.." vollendete ich seinen Satz. Mein Kopf sank nach vorn. „Ich möchte gerne den Pullover wieder haben.." sagte ich dann und verzog meinen Mund zu einem gequälten Lächeln. Mir war zum Heulen zumute. Hätte Lisa ihren vorlauten Mund nicht 10 Minuten länger halten können? Musste sie ausgerechnet jetzt mit ihrem Wissen herausplatzen?
„Es besteht wohl nicht die Chance, dass sie alles vergessen?" fragte ich hoffnungsvoll. „Vielleicht, wenn ich es noch einmal mit Zwang versuche?" Geoffreys Kopfschütteln beantwortete mir meine Frage. Er führte mich zum Auto zurück. „Ich bin Hüter, das heißt ich bin Ausbilder. Ich hätte eigentlich spüren müssen, was mit dir los ist." Wieder schüttelte er ungläubig den Kopf.
„Tja, Nobody is perfekt." war meine Antwort. Wieder ein merkwürdiger Blick aus seinen Augen...
Geoffrey wendete den Wagen, was sich auf der stark befahrenen Straße als schwierig erwies .Scheiße, wieder weg von meinen Sachen. Ich brauchte dringend mein Telefon, meine Kleidung... ach was brauchte ich nicht? Warum so fragte ich mich, während Geoffrey den Wagen schweigend wieder zurück Richtung Mausoleum lenkte, hatte ich eigentlich nichts mit genommen gestern? Warum war ich ihm wie ein Schaf gefolgt? Nicht mal gewaschen hatte ich mich, und ich hatte wirklich

schlimm ausgesehen...

„Sie haben mich beeinflusst." plötzlich fiel mir es ein, natürlich. Ich saß wieder im Auto neben ihm und hatte mir den Pullover übergezogen. Meine Haare standen mir bestimmt in alle Richtungen ab. Ich warf einen kurzen Blick auf die Rückbank. Lisa war eingeschlafen, na toll. Hätte sie nicht vor 10 Minuten schlafen können? „Sie blöder Arsch! Sie haben mich mit Zwang dazu gebracht, mit ihnen zu fahren... gestern Nachmittag." Jetzt fiel mir wieder ein, ich hatte gar nicht in sein Auto steigen wollen... und doch hatte ich es getan.

„Und du hast dafür gesorgt, dass ich die Sache mit dem Katzenvieh vergaß. Gestern hätte ich das dem Rat eigentlich erzählen müssen." Überlegte er jetzt. Ein dunkles Grunzen folgte."Ich denke, wir sind uns quitt."

Ich schwieg beleidigt, er hatte natürlich Recht. Gestern Abend, auf dem Weg zu den „Hütern des Lichts", hatte ich getan, als würde ich stolpern. Als Geoffrey sich zu mit gebeugt hatte, um mich zu halten, hatte ich ihn angehaucht...verdammt, jetzt erinnerte er natürlich wieder daran. „Jetzt, da ich weiß, dass du diesen Trick beherrscht, wird er nicht noch einmal funktionieren." sagte Geoffrey nach einer kleinen Weile. Er hatte gemerkt, dass ich beleidigt geschwiegen hatte... sehr erwachsen... Ich drehte mich zu Lisa um, das kleine Mädchen saß vorüber in ihrem Sitz und schlief, ein Lächeln glitt mir über die Lippen. „Sie hat es gut." flüsterte ich fast zu mir selbst. „Sie hat jemanden der sie liebt." War ich neidisch auf das kleine, vorlaute, verräterische Wesen? Ja... ganz eindeutig... Geoffrey hatte meine leisen Worte gehört und schenkte mir ein kleines Lächeln. „Ich fand sie vor zwei Jahren in einem Kinderheim in der Schweiz. Sie war die einzige Überlebende eines katastrophalen Zugunglücks. 120 Menschen starben. Nach zwei Tagen hatte man den Schrott auseinander gerissen, man rechnete nicht mehr mit Überlebenden, das stand plötzlich Lisa mitten in den ganzen Müll und kicherte die Bergungskräfte an." erzählte Geoffrey.

Ich nickte. „Ich habe da einen Bericht im Fernsehen gesehen, es war in allen Medien..." bestätigte ich. Geoffrey nickte. „Wenn solche Berichte auftauchen, egal wo auf der Welt, werden Hüter entsandt, der Sache auf den Grund zu gehen. So sind alle anderen, die du gestern kennengelernt hast und einige mehr, ins Kloster gekommen. Es sind alle Waisenkinder, die irgendwie ein Unglück überlebt haben." Dann schwieg er einen Moment.

„Aber über dich gab es nie irgendein Bericht. Wir hatten keine Ahnung von dir." sagte er dann weiter. „Hätten wir uns nicht vor fünf Jahren in diesem Internat kennengelernt..." er schwieg erneut. „Ich war dort wegen Eddi Castillio. Der Rat hat mich geschickt, weil er über Eddi Informationen erhalten hatte." erklärte er kurz. „Eddi, natürlich!", ich erinnerte mich an den hochgeschossenen, schlaksigen Jungen, einer der wenigen, der mich nicht gehänselt oder gemobbt hatte. „War das nicht der Junge, der seine Eltern bei einem Flugzeugunglück verloren hat?" fragte ich und erhielt ein Nicken. „Was niemand wusste, Eddi war damals mit am Bord." Geoffrey hielt an einem der vielen kleinen Straßencafe`s. „Hunger?" fragte er dann. Ich nickte. Natürlich hatte ich Hunger. Wir waren heute morgen in aller Frühe los. Geoffrey weckte Lisa. Verschlafen rieb sich das Kind ihre Augen und mein Herz schmolz.

„Also, wenn du wirklich 12x gestorben bist." Geoffrey beugte sich etwas über den Tisch und achtete darauf, meinem Mund auszuweichen. Er wusste nun, wozu ich fähig war. „Also, dann müsste der Rat doch irgendwie einen Hinweis darüber erhalten haben. Der Rat hat überall auf der Welt seine Leute." sagte er leise. Die Kellnerin brachte unser Frühstück, ich schwieg. „Anscheinend schlecht bezahlte Leute" antwortete ich, mir ein Stück Rührei in den Mund schiebend. „Mein Vater hat dafür gesorgt, dass nichts davon je ans Licht kommt." Ich grinste, es hatte meinem Vater oft reichlich Nerven und Zeit gekostet alle Beweise verschwinden zu lassen.

„Mag sein. Trotzdem ist unsere Gesellschaft eigentlich immer stets gut informiert." widersprach Geoffrey mir. Er schnitt Lisa das Brot in kleine Stücke. Wieder beneidete ich das Mädchen um so viel Fürsorge.

Geoffrey erstarrte, mitten im Schneiden erstarrte er in seinen Bewegungen. Auch Lisa erstarrte. Vorsichtig sah ich mich um. Das ganze Café schien wie eingefroren. Und ich wusste was kommen würde.
Er kam auf mich zu. Groß, hässlich., ekelig...
„Hallo Jerry. Hab mich schon gefragt wo du bleibst." sagte ich zur

Begrüßung. Er kam näher, setzte sich auf den freien Stuhl neben mich und schlug seine extrem langen Beine elegant übereinander. „Du sollst mich nicht Jerry nennen! Du weißt wie ich heiße." sagte er finster. Ich lachte auf. „Ja ich weiß du heißt Geronimo" antwortete ich heiter. „Mein Name ist Gregorius." sagte er gereizt.

„Ja, ja, ja. Oder so, klingt mir viel zu alt, zu muffig, zu tot. Jerry klingt fröhlicher." antwortete ich. „Du bist spät dran. Ich hatte mich eigentlich darauf gefreut, dir gestern, nachdem ich mal wieder gestorben bin, den Arsch zu verprügeln."

„Ich bin alt, muffig und tot." sagte Jerry amüsiert. „Und ich war gestern da. Allerdings ist mir dieser." Jerry hob seine nach einer maniküre schreiende Hand in Richtung von Geoffrey. „Dieser, dieser Hüt..., Hü... Hü..." Jerry hustete heftig. „Hüter?" fragte ich und erntete ein dankbares Nicken seinerseits. „Der war mir zuvorgekommen... nicht das ich einem Kampf mit dir hätte ausweichen wollen... doch diese..Hü.., Hü... Hü..." Wieder ein Hustenanfall. Ich lachte auf, wenn er nicht durchscheinend gewesen wäre, hätte ich ihm den Rücken klopfen können. „Also diese Typen sind recht unangenehm. Also hielt ich mich bedeckt."

„Ich hätte dir auch ohne den Hüter den Arsch versohlt. So wie immer." antwortete ich gelangweilt. „Also, was willst du jetzt von mir. Mein Rührei wird kalt!" ich sah auf meine Teller herunter. „Keine Panik, Liebes. Ich habe die Zeit eingefroren." sagte er „Und mein Rührei auch!" beschwerte ich mich.

„Können wir mal beim Thema bleiben? Ich hatte eigentlich gehofft, mit den Jahren hättest du etwas mehr Konzentration gewonnen." Jerry seufzte theatralisch. „Also hör gut zu, Mary. Wir beide kennen uns schon ewig. Und deshalb...wollte ich dich warnen. Ein Sturm zieht auf. Ein Sturm der alles dagewesene in Frage stellt."

„Verstehe ich richtig? Ich habe dir mindestens 10x in den Arsch getreten. Habe dich verletzt, vernichtet und so alles, was möglich ist... und du spazierst hier rein und willst mich warnen?"Ich zog meine Augenbrauen in die Höhe und versuchte aus Jerrys Worten schlau zu werden.. Jerry fuhr sich mit der unmanikürten Hand an seine Wange, es sah skurril aus. „Wir beide, du und ich, wir sind miteinander verbunden..." begann er, mein Lachen unterbrach ihn. „Hör mal.. nur weil es dir einmal gelungen ist an mir zu nuckeln, gehen wir nicht miteinander. Ich bevorzuge lebend Ware."

„Ach ja" Jerry schloss kurz seine Augen. „Du hast damals so süß so lecker geschmeckt" antwortete er und leckte sich genüsslich die schmalen Lippen. „Ja, ja, ja. Als Kind liebte ich Nutella... das hat sich vielleicht in meiner Flamme abgesetzt." sagte ich salopp. Dann grinste ich. „Und als Dank hat dich der Tiger zerleg.t" Ich sah mit Genugtuung die lange Narbe, die sich in seinem Gesicht deutlich abzeichnete.

„Das war es mir wert." Jerry blickte besorgt zu Geoffrey herüber. Dann seufzte er. „Vielleicht verstehst du, wenn du dich etwas mehr auf den Rat.... und deinen Hü..., Hü..., Hü... den Typen dir gegenüber konzentrierst." Jerry bemerkte, wie sich Geoffreys Hand bewegte. „Zeit für mich zu verschwinden." Er erhob sich und verbeugte sich kurz. „Und, es wäre nett, wenn du meinen Besuch bei deinem... nicht erwähnen könntest. Er muss nicht alles wissen." Dann ging er und löste sich auf.

Ich brauchte einen Moment, bis ich die Geräusche um mich herum wieder wahrnahm. Geoffrey verharrte in seiner Bewegung. Er riss den Kopf hoch sah sich suchend um. Wieder zog er die Luft tief durch die Nase ein. „Wer war hier?" fragte er mich steif. Ich legte meinen Kopf schief und stocherte in meinem Rührei... es war natürlich eiskalt... verfluchter Jerry... "Niemand!" antwortete ich, doch Geoffrey schien mir keine Sekunde zu glauben. „Lüge nicht, deine Flamme verrät dich." sagte er so leise, dass nur ich es hören konnte. „Sie können auch Flammen sehen?" fragte ich ihn, bemüht seine Neugier in eine andere Richtung zu lenken. „Lenk nicht vom Thema ab." sagte er finster. „Wir alle anderen." Er wies auf die Menschen im Cafe. "Wir haben plötzlich kaltes Feuer in uns... nur du nicht."

„Keine Ahnung wovon sie sprechen... aber sie sprechen ja stets in Rätseln... das wird auf Dauer Langweilig... haben sie es mal mit Soduko versucht?" Mein salopper Ton ärgerte ihn wieder, ich unterdrückte ein Grinsen. Aber wie sollte ich den Mann erklären, wer mich von Zeit zu Zeit besucht?

7. Kapitel

Wieder saß ich im großen Raum. Vor mir der Tisch. Und wartete darauf dass die zwei Männer und die Frau etwas zu mir sagen würden... sie schwiegen.

Ich strich mir nervös über das zweiteilige Kleid, welches ich dankbar angezogen hatte. Geoffrey hatte einige Telefonate geführt und eine Stunde später war ein Wagen mit meinen Koffern vorgefahren. Keine Ahnung wie er das so schnell bewerkstelligt hatte, es war mir auch egal... Ich war überglücklich gewesen! Fast wie am Weihnachtsmorgen - war ich zu meinen Koffern gelaufen und hatte sie liebevoll umarmt. Jeden einzelnen. Alle waren sie da, der Gucci, der Armani, die Hutschachtel, angefüllt mit meinen Capes... drei Koffer mit meinen Schuhen. 3Jungen trugen mir die Sachen in mein Zimmer, wo sie den gesamten Raum einnahmen. Lächelnd war ich über die Koffer gestiegen und jedes Paar Schuhe gründlich begutachtet...

Geoffrey stupste mich an. „Konzerntrier dich, Mary!" befahl er leise. Ich unterdrückte den Zwang, ihm die Zunge heraus zu strecken.

„Hüter Mc. Laine berichtete uns von ihrem...Mal." die Frau überlegte angestrengt ihre Worte. „Das haben sie uns gestern verschwiegen." Das war ein Vorwurf... eindeutig.

Blöde Kuh, dachte ich wütend. „Sie haben mich nicht danach gefragt. Vielleicht wenn sie ihre Frage etwas präziser.." antwortete ich. Trotzig, wissend, dass ich in der Defensive war. Sie waren hier zu viert, ich alleine... Mary!" zischte Geoffrey genervt..

„Darf ich es sehen?" der Älteste sprach mich an. Er wurde jetzt leicht rot. „Es ist so, sie sind seit Jahrhunderten die erste..."

„Sie ist überhaupt die erste Frau." unterbrach ihn die Frau neben ihn. Er nickte, „Also sie sind die erste Frau, die dieses Mal aufweist." Bittend sah er zu Geoffrey, als ich nicht reagierte.

„Mary, bitte, wir müssen es wissen." sagte Geoffrey. „Müssen wissen, ob wir uns nicht doch irren." Plötzlich fiel ihm wieder etwas ein, ein kurzer, scharfer Blick zu mir... Dann wandte er sich wieder an den Rat. „Sie hat den Kater gerettet. Der Kater war gestern tot... und sie hat ihn wiedererweckt." Er schluckte tief. „Und das erzählen sie uns erst jetzt, Hüter?!" Der dritte Mann erhob seine Stimme, Missklang schwang darin. „Wie konnten sie das vergessen! Das hätten sie bereits gestern berichten müssen!" schrie er Geoffrey jetzt an.

Das reichte, niemand durfte Geoffrey anschreien, na ja, niemand außer mir, natürlich. „Das war nicht seine Schuld! Ich habe ihn mit Zwang die Erinnerung daran genommen." schnauzte ich den Mann an. „Geoffrey wusste nicht, dass ich ihn beeinflusst habe!"

„Sie kann Zwang benutzen und sie haben es nicht bemerkt?" fragte der Mann wieder an Geoffrey gerichtet.

„Halt deinen Mund, du machst alles nur noch schlimmer!" zischte Geoffrey mir zu. „Na das kennen sie doch noch von früher, oder?" zischte ich zurück. „Teutoburger Wald?" half ich seiner Erinnerung auf die Sprünge. „Fang jetzt keine Endlos Diskussion an." fluchte er.

„Ruhe, Verdammt!" Jetzt schlug der Älteste mit der Faust auf den Tisch. Sein Blick durchbohrte mich. „Sie können also auch wiedererwecken? Sie können wirklich wiedererwecken?" Er holte kurz Luft. „Und verschwenden es bei Tieren!?"

Jetzt sprang ich von meinem Stuhl auf. Wütend funkelten meine Augen. „Wer sind sie, dass sie beurteilen dürfen, wem ich mein Leben schenke! Zu ihrer Information! Tom ist nicht irgendein Katzenvieh!" Jetzt funkelte ich Geoffrey an. Dann glitt mein Blick über die drei Menschen vor mir. „Tom ist ein Wächter! Er ist es, der die... Grauen Typen, diese hässlichen, ekligen... na ja also diese Kerle von Lisa fernhält! Sie ist zu klein um selbst zu kämpfen! Ebenso wie ich damals hat sie Tierwächter. Tom hat es mehr als verdient, dass ich ihn.." Ich verstummte. Wieder dieses merkwürdige Schweigen im Raum.

„Du hast kein Recht, den Rat anzuschreien. Beherrsche dich!" befahl Geoffrey mir leise. Seine Hand lag auf meiner Schulter und wieder drückte er mich sanft aber bestimmt auf den Stuhl. Ich seufzte. „Wenn ich hier noch länger sitzen muss, hätte ich gerne ein Kissen!" verlangte ich murrend.

Alle drei Ratsmitglieder tuschelten, es war nervend. „Zeigen sie mir ihr Mal." bat mich jetzt die Frau. Mein Blick suchte den von Geoffrey, der mir zunickte. Ich holte tief Luft und hob das Oberteil meines Kleides etwas an. Das Mal leuchtete ihnen entgegen. Es war heller, als gestern. Ich war wütend, das Mal reagierte darauf. Alle drei Menschen vor mir stießen überrascht die Luft aus. Die Frau kam um den großen Tisch herum und blieb vor mir stehen. „Darf ich?" fragte sie fast ehrfürchtig. Dann strich mit ihren Fingern die Linien des Mals nach. Es kitzelte und nur mit Mühe unterdrückte ich ein Lachen. „Ganz genauso wie auf dem Lazarus Gemälde." sagte sie leise. „Warum sie, warum eine Frau, warum ausgerechnet jetzt?" fragte sie erschüttert.

„Lauter Fragen, die einer Antwort bedürfen." sagte Geoffrey. „Wir können sie nicht gehen lassen. Heute Morgen wäre sie uns fast entkommen. Wir sind so dermaßen festgefahren in unseren Ideologien, dass wir es nicht einmal in Erwägung gezogen haben, es könne eine Frau sein..."

„Nun, ich denke, es fehlt uns noch ein überzeugendes Argument." der Älteste sprach. Er winkte den Mann, den ich als den Sandmann bezeichnet hatte ,heran.

„Moment, Time Out, Unterbrechung... Alles zurück auf Start!" unterbrach ich die Versammlung. „Was soll das heißen, Ich darf nicht gehen! Leute es ist ja herrlich langweilig bei euch. Und ihr solltet wirklich mal renovieren. Und damit meine ich Grundsanierung. Irgendjemand sollte sich mal Zeit nehmen und den Schuppen hier ins 21. Jahrhundert bringen... Aber ich habe dafür absolut keine Zeit. Meine Uni beginnt in sechs Wochen. Da würde ich gerne Vorort sein." Dann schwieg ich einen Augenblick..."Und mein Vater wird beerdigt. Ich muss bis morgen alles geklärt haben..."

Wieder raufte sich Geoffrey seine Haare. Meine Worte schienen ihm irgendwie aus der Fassung gebracht zu haben. „Ich sagte dir bereits, um die Beerdigung wird sich gekümmert. Und auch um die Regelung deines Erbes! Und das mit der Uni... ich dachte das wäre einer deiner Scherze gewesen." Er zog seine Augenbrauen zusammen, so als habe er Kopfschmerzen. „Du und Geschichte und religiöse Fakten???"

„Nun, ein Schüler ist nur so gut wie sein Lehrer!" erwiderte ich beleidigt. „Nachdem sie „Abgetreten sind" wurden meine Noten in den Fächern schlagartig hervorragend! Neuer Lehrer..." Ich ließ den Satz verklingen... Nie im Leben würde ich dem Mann vor mir erzählen, dass ich nach seinem Tod alles nachgeholt hatte. Ich hatte mir damals geschworen, ihm zu liebe, meiner geheimen Liebe zu ihm, diese Fächer zu studieren. Es war, als wollte ich damit meine Liebe zu ihm festhalten...

„Können wir wieder auf das Thema hier und jetzt zurückkommen!" die Stimme des Ältesten dröhnte durch den Raum, er schrie nicht, er brüllte. Sein Kopf glich einer überreifen Tomate. Die Frau versuchte ihn zu beruhigen, ihre schmale Hand legte sich besänftigend auf seine Schulter. „So viel Undiszipliniertheit, so viel...." ihm ging die Luft aus... "Atheismus in heiligen Räumen?" half ich ihm honigsüß aus. Der Kopf des Mannes vor mir schwoll noch mehr an.

Der „Sandmann" brachte nun ein großes. Silbernes Tablett. Es schien schwer, schwerer zu sein als es aussah. Er schlürfte an mir vorbei. Ich wollte aufspringen und ihm helfen, wurde jedoch von Geoffrey daran gehindert. „Du würdest ihn beleidigen." flüsterte er mir zu. Seine Worte klangen hart, er war immer noch beleidigt. Ich verkniff mir ein Grinsen. Meine Worte hatte ihn wohl mehr getroffen als ich geahnt hatte. Endlich hatte der alte Mann das Tablett auf den großen Tisch vor mir abgestellt. Alle Augen richteten sich nun auf mich... wieder einmal...

„Was ist... ist das eine Fangfrage?" fragte ich sie, als das Schweigen unangenehm wurde. „Was siehst du." fragte Geoffrey mich. „Konzerntrier dich" .Er wies auf das riesige Tablett. Dann schwieg auch er wieder. Mein Seufzen hallte in dem Raum laut nach, so still war es geworden. Ich trat pflichtschuldig näher an den Tisch, schloss kurz meine Augen und öffnete sie dann wieder. Immer noch starrten mich alle Augen an, ich vermutete, niemand von ihnen wagte zu blinzeln.

„Ich wusste es doch... ich bin hier in Hogwarts gelandet!" sagte ich grinsend. „Und statt des sprechenden Huts habt ihr hier ein „unsichtbares Buch". Ich fuchtelte theatralisch mit den Händen. „Sagt mir das Buch jetzt, in welches Lager ich komme?" Mein Grinsen wurde breiter. „Bitte liebes Buch, ich möchte nach Gryfindor! Bitte Gyfindor... ja nicht Slyerring...." Ich deutete eine kleine Verbeugung an.

Auf dem silbernen Tablett lag ein schweres, großes Buch. Es war staubig und an den Seiten vergilbt, so als habe seit langer Zeit niemand mehr darin gelesen. Kein Wunder dass der alte Mann so schwer zu schleppen hatte.

Wieder ein Stöhnen, diesmal von Seiten des Rats. Der Älteste stand auf und kam um den Tisch herum. Erst jetzt bemerkte ich, dass er leicht humpelte.

„Also sie können das Buch sehen...“ Er ließ den Satz einen Augenblick im Raum hängen. Dann drehte er sich zu Geoffrey herum. „Das widerspricht allem, was wir wissen. Sie weiß Dinge, die selbst wir nur aus Legenden kennen.“ Sein Blick schien mich zu durchbohren.

„Schlag es auf.“ befahl Geoffrey mir. Ich zögerte... „Das Teil ist ziemlich schmutzig. Wischt denn keiner von euch hier mal Staub?“ fragte ich. Niemand antwortete. Also holte ich tief Luft und schlug das Buch auf. Nicht auf der ersten Seite, ich schlug es mittendrin auf, keine Ahnung warum. „Lies“ sagte Geoffrey erneut.

„Warum?“ fragte ich, ich fühlte mich plötzlich unruhig, fast nervös. „Tu es einfach.“ sagte er erneut. Etwas in seinen Augen ließ mich meine Widerworte herunterschlucken. Sein Blick suchte meinen und eine Ewigkeit schien die Zeit still zu stehen. Fast glaubte ich, Jerry würde jeden Moment hier auftauchen... doch es war anders.

„Und es ist ein Beschützer gekommen, der Beschützer kennt die Totsauger. Und er wird keine Furcht vor ihnen haben... Der Beschützer wird den König der Totsauger kennen und es wird sein, als seien sie Freunde... Der Beschützer wird anders sein, als man erwartet und doch wird der Beschützer stärker sein, als alle vor ihm. Kein Geheimnis wird vor ihm im Dunkeln bleiben und er wird über Waffen verfügen, die noch nicht erfunden sind.“ Las ich vor. Dann schlug ich das Buch hastig zu, Staub wirbelte auf, ich hustete... Geoffreys Blick bohrte sich erneut in meine Augen, ich erwiderte ihn. Seine Flamme glühte jetzt warm, wissend, sein dunkles Türkis flimmerte.

„Man, was für ein trockenes Zeug.“ grummelte ich endlich. „Fast wie eine ihrer Geschichtsstunden damals.“ Ich deutete ein Gähnen an. Und doch scholt mich innerlich. Meine Neugier war geweckt. Insgeheim hatten mich die Worte fasziniert. Doch das würde ich um keinen Preis der Welt zugeben. Vielleicht, so hoffte ich, konnte ich später zurückkommen und weiter in dem staubigen Buch lesen.

Minutenlang herrschte Stille im Raum. Niemand sagte etwas. Die Spannung im Raum schien zum Greifen nahe.

„Also, wenn das alles ist, kann ich dann gehen?“ fragte ich und hoffte mein Ton würde desinteressiert genug klingen um mein Interesse an dem Buch zu kaschieren.. „Das Buch ist so verstaubt, dass ich mir gerne die Hände waschen möchte." Wieder ein Seufzen von Geoffrey. Der verzauberte Moment, der eben noch gerade zwischen uns geherrscht hatte, war verflogen.

„Würden sie uns bitte allein lassen?" Der Älteste hatte sich endlich gefangen und setzte sich wieder an den Tisch.

Unsicher sah ich mich um. Dann, ganz gegen meine Art, nickte ich nur und ging. Dann, in Aufwallung eines Anflugs von Trotz, drehte ich mich an der Tür noch einmal um. „Was immer sie auch hier besprechen.. über mich und alles andere... Ich habe einen Studienplatz und gedenke, ihn auch anzutreten." Dann hatte ich das Gebäude verlassen. Der Innenhof war voll von Menschen, es kostete mich einige Moment, mich an das Stimmengewirr zu gewöhnen. Es musste um Mittag sein. Erst jetzt merkte ich, wie viel Zeit vergangen war. Die kleineren Kinder tobten, ich versuchte zu zählen, doch sie liefen so durcheinander, dass es mir misslang. Langsam ging ich zum Brunnen, der mitten im Innenhof stand und lehnte mich an den Rand.

Jill kam auf mich zu. Sie lächelte, es war ein freundliches Lächeln. Hinter ihr konnte ich Josefine sehen, sie hielt Abstand, die Arme um ihren Körper verschränkt. „Du musst Hunger haben." sagte Jill. Sie lachte auf. „Komm ich bringe dich zur Küche. Unsere Köchin hat bestimmt noch etwas für dich übrig gelassen." Dankend folgte ich ihr. Josefine schloss auf und blieb an meiner anderen Seite. Ihr finsterer Blick traf mich, doch ich blieb unbeeindruckt.

„Warum hat Geoffrey dich wieder mitgebracht!" ihre Frage zielte auf Beleidigung. Sie war eindeutig auf Krawall gebürstet. „Lass mich einfach in Ruhe!" sagte ich schärfer als beabsichtigt. Ich ließ sie stehen...

Auch ich war nicht auf Smalltalk aus. Mit meinen Gedanken war ich immer noch bei dem Buch. Es war ein merkwürdiges Gefühl gewesen. So als habe das Buch etwas mit mir gemacht. Die Worte kamen mir wieder in den Sinn... warum hatte ich gerade diese Stelle aufgeschlagen? Warum diese Worte..

Josefine fand es anscheinend nicht gut, dass ich sie hatte einfach stehen lassen, ohne auf ihre aggressive Frage zu antworten.

Wutentbrannt riss sie mich an der Schulter zu sich herum. Ihre Hände fuchtelten vor meinem Gesicht. „Was willst du hier! Du bringst Unruhe und Unordnung ins Kloster! Warum also hat er dich wieder hergebracht?" Josefine schrie mich an. Immer noch antwortete ich ihr nicht. Ich tat, was ich immer tat, wenn mich jemand provozierte. Ich grinste über das ganze Gesicht.

Josefine riss mich wieder an der Schulter, ich stolperte heftig. Jetzt wurde ich wütend. „Frag doch deinen Geoffrey, wenn du etwas wissen willst." sagte ich leise. Jeder der mich auch ein wenig kannte, wusste, jetzt war Vorsicht angesagt. Ich schlug ihre Hand fort. „Lass mich in Ruhe. Wenn du mir eins glauben kannst, ich will auch nicht hier sein!" Josefine schlug nach mir, ich wich aus. „Dann verschwinde doch. Du hast hier nichts zu suchen!" schrie sie. „Nichts lieber als das." sagte ich, dann wandte ich mich zu Jill, die stillschweigend in etwas Abstand zu uns stand. „Man, ihr beiden seid wirklich wie Yin und Yang. Die eine Sabblig die andere durchgeknallt." Ich ging zwei Schritte...„Und ich habe Hunger. Wo ist die Küche?"

Ich hatte nicht mit Josefine gerechnet. Sie sprang mich ohne Vorwarnung an. Sie riss mich an den Haaren zu Boden und schlug mir ihre Faust ins Gesicht. Mein Kopf schlug auf den Boden und ich fluchte lautlos. „Verdammt, was für ein Problem hast du!" schnauzte ich sie an. Es gelang mir ohne große Mühe, sie von mir zu schieben und mich auf die Knie aufzurichten. Mein Gesicht schmerzte und ich hatte morgen bestimmt ein blaues Auge. Josefine hatte sich in der Zeit ebenfalls aufgerappelt und kam wieder auf mich zu. Sie hatte ihre Hände zu Fäusten geballt, bereit, mich erneut zu attackieren. Ich fluchte, um uns herum hatten die anderen Jugendlichen einen weiten Kreis gebildet, neugierig, was passieren würde.

Josefine war nahe genug, das ihre Fäuste mich treffen würden wenn ich auch nur versuchte mich zu erheben. Sie hob ihren Fuß um nach mir zu treten. Blitzschnell ergriff ich ihn und schleuderte sie heftig durch den Kreis der Jugendlichen, die aufschreiend auseinander sprangen. Josefine schlug härter auf, als ich beabsichtigt hatte. Sie rutschte einige Meter über den harten Boden und blieb dort liegen. Ich erhob mich, mein Kopf brummte, na toll. „Was für ein Problem hast du!" schnauzte ich die junge Frau an, die sich nur langsam erhob. „Du hast meine Frisur versaut! Weißt du was ein guter Friseur kostet?"

Dann wurde ich ernst, verdammt ernst. Josefine hatte ein Schwert gezogen und kam nun auf mich zu. Woher hatte sie plötzlich die Waffe? Verflucht... das würde jetzt sehr unschön werden.

Millisekunden schloss ich meine Augen. In meinem Kopf rannte ich durch die Gänge meines Gehirns, bis hin zu einer kleinen Tür auf der in Druckbuchstaben „SUSAN" stand. Ich stieß die Tür auf und war augenblicklich mit meiner besten Freundin verbunden.

„Wo bist du verdammt, Verflucht weißt du wie lange ich schon versuche dich zu erreichen!" Sag mir sofort wo du steckst" Ihre Worte, tief in meinem Kopf, hallten wider. Ich lächelte, es musste für die anderen merkwürdig wirken, in Anbetracht der Tatsache das Josefine mit ihren Schwert auf mich zukam...

„Kein Zeit! Zweikampf- Waffe Schwert!" schrie ich sie innerlich an.

Susan verstand, verstand wie sie immer verstand. Seit dem Tag unseres Kennenlernens verstanden wir uns. Und keine Sekunde später hielt ich ein leuchtendes Schwert in den Händen. Die Waffe war groß und lang. Sie leuchtete hell. Ich musste sie mit beiden Händen halten und ging in Abwehrstellung.

Die umstehenden Jugendlichen raunten ungläubig. So etwas hatten sie noch nie gesehen. Auch Josefine blieb stehen und zögerte nun.

Ich wusste, irgendwo saß Susan und zeichnete wie wild. Ein Schild erschien ,oval, groß und leicht. Es schwebte über meinem rechten Arm, bereit gegriffen zu werden, wenn er benötigt werden würde.

„Wow!" Jill kam näher, ihre Schwester ausweichend und versuchte das Schild zu berühren. Es drehte sich in der Luft, um mich von ihrer Seite zu beschützen. Es blockte sie ab... „Geh mal lieber aus den Weg, dein durchgeknallter Klon braucht anscheinend eine Abreibung." sagte ich zu ihr. Langsam kam Josefine näher. „Wo hast du die Waffen plötzlich her?" Jill wich etwas zurück ihre Augen immer noch gebannt auf das Schild, dessen glänzende Oberfläche sich immer noch ihr zugewandt hatte. „Sagen wir, ich habe eine sehr gute Freundin mit einer blühenden Fantasie." Ich ließ meine Aufmerksamkeit nicht von Josefine.

„Brauchst du noch mehr Waffen?" Susans Stimme in meinen Kopf erinnerte mich an sie. „Reicht, melde mich später... keine Gefahr." sagte ich zu ihr. Sie zog sich aus meinen Kopf zurück. Ich wusste, sie würde sich nun mit Nick, ihrem Verlobten austauschen. Nick war ein cooler Typ, der Susan über alles liebte und unsere besondere Freundschaft kompromisslos akzeptiert hatte.

„Ich bin die beste Kämpferin hier im Kloster." sagte Josefine nun gefährlich. „Du kleiner Pummel wirst keine Chance gegen mich haben." Ihre Stimme holte mich zurück in die Gegenwart. „Ich mach dich fertig! Du wirst bereuen, dich an Geoffrey ran gemacht zu haben!"

Ich seufzte. „Hochmut kommt vor den Fall." antwortete ich. Sie schlug spielerisch mit ihrem Schwert nach mir, ich parierte... Jetzt wurde Josefine aggressiv. Ihre Schläger schwerer, härter. Doch ich parierte mühelos. Immer wieder schlugen unsere Schwerter gegeneinander als eine herrische Stimme über den Hof scholl. Mit eiligen Schritten näherte sich Geoffrey. Er schob die Jugendlichen beiseite und stellte sich zwischen Josefine und mich. „Was geht hier vor sich?" verlangte er zu wissen. Beide schwiegen wir. Sein Blick wanderten von Josefine zu mir, dann wieder zurück. „Waffen runter!" befahl er. Josefine zögerte, dann ließ sie ihr Schwert sinken. „Mary!" Mein Name aus seinem Mund beruhigte mich. „Mary, Waffen weg." Ich holte tief Luft und öffnete meine Hände. Das Schwert löste sich auf, dann fast gleichzeitig war auch das große Schild verschwunden. Geoffrey riss überrascht seine Augen auf, schwieg aber. Wieder ein leises Raunen. Die Jugendlichen standen immer noch um uns herum.

„Geht in eurer Klassen! Verschwindet!" schnauzte Geoffrey. Murrend löste sich der Kreis um uns herum auf. Dann standen nur noch Josefine, Geoffrey und ich auf dem Hof. Niemand sagte einen Ton.

„Ich habe Hunger, dauert das hier noch lange?" fragte ich schließlich. Ich wollte mich abwenden und Jill folgen. „Wage es ja nicht, auch nur einen Schritt weiter zu gehen!" donnerte Geoffrey mich an. Wütend drehte ich mich zu ihm um. Es reichte, warum zum Teufel, glaubte er, dass ich Schuld an den Geschehnissen hatte?

„Kümmern sie sich erst einmal um die durchgeknallte hinter ihnen! Sie ist total verliebt in sie und glaubt ich würde ihre Liebe zu ihr gefährden!" Ich schnaubte und kam auf kam auf Geoffrey zu. Immer noch starrte er mich wütend an. „Josefine liebt sie und hat sich in etwas verrannt, das nie" Ich wies jetzt energisch auf mich, dann auf Geoffrey. „Nie passieren wird!" Dann sah ich zu Josefine. „Klärt endlich eure Probleme. Aber haltet mich da raus!" Wieder wandte ich mich ab. „Ich habe Hunger. Sie wissen wo sie mich finden!" Fast hatte ich geglaubt...gehofft?...Geoffrey würde mir folgen. Bevor ich die Tür des großen Raums öffnete, wandte ich mich noch einmal um. Geoffrey ging mit Josefine in die andere Richtung. Seine Hand lag beruhigend auf ihrem Rücken. Ein Stich ging durch mein Herz, verdammt.. ich war doch keine 15 mehr... Egal, ich hatte Hunger.

Ich ging in die Küche. Eine ältere Frau stand am Herd und lächelte, als ich ihr entgegen kam. „Hallo, Berühmtheit." sagte sie freundlich. Sie winkte mich zu sich und nahm einen Teller von einem riesigen Stapel. „Hunger?" fragte sie. Ich nickte... „Natürlich hast du Hunger. Geoffrey hat dir ja kaum Luft zum Atmen gelassen, geschweige dann zum Essen." Ich nahm ihr den Teller ab und setzte mich an den Tisch. Sie folgte mir mit einigen Scheiben Brot. Erst jetzt merkte ich wie hungrig ich wirklich war...

„Die Kinder hier schwärmen von deinem losen Mundwerk... Du sagst Sachen, die sie sich nie trauen würden." Die Frau lächelte sanft. „Jetzt scheinst du jedoch deine Stimme verloren zu haben."

Ich schluckte den Löffel Suppe herunter, dann hob ich meinen Blick. „Entschuldigen sie. Ich bin Mary Cooper- Clarens." Ich hielt ihr meine Hand hin. „Ich weiß. Mein Mann." Sie grinste jetzt etwas schief... "Der Weihnachtsmann?" Sie kicherte. „Hast du ihn wirklich Weihnachtsmann genannt?" Ich nickte beschämt. Jetzt lachte sie leise auf. „Also mein Mann erzählte mir von dir. Er war aufgeregt, wie lange nicht mehr. Und das..." Sie strich mir liebevoll übers Haar, „Nicht nur wegen deinem losen Mundwerk." Ihr Blick ging zur Tür."Wo ist denn dein Schatten?" fragte sie dann.

„Wenn sie damit Goffy meinen, der hat zu tun." antwortete ich wütender als ich wollte. Hastig steckte ich mir ein Stück Brot in den Mund. Die Frau mir gegenüber räumte den leeren Teller in den Geschirrspüler, dann lächelte sie mich an. „Ich bin Elsa. Was hältst du davon mich zu begleiten? Ich habe jetzt Beaufsichtigung im Kinderzimmer. Die kleine Lisa macht ihren Mittagsschlaf. Und wir haben genug Zeit, dass du mir deine ganze Geschichte erzählen kannst. Alles was du erzählen willst, ich werde dir ungestört zuhören, Kind. Und das hat noch einen Vorteil. Du kannst nicht laut werden oder fluchen... die Kleine schläft."

8. Kapitel

„Und dann starb mein Vater." sagte ich leise. Seit fast zwei Stunden saßen Elsa und ich hier auf dem Sofa und sahen der kleinen Lisa beim Schlafen zu. Es sah zu niedlich aus. „Das war vor vier Tagen... Herzinfarkt." flüsterte ich weiter. Elsa hörte mir geduldig zu, ihre Stricknadeln klapperten leise. „Er war bereits 60. Meine Mutter war seine zweite Frau gewesen." sagte ich, Elsa nickte nur. „Mutter überredete den Anwalt, das Testament noch vor seiner Beerdigung zu verlesen. Dafür mussten wir uns allerdings mit ihm in seinem Büro treffen. Nun, das Testament ergab, dass ich Alleinerbin von allem bin, Mutter erhält nicht einen Cent. Man war die wütend. Statt Nachhause zu fahren, beschloss sie, die Nacht im Hotel zu verbringen... sie sagte, sie sei zu aufgewühlt um den langen Heimweg anzutreten. Sie gab mir einen Drink, mir wurde schwindlig, sie zog ein Messer und pieks, pieks pieks... stach sie auf mich ein. Ich hörte auf zu atmen. Dann schleifte sie mich zum Fenster der Abstellkammer... immerhin der 12. Stock und warf mich auf den Hinterhof. Plumps, da lag ich dann und wartete darauf die ewigen Jagdgründe zu betreten." Ich holte tief Luft. „Das war mein 12. Tod. Und während ich da also wartete und die Sonne genoss, wer störte meine Totenruhe?" fragte ich Elsa. Meine Entrüstung amüsierte sie köstlich. „Lass mich raten? Dein alter Geschichtslehrer? Mister Goffy?" antwortete sie. Ich kicherte, Lisa wurde unruhig.

Seit fast zwei Stunden erzählte ich nun dieser fremden Frau neben mir meine Lebensgeschichte, sie war geduldig, niedlich und nett. Nicht einmal hatte sie mich unterbrochen, hatte mich reden lassen. Erst jetzt bemerkte ich, wie gut mir das getan hatte. Das erste mal, dass mir jemand wirklich, ohne Vorbehalte, zugehört hatte. In diesem Irrenhaus gab es doch tatsächlich jemand normalen...

„Danke." sagte ich leise. „Danke dass sie mir zugehört haben." Ich wischte mir übers Gesicht und stellte erstaunt fest dass ich weinte! Ich hatte es überhaupt nicht bemerkt...

Elsa legte ihre Strickarbeit beiseite und lächelte geheimnisvoll. „Es war wichtig, aber nicht dass ich dir zugehört habe... sondern er." Sie wies mit dem Daumen zur Empore hoch. Dort oben, im Schatten des Geländers konnte ich nun Geoffrey entdecken. Er stand dort, die Arme verschränkt, unbeweglich.

„Verdammter Blödmann! Idiot! Eingebildetes Arschloch!" Wütend funkelte ich zu ihm empor. Es war mir entgangen, dass er gelauscht hatte. Kein Wort hätte ich gesagt... Hätte ich gewusst, dass er zu zugehört hatte...

„Können wir uns darauf einigen, Kind." Elsa strich mir das Haar aus dem Gesicht und lächelte. „Können wir darauf einigen, dass du deine unflätige Aussprache mir gegenüber unterlässt? Ich weiß nämlich zufällig dass du über ein sehr gepflegtes Vokabular verfügst... Ich vermute, du benutzt deine... Aussprache nur, wenn du dich bedroht fühlst." Elsa kicherte. „Wenn ich es nicht besser wüsste könnte man meinen du wärst in der letzten Gosse von Bombay aufgewachsen." Dann hob sie den Daumen und wies hoch zur Empore. Geoffrey Mc. Laine war verschwunden. „Abgesehen davon hast du mit deinen Ausdrücken gegenüber meines Sohnes nicht ganz unrecht... ich habe einiges in seiner Erziehung versäumt... Dinge, die ich bei den Kids hier nachzuholen versuche." Sie grinste, als ich meine Augen ungläubig aufriss. „Goffy... ich meine Mister Mc.Laine ist ihr.... sie sind ..." In meinem Kopf drehte sich ein Karussell. Ich konnte nicht mehr klar denken. Verdammt...

„Ich bin.... ziemlich in Eile, meine Liebe. Ich muss zusehen, dass ich das Abendbrot auf den Tisch bekomme. In einer Stunde endet der Unterricht und eine Horde ausgehungerter Kids wird meine schöne saubere Küche in Unordnung bringen." Elsa erhob sich und sah liebevoll auf mich herab. Dann beugte sie sich zu mir herunter und gab mir einen Kuss auf die Stirn. Tränen liefen mir nun ungehindert über die Wange. Dies war das mütterlichste, was mir je passiert war, und dass von der Mutter von Geoffrey!!

„Weißt du Kind, ich liebe den Karneval in Venedig. Die Menschen tragen dort keine fröhlichen Masken. Ihre Masken symbolisieren dort Wut, Trauer, Heiterkeit... und man muss hinter die Masken schauen, um den

Menschen zu erkennen der sie trägt." Elsa erhob sich und durchquerte das Zimmer. Unmerklich nickte sie zur Empore hoch. Dann weckte sie Lisa und ging, mit dem Kind auf dem Arm aus den Raum. Ich blieb sitzen, sitzen auf dem Sofa, die Beine angezogen, mein Gesicht in den Armen vergraben und weinte....

Ich musste eingeschlafen sein...
Ich öffnete die Tür zu Susan..
Susan riss die Tür in meinem Kopf mit solch einer Heftigkeit auf, dass ich im Schlaf aufstöhnte....
„WO BIST DU!" ihre Worte dröhnten mir durch den Kopf.
„Geht es auch etwas leiser?" fragte ich sie und wandte mich nach innen. Mein Körper lag wohlbehütet auf dem Sofa in der kleinen Halle, es war also ungefährlich. "HALLO? Die Polizei war hier! Sie suchen dich! Deine Mutter ist einem Sanatorium gebracht worden... man fand sie in einen Hotelzimmer, auf dem Boden zusammengebrochen in einer Blutlache. Sie stammelte immer wieder irgendetwas von vergiften, erstechen und Fenstersturz.." Susan holte kurz Luft. „Und als wenn das nicht reichen würde, schreit sie immer wieder, dass sie ein toter Lehrer heimsuchen würde." Susan schwieg, ich wusste, sie sprach nun mit ihrem Verlobten Nick, der mit einer aufgeklappten Karte neben ihr auf dem Boden saß. „Mutter ist in einer Klappsmühle?" Ich grinste übers ganze Gesicht. Endlich mal eine gute Nachricht. So konnte sie wenigstens mein Erbe nicht durchbringen. „Hör auf zu grinsen, es ist ernst!" Susan schnauzte nur selten, aber jetzt tat sie es. Ihr Finger fuhr über die Karte. Nick machte Notizen. „Von welchen toten Lehrer spricht deine Mutter?" verlangte Susan zu wissen. Ihr Finger fuhr weiter über die Karte. Sie hatte ein angeborenes Navi was mich betraf. Wenn ich nur lange genug in Verbindung mit ihr blieb, konnte sie mich überall finden. Das war sehr praktisch. „Na, rate mal... welcher Blödmann quälte mich immer wieder mit Geschichtszahlen? Welcher Idiot hat es gewagt, einfach mit dem Wagen zu verunglücken?" fragte ich sie. Ich spürte, wie Susan heftig die Luft einzog. „Goffy!" stieß sie dann heraus. „Du willst mir allen ernstes erzählen, dass Mister Mc. Laine nicht tot ist....?" Ihr Finger blieb über einer Stelle auf der Karte liegen. „Okay, ich habe dich gefunden, aber Nick sagt, da wäre nur Wald und Wiese... das liegt inmitten eines Na-

turschutzgebietes." Sie stöhnte laut auf, es bereitete mir Kopfschmerzen, ich zog meine Augenbrauen zusammen. „Nicky hat einen Meterdicke Gänsehaut bekommen, als er das mit dem toten Lehrer gehört hat...Wo bist nun schon wieder rein geraten? Als du mich um Waffen batest, war mir schon klar, dass es Ärger geben würde.."

Ich grinste, auch wenn Nick so cool tat, und er Susan wirklich liebte, so war er doch manchmal ein richtiges Weichei. „Süße, kommt her und holt mich einfach raus. Es ist ein uraltes Kloster... obwohl Kloster noch geschmeichelt ist. Der Schuppen ist wirklich ur-ur-ur-uralt. Der bräuchte dringend eine Grundsanierung. Ich denke, ihr werdet das Gemäuer finden. Bislang hast du mich ja immer gefunden. Mietet euch einen Geländewagen. Rechnung geht auf mich... wie immer." Ich lächelte, ich wusste, Nick war bereits dabei, Sachen zu packen. „Hab dich lieb."

Susan schloss die Tür, ich war wieder allein. Mein Körper verlangte Aufmerksamkeit. Ein Zittern fuhr mir durch die Glieder. Das Kloster war wirklich uralt. Auch wenn draußen Sommerliche Temperaturen herrschten, so war es doch hier drinnen kühl.

Ich erwachte unter einer dicken Decke. Mir war warm. Ich musste wohl lange geschlafen haben. Meine Augen, schwer von den Tränen, die ich geweint hatte, öffneten sich nur schwerfällig. Irritiert sah ich mich um. Neben mir, Beine ausgestreckt, die Arme verschränkt, saß Geoffrey Mc. Laine und schien zu warten. Draußen war es bereits dunkel geworden... wie lange hatte ich geschlafen? Wie lange saß er schon neben mir, still, geduldig wartend bis ich erwachte? Ich wusste es nicht.. und es war mir auch eigentlich egal. Dieser Mann hier neben mir konnte mich mal. Er, der mir eh nie etwas glaubte, er, der mich für egoistisch, frech und verzogen hielt... er konnte mich wirklich mal... Die Decke von mir werfend, wollte ich mich erheben, doch Geoffrey drückte mich zurück aufs Sofa und legte die Decke wieder über mich.

„Wir werden reden!" sagte er bestimmt."Und ich habe Hunger!" widersprach ich. Vergeblich versuchte ich die Decke von mir zu strampeln. Als hätte er meine Antwort erwartet, beugte er sich vor und stellte mir ein Tablett auf die Beine. „Bedien dich. Abendbrotzeit ist fast vorbei." Er schwieg einen Augenblick und sah mir zu, wie ich in ein saftiges Sandwich biss.

Mutter... Elsa sagte, du würdest deinen... unangebrachten Ton nur dann benutzen, wenn du Angst hast oder dich in die Enge getrieben fühlst." begann er. Ich beugte mich über das Sandwich und unterdrückte ein Grinsen. „Manchmal auch bei Menschen, die ich nicht leiden kann?" antwortete ich und klimperte mit den Wimpern... „Kleiner Hinweis?" Mein kleiner Finger ging in seine Richtung, bemüht mein Sandwich nicht loszulassen.

Ein schmales Lächeln erschien auf Geoffreys Lippen. „Warst du deshalb damals auf meiner „Beerdigung"? Hast du deshalb damals so geweint an meinem Grab?" fragte er dann leise, fast nachdenklich.

Er war damals dagewesen? Hatte seine eigene Beerdigung beobachtet? Wie krank war das denn? „Nun..." sagte ich salopp. „Das waren Freudentränen, Mister Mc. Laine. Freudentränen darüber dass sie mich nie wieder mit irgendwelchen, sterbenslangweiligen Geschichtszahlen quälen können." Ich biss schnell ab und schluckte ohne zu kauen. „Ich war lediglich an ihrem Grab um mich davon zu überzeugen, dass sie wirklich ins Nirwana verschwunden waren." sagte ich. Zuckte er zusammen, Hatte er unmerklich seinen Augen geschlossen bei meinen Worten? Ich wusste es nicht, mein Blick hing an meinem Sandwich, bemüht, ihn nicht anzusehen.

„Hast du deshalb einen Brief in mein Grab geworfen? Zusammen, gut versteckt in einem Strauß Vergissmeinnicht?" fragte er dann, ich verschluckte mich heftig, rang nach Luft. Das letzte Stück Sandwich schoss aus meinem Mund und landete auf dem Boden. Jetzt grinste Geoffrey wirklich. Er klopfte mir auf den Rücken und reichte mir einen Becher Tee. Schnell trank ich einen Schluck. „Brief?" gelang es mir endlich mit viel zu hoher Stimme zu antworten, „Wovon reden sie?"

„Nun, ICH weiß wovon ich rede. Ich stand etwas abseits, doch ich habe gesehen wie du einen Brief in mein offenes Grab geworfen hast. Du warst die Letzte, die zurückgeblieben war... Du standest dort, auf dem Friedhof und warfst dann den Strauß ins Grab. Ich habe gewartet, bis du weg warst und bin dann hin, mir den Brief holen." gab er zu. Mir stockte der Atem.

Dieser verdammte Brief, ich lief rot an, sehr unschmeichelhaft bei meiner Haarfarbe. Damals, als ich von Geoffreys Tod erfahren hatte, war

meine Welt zusammengebrochen. Ich hatte nur geheult. Es war Susans
Schuld... Eindeutig ihre... sie hatte damals ein Machtwort gesprochen
und mir befohlen, alle meine Gefühle, meine Liebe zu Geoffrey in
einem Brief zu verfassen und ihn bei seiner Beerdigung mit ins Grab zu
tun. So als eine Art Abschluss. Danach, so sagte sie, würden wir beide
nie wieder darüber reden...

„Aber an dem Tag hat es wie verrückt geregnet." war alles was mir nun
einfiel.

„Oh ja! Und ich bin trotzdem ins offene Grab und habe mich durch alle
diese Blumen und andere eklige Teile gewühlt, um deinen Brief zu finden. Dann musste ich wieder raus aus der Kuhle. Das war schwieriger,
als ich glaubte. Der Lehm hat immer wieder nachgegeben, wenn ich geglaubt hatte, es geschafft zu haben. Ich sah schlimm aus. Meine Kleidung
triefte vor Dreck." Er seufzte leise. „Und dann musste ich die Beine in
die Hand nehmen. Die Mitarbeiter des Friedhofs kamen um mein Grab
zu schließen. Wenn die mich gesehen hätten."

„Jetzt verarschen sie mich!" sagte ich. Geoffrey war ein erwachsener
Mann, er würde nie so etwas kindischen tun.....oder doch? Was wenn er
sich den Brief wirklich geholt und gelesen hatte? Was wenn er Bescheid
wusste... Bescheid über meine Gefühle? Geoffrey legte sich zwei Finger
übers Herz. „Pfadfinder Ehrenwort!" sagte er. Mir war zu Heulen zumute. Verdammt, verdammt, Susan sollte sich verflichst noch mal beeilen
und mich hier rausholen... konnte es denn noch schlimmer werden?
Mein Kopf in meinen Händen vergraben wandte ich mich von ihm ab.
Warum tat sich nie der Boden auf, wenn man es brauchte? Was würde
ich jetzt für eine Angriff der grauen Männer geben... alles war besser als
diese dämliche Unterhaltung.

„Ich habe ihn nicht gelesen..." sagte Geoffrey nach einer kleinen Weile.
„Ich wollte es, aber dann... ich hatte einfach nur Angst..." Er starrte eine
unsichtbaren Fleck an der gegenüber liegenden Wand an. „Es tut mir
leid... ich bin wohl wirklich ein Idiot. Ich hätte es nicht erzählen sollen...
Du warst ein Kind damals. Was immer auch in dem Brief steht... es war
für niemanden Lebenden bestimmt." sagte er.

„Ich will den Brief wieder haben!" sagte ich finster. Er war wirklich ein
Idiot, aber ein netter... na ja, nett ist relativ.
Er schien einen Augenblick nachzudenken. „Okay" sagte er dann und

sein Gesichtsausdruck verhieß nichts gutes. „Du zeigst mir und den älteren Schülern, wie es mit den Waffen funktioniert und erklärst dem Rat einige Dinge.. Ich gebe dir dann deinen Brief,ungelesen- zurück." sagte er so ruhig, als würde er fragen, ob ich satt sei.

„Das, Mister Mc. Laine, ist Erpressung." meine Stimme überschlug sich vor Wut. „Hundsgemeine ordinäre Erpressung!" Hatte ich ihn gerade als nett bezeichnet? Jetzt fielen mir andere Titel für den Kerl neben mir ein...

„Nennen wir es doch Belohnung für geleistete Arbeit." antwortete Geoffrey mir. Dann schaute er auf sein Uhr und reckte sich. Wieder kam ich nicht umhin, seinen durchtrainierten Körper zu bewundern. Schnell wendete ich meinen Blick ab. „Arschloch!" flüsterte ich, so laut dass er es hören musste.

„Oh ein Schimpfwort." Geoffrey zog seine Augenbrauen in die Höhe. „Angst, Unsicherheit, oder eine unbeliebte Person?" fragte er sarkastisch. „Vielleicht alles drei?" war meine Antwort...

Es klopfte an meiner Zimmertür. Gerade wollte ich ins Bett gehen, als ich Schritte hörte und jemand vor meiner Tür stehen blieb.
Türkise Flamme, Geoffrey...

„Was wollen sie! Ich will schlafen." sagte ich mürrisch. Wieder ein Klopfen. Ungehalten öffnete ich die Tür und seufzte. Geoffrey stand vor mir. Seine gewohnte Lederjacke, seine schwarzen Jeans, die Stiefelletten... ich in einem Micky Maus Hausanzug. Nur mit Mühe unterdrückte er ein Grinsen, ich sah es in seinen Mundwinkeln zucken. „Ich wiederhole... was wollen sie!!" sagte ich noch schlecht gelaunter. Ohne ihn weiter anzusehen, ließ ich ihn eintreten. Er würde bestimmt nicht so schnell gehen. „Ich soll dich abholen. Der Rat möchte dich sprechen." sagte er und folgte mir ins Zimmer. Ich warf einen Blick hinter ihm. „Wo ist ihr Schatten?" fragte ich. Er zog fragend eine Augenbraue hoch."Jills Klon!" erklärte ich und erwartete einen Moment, Josefine würde ebenfalls den Raum betreten. Das hätte mir gerade noch gefehlt.

„Josefine und Jill sind auf den Weg zu einem der anderen Häuser. Wir denken, es so am besten. Sie sind bereits ziemlich lange hier. Eigentlich zu lange. Es wäre nicht mehr lange gutgegangen." sagte er. Er stand am

Fenster und sah in die Dunkelheit. „Zieh dich an. Der Rat wartet nicht gern."

Mein Blick ging zu der Uhr auf den kleinen Nachttisch. „Um diese Zeit? Sind wir hier in Guantanamo? Kommt jetzt die Folter ins Spiel? Erzählen sie uns alles... oder wir werden andere Methoden anwenden..." zitierte ich mit einer dunklen Stimme aus einem der vielen Filme, die ich mal gesehen hatte. „Kannst du wenigstens einmal ernst bleiben?" Sein Ton schien härter als beabsichtigt. Er räusperte sich und wandte sich zur Tür. „Ich warte draußen."

Schnell zog ich mich an. Der Rat wollte mich sehen? Nun vielleicht hatte ich nun endlich mal die Chance selbst einige Antworten zu erhalten. Ich folgte den schweigenden Geoffrey durch die Gänge. Es war mir recht, dass er schwieg.

Was wusste ich, was wollte ich erfahren? Nun ich wusste, dass es sich bei diesem Kloster um eine Art Internat handelte. Kinder, besondere Kinder, Kinder mit T- Malen, waren hier versammelt. Kinder, die genauso wie ich, wiedergeboren worden waren. Man hatte sie hierher gebracht um sie zu beschützen. Ich grunzte leise... nie hatte ich gedacht, dass es noch mehr Menschen wie mich geben würde... Das war wirklich egoistisch von mir gewesen, so zu denken. Wenn es mich gab, warum sollte es nicht noch mehr geben?

Dann stockte ich... Und niemand hier hatte eine Ahnung, was ein Tierwächter war, oder wie man sich gegen diese grauen Typen zu Wehr setzte.

„Mister Mc. Laine." begann ich. Dann schwieg ich wieder. Was wollte ich ihm eigentlich sagen? Warum hatte ich ihn angesprochen? Er zögerte, dann ging er weiter. „Später" sagte er, bevor er eine Tür öffnete und mich langsam, mit etwas Widerstreben meinerseits, in den Raum schob. Wieder ein Tisch, ein ziemlich großer Tisch, allerdings war dieser rund. Der Rat und Elsa saßen darum herum und hielten dampfende Becher mit Kaffee in den Händen. Ihr leises Gespräch verstarb, als ich den Raum, von Geoffrey geschoben, betrat.

Der Älteste erhob sich und bat mich, sich zu setzen.

„Danke, dass sie sich Zeit genommen haben, es ist ja schon ziemlich spät." sagte er dann freundlich. Mir fiel ein, dass ich eigentlich im Bett sein wollte. Schlafen und auf Susan warten...

„Ja, sehr spät, das Sandmännchen lief schon im Fernsehen." antwortete ich, es war mir herausgerutscht... ohne jeglichen Nachdenken. Der Älteste schnaubte und sein Blick ging zu Elsa. „Sagtest du nicht, sie sei eigentlich zugänglich?" fragte er seine Frau, die nur unter Mühe ein Schmunzeln unterdrücken konnte. „Ich sagte dir, Schatz..." und jetzt grinste Elsa wirklich. „Ich sagte dir, sie sei eventuell bereit uns eine Chance zu geben..." Ihre Hand glitt über den Tisch und griff nach meiner. Wieder eine so liebevolle, mütterliche Geste, dass sich ein Kloß in meinem Hals bildete. Ich schlug die Augen nieder. Dann nickte ich. „Entschuldigen sie verehrter Rat, es ist nur so, dass... dass ich absolut keine Ahnung habe, was ich hier eigentlich soll." sagte ich dann endlich. In den Augenwinkeln sah ich wie Geoffreys Augenbrauen in die Höhe schossen. So, als könne er nicht glauben, was er soeben gehört hatte. „Ich habe die absolute Wahrheit über mein Leben gesagt. Es ist ein scheiß Leben, aber es ist meins." Ich holte tief Luft. Immer noch lag Elsas Hand auf meiner und sie drückte sanft. „Und dann falle ich aus dem Fenster und mein toter Geschichtslehrer, der Typ, der mich 20 Monate meines eh schon beschissenen Lebens, genervt hat, steht plötzlich vor mir." sagte ich weiter. Einzig Elsa kicherte. Die anderen sahen mich weiter schweigend an.

„Eigentlich hatte ich ja gedacht, fast gehofft, meine Mutter hätte endlich ganze Arbeit geleistet und ich hätte endlich meine Ruhe. Könnte abtreten, in den Himmel, in die ewigen Jagdgründe, ins Nirwana, oder am großen Rad des Lebens drehen..." Wieder ließ ich eine kleine Pause. „Oder Jerry und seine Leute würde auftauchen und wiedermal versuchen an mir zu nuckeln... Aber nein, es musste ja noch schlimmer als üblich kommen.. ausgerechnet mein Geschichtslehrer... ich bitte sie, hoher Rat... wer wacht schon gerne auf und sieht sich dem Albtraum seiner Schulzeit gegenüber." schloss ich meine Geschichte. Es war um Elsa geschehen. Laut lachend ließ sie meine Hand los und bog sich über den Tisch. „Kind.... Kind... du bist köstlich, einfach nur köstlich... bitte, bitte bleib, so viel Spaß hatte ich seit Jahren nicht mehr..." sie klopfte mit der Hand auf dem Tisch und lachte weiter.

Geoffrey saß stocksteif neben mir, seine ausdruckslose Miene verriet keinen seiner Gedanken. Ich wandte meinen Blick von ihm, als der Älteste jetzt sein Wort wieder an mich richtete.. „Nun, also." begann er und räusperte sich, dann stieß er seine Frau an. „Elsa, wenn du dich nicht beruhigst, musst du gehen." sagte er leise, fast verärgert. Elsa nickte und kramte in ihrer Schürze nach einem Taschentuch um sich die Tränen aus dem Gesicht zu wischen.

„Also, Sie wissen Dinge, die wir nur aus Legenden kennen, Miss Clarens." begann er erneut. „Dinge über Tier-Wächter. Im Buch steht darüber geschrieben... aber." Er verstummte.

„Was mein Vater sagen möchte ist." Geoffrey drehte sich zu mir und sah mich direkt an, seine braunen Augen schienen tief in mich hinein zu sehen. Mein Herz setzte einen Schlag lang aus, nur um danach doppelt so schnell zu schlagen... innerlich schlug ich mir selbst eine Ohrfeige. ..konzentrier dich, Mary!!!

„Was mein Vater sagen wollte ist, dass du erstaunliche Dinge weißt und kannst. Erstens kannst du wiedererwecken... du weißt über Tier-Wächter Bescheid, und kannst Waffen aus dem Nichts erscheinen lassen, erstaunliche Waffen." Er fuhr sich mit den Fingern durchs Haar, fasziniert verfolgte ich diese mir so vertraute Geste. „Du bist der erste Defender seit Jahrhunderten. Niemand von uns hier und den anderen Häusern hatte eine Ahnung, dass es dich gibt."

"Du schon, Idiot. Du wusstest dass es mich gibt... doch du hast mich für eine Lügnerin gehalten" ...antwortete ich in Gedanken. Blieb aber still... Als hätte Geoffrey meine Gedanken gelesen, zuckte er zusammen.

„Wir hielten euch für ausgestorben, Kind." setzte Elsa erklärend hinzu. „Toll, wie eine bedrohte Tierart? Die letzte ihrer Spezies?" sagte ich trocken. „Hallo ich bin äußerst lebendig." Niemand reagierte auf meine Worte. „Also fassen wir zusammen. Ich bin hier in eine Art Internat. Sie haben hier alle Kinder zusammengebracht, die Male aufweisen. Und haben keine Ahnung wie sie beschützen sollen? Was ist ihre Methode, Jerry und seinen Freunden den Arsch zu versohlen?" fragte ich. Gespanntes Schweigen. Die Menschen am Tisch sahen sich ratlos an, dann wanderte ihr Blick wieder zu mir.

„Wer ist Jerry?" fragte Geoffrey mich endlich. Wieder dieser Blick... Man, reiß dich zusammen, Mary Cooper Clarens...

Ich räusperte mich. „Er heißt eigentlich anders, irgendwie tot langweilig. Ich nenne ihn Jerry, nur um ihn zu ärgern. Eigentlich ist sein Name Geronimo... nein warte... Gregorius.." Ich lächelte mein zuckersüßes Lächeln. Ein einstimmiges Keuchen ging durch den Raum bei Erwähnung des Namens. „Du kennst den König der Ghosts?" fragte Geoffrey mich dann ungläubig und ich seufzte auf. „Ja.klar... ich habe dem Typen so oft den Arsch versohlt, dass wir irgendwann zu einer Übereinkunft gekommen sind. Er lässt mich in Ruhe und ich töte keinen seiner wirklich gruseligen Untertanen mehr... Obwohl Spaß hat das schon gemacht wenn sie sich mit lauten Geschrei in Staub auflösen."

Man hätte eine Stecknadel fallen hören können, so still war es im Raum geworden.

„Du versohlst ihm den..." fragte Geoffrey wieder. Ungläubig schüttelte er seinen Kopf.

„Den Arsch, ja... früher nicht. Als Kind hatte ich immer irgendwelche Tiere um mich, wenn ich mal wieder." Ich legte mir demonstrativ einen Finger an den Hals und zeichnete die Länge nach daran. „Erinnern sie sich an die Geschichte mit den Ratten?" fragte ich Geoffrey. „Meinen sie etwa, die war erfunden?"

Jetzt schüttelte Geoffrey den Kopf. „So langsam glaube ich sogar wieder an den Weihnachtsmann." sagte er trocken und entlockte mir ein Lächeln.

„Also, es gelang Jerry einmal an mir zu nuckeln... nur ganz kurz. Und doch hat das gereicht, den Typen süchtig nach mir zu machen. Ich bin wohl ziemlich schmackhaft." sagte ich weiter. „Doch dann... dann lernte ich diese coolen Sachen mit den Waffen." Ich hoffte, niemand hatte mein Zögern gespürt. „Man habe ich die verprügelt. Seitdem lassen mich die Typen weitestgehend in Ruhe." Wieder dieses Schweigen, man ich hasste es. Dieses Schweigen, so als würden alle überlegen, ob ich log oder die Wahrheit sagte.

„Du sagst, du würdest Gregorius kennen." begann Geoffrey nach einer kleinen Weile. „Versteh mich nicht verkehrt, aber er wird im Buch erwähnt. Schon seit Lazarus soll dieser Typ existieren. Als Lazarus wiedererweckt wurde, wurden die Ghosts geschaffen. Wesen, die von dem Lebenselixier der Wiedererweckten leben. Es gibt mehr von uns, als du ahnst. Doch nur wenige schaffen es, sich gegen die Ghosts zu behaupten.

Was wir aus Berichten von Wiedererweckten wissen, gelang ihnen allen nur, vor ihnen zu flüchten, ihnen auszuweichen. Bislang hat noch nie jemand von uns allen gegen sie kämpfen können, oder sie sogar töten." Geoffrey schüttelte seinen Kopf, immer noch ungläubig, nachdenkend. „Nun, Jerry sagte aber auch, er könne Hüter nicht leiden. Als sie bei mir auftauchten in der Gasse, hat er sich lieber aus dem Staub gemacht." berichtete ich. „Er schien eine ziemliche Abneigung gegen sie zu haben." „Wann hast du ihn gesprochen!" Geoffreys Stimme wurde hart, dann schlug er sich an die Stirn. „Im Café, natürlich! Wir waren aller erstarrt und du hältst ein Plauderstündchen mit dem König der Ghosts!.." Geoffreys Hände schossen vor, so als wolle er mich schütteln, dann überlegte er es sich und schob seine Hände in die Taschen. „Aber nein, Mister Mc Laine, ich bin nur eine gute Lügnerin." gab ich ironisch zurück. Sein Schnauben war die einzige Antwort, die ich erhielt...

„Mein Sohn erzählte uns, du hättest dich bereit erklärt, uns zu helfen." sagte Elsa in die entstandene Stille des Raums. „Er sagte , du würdest dich freuen, dein Wissen mit uns zu teilen." Erwartungsvoll sahen alle Menschen im Raum mich nun an. Bittend, gespannt...
„Erpresser!" flüsterte ich wütend, hätte mein Blick töten können, wäre jetzt ein Haufen Asche dort, wo Geoffrey Mc. Laine saß. Spielte da ein siegessicheres Lächeln um seine Lippen? Ich hob meinen Fuß und trat ihn mit Wucht gegen sein Schienbein.
Schmerzerfüllt kniff er die Augen zusammen, schwieg jedoch. Morgen gab das einen blauen Fleck, das war etwas Genugtuung für mich.
„Habe ich irgendetwas versäumt?" fragte Elsa grinsend.
„Nein!" sagten Geoffrey und ich gleichzeitig.
Der Älteste sah nun auf seine Uhr und nickte. „Es ist spät. Wir sollten morgen weiter machen. Die Kinder brauchen uns morgen ausgeschlafen." Wieder sah er auf seine Uhr. Ich wunderte mich so ein modernes Teil an so einen altmodischen Menschen zu entdecken.
„Ich bringe dich zu deinem Zimmer." sagte Geoffrey. „Man kann sich hier leicht verlaufen, und wir wollen doch, dass du morgen früh noch hier bist." sagte er finster. Ich steckte ihm die Zunge heraus.
Er wartete, bis ich mich erhoben hatte. Doch es war Elsa, die mir ihre Hand reichte. „Lass gut sein, Sohn. Ein blauer Fleck am Abend reicht.

Ich werde Miss Clarens zu ihrem Schlafzimmer begleiten." Ihre warme, weiche Hand schloss sich um meine, ich schmolz dahin. Es lag so viel Liebe in ihrem Griff, etwas dass ich nie erfahren hatte.

9. Kapitel

Sie ging neben mir durch die Gänge und schwieg einen Moment. Dann kicherte sie leise auf. „Dein Mundwerk ist wirklich köstlich. Etwas was wir seit langer Zeit vermisst haben, Kind. Warum kommst du mit meinem Sohn nicht klar?" ihre direkte Frage war ein Einstieg in ein Thema, dass sie zu beschäftigen schien. Ich schwieg einen Augenblick, was sollte ich ihr erzählen?

„Na ja ich weiß. Er ist langweilig, so ernst, so...so... na so wie sein Vater eben." erzählte Elsa weiter. Sie seufzte. „Versteh mich nicht verkehrt. Ich mag solche Typen. Ansonsten hätte ich Mirow nicht geheiratet."

Ich überlegte. „Goffy ist überhaupt nicht langweilig. Er muss nur sehr viel Verantwortung tragen." widersprach ich hastig, zu hastig, wie ich merkte, als ich ein wissendes Lächeln auf Elsas Zügen sah. Verlegen schwieg ich erneut.

„Geoffrey war damals wegen einem Jungen in deiner Schule." erzählte Elsa. Ich nickte. „Eddi" sagte ich. „Ja, Eddi. Wir hatten von ihm erfahren und Geoffrey wollte ihn sich anschauen... ob er zu uns passt. Also Geoffrey gab sich als Geschichtslehrer aus und kam an diese Schule."

„Internat" unterbrach ich Elsa, sie nickte. „Internat. Also Geoffrey kam da an und er fand Eddi. Aber er fand auch noch mehr. Geoffrey ging einen Tag in die Bibliothek. Er hatte dort wohl Aufsicht, oder so. Also er kam in die Bibliothek und sah dort zwei Mädchen über ein altes Buch gebeugt sitzen." Elsa blieb vor meiner Zimmertür stehen und sah mich bittend an. Ich nickte und sie folgte mir ins Zimmer. Meine Neugier war geweckt, ich wollte weiter hören, was sie zu erzählen hatte.

„Ich weiß was sie meinen. Susan und ich waren viel und gerne in der Bibliothek, der einzige Raum wo uns die anderen in Ruhe ließen." sagte ich, während ich mich lässig aufs Bett warf. Susan und mich verband vieles, beide wurden wir von unseren Mitschülern gemobbt. Wir waren anders als sie und dass tolerierten sie nicht... Wir hatten uns in der Bibliothek kennengelernt. Beide einsam, beide verrückt nach alten Büchern. Sie wegen den Zeichnungen, ich wollte mehr über meine Fähigkeit, wiedergeboren zu werden, erfahren...

„Also Geoffrey sagte, er hätte die Mädchen dort, ganz hinten in einer der Ecken sitzen sehen und sich nichts dabei gedacht. Zwei kleine Mädchen, mit Zöpfen und Zahnspangen, die sich ein Buch ansahen. Er wollte sich gerade ebenfalls ein Buch aus einen der Regale nehmen, als das eine Mädchen das andere berührte. Geoffrey sagte, er habe eine Flamme aufblitzen sehen, die ihn fast geblendet hatte. Doch so schnell wie die Flamme dagewesen war, war sie auch schon wieder verschwunden." Elsa grinste, sie sah, wie ich rot anlief. „Danach hatte er die Mädchen nicht mehr aus den Augen gelassen. Doch das eine Mädchen, eine kleine Brünette mit einem irren Lockenkopf, schien etwas gemerkt zu haben, sie vermied plötzlich jeglichen Kontakt mit dem anderen Mädchen." Elsa schwieg und wartete.

„Ich weiß, welchen Vorfall sie meinten." sagte ich schließlich zögernd. „Susan und ich saßen dort in unserer Ecke, in der wir uns immer trafen. Und dann spürte ich den durchdringenden Blick von Geoffrey auf mich gerichtet. Susan wunderte sich damals nur, warum ich jeder weiteren Berührung ihrerseits auswich." Ich kicherte leise. „Susan sagte, ich zitiere:"Vielleicht hält der Typ dich ja für lesbisch."

„Ja und du hast ihr für diese Bemerkung eine Kopfnuss gegeben. Wieder war diese helle Flamme um euch herum." erzählte Elsa weiter. „Geoffrey erzählte uns damals, er habe so etwas noch nie gesehen. Er hat euch danach beobachtet, doch du warst auf der Hut. Er sah euch eigentlich immer zusammen, doch so wie er in eure Nähe kam, gingst du auf Abstand... das andere Mädchen... diese Susan. Sie lief immer mit einem Zeichenblock herum, einen Bleistift hinter dem Ohr."

Ich grinste, besser hatte Geoffrey Susan nicht beschreiben können. Immer bewaffnet mit Zeichenblock und Stift. Susans Fähigkeit alles und jeden Detailgetreu zu zeichnen war eine Gabe, eine Gabe, die es mir ermöglichte, den „Ghosts" in den Arsch zu treten. Wir hatten es damals herausgefunden. Eines Tages war uns ein uraltes Buch in die Hände gefallen. Ich hatte es auf einem Flohmarkt entdeckt. Dort war die Rede vom Wiedererweckten und seinem Waffenmeister. Susan hatte damals gesagt, ich solle ihr etwas meines Bluts geben, vielleicht würde es ja funktionieren. Also schnitten wir uns, wie bei Winnetou, in die Handgelenke und legten sie aufeinander... Einen Monat später starb ich erneut und stand Jerry gegenüber, gruselig, eklig, gefährlich. Ich schrie nach Susan und plötzlich... hatte ich ein edles Schwert in den Händen. Ein Schild erschien... danach war alles anders geworden. Ich hatte, wann immer ich in Not war, nach Susan rufen können. In meinem Kopf hatte sich ein Tür geöffnet, eine Tür direkt zu Susan. Durch diese Tür war es Susan möglich, mir ihre gezeichneten Waffen zu senden. Oder mich zu finden... wie ein menschliches Navigationsgerät.

Und jetzt war sie auf dem Weg zu mir...

„Nun, er behielt dich im Auge. Sein Auftrag war ja eigentlich dieser Eddi. Aber du... na ja. Also er brachte Eddi hierher, und von Zeit zu Zeit sah er nach dir. Auch vor drei Tagen. Eigentlich sollte er das Kloster nicht mehr verlassen, es ist nicht mehr sicher für ihn... aber als er hörte, dass du in der Nähe warst, ist er trotzdem gefahren... und brachte dich anschließend her." sagte Elsa weiter. Ich schwieg einen Moment und überlegte. „Geoffrey hielt mich für eine Lügnerin, ein Mädchen dass nach Aufmerksamkeit hascht." erwiderte ich bitter. Mir fiel wieder der Abend ein, als ich über der Kloschüssel gehangen hatte, er hinter mir, meine langen Haare haltend, ich kotzend und erzählend.

„Er hat mir kein Wort geglaubt. Ich hatte ihm von meiner Mutter erzählt, was sie mir angetan hatte, doch er hatte mir kein Wort davon abgenommen." sagte ich wütend. Es schmerzte immer noch, nach all den Jahren...

„Eddi ist ein Plappermaul, nicht nur damals, auch heute noch, glaub mir, das nervt. Geoffrey glaubte damals, Eddi hätte sich mit dir unterhalten, hätte dir von seinem Unfall und seinem Wiedererweckt sein erzählt." sagte Elsa, bemüht ihren Sohn in Schutz zu nehmen.

„Und er hatte natürlich geglaubt, ich würde ihm wieder mal einen Streich spielen wollen, ich verstehe, schließlich habe ich ja auch keine Male... ich verstehe..." sagte ich wütend. Wütend auf Geoffrey, wütend auf die ganze beschissene Welt. „Nun, es war ja nicht so, als hättest du meinem Sohn nicht das Leben schwer gemacht. Allein die Sache mit seinem Spitznamen. Dann deine unerlaubte Partys, dein unerlaubtes Fernbleiben von der Schule... zwei Tage warst du einfach verschwunden... Geoffrey war fast verrückt vor Sorge um dich. Er hat die ganze Zeit nicht geschlafen aus Sorge um dich..." Jetzt schlug sich Elsa auf den Mund, als ihr etwas aufging... „Zwei Tage... natürlich... mein Sohn ist wirklich ein Idiot, oder?" Ihre Hand strich mir besänftigend das Haar aus dem Gesicht. „Du warst damals gestorben und brauchtest zwei Tage um...." sagte sie dann leise. Ich nickte. „Und als Dank dafür bekam ich von Mister Geoffrey Mc. Laine Stubenarrest und Strafarbeit."

Mein Blick fiel auf die Uhr an der Wand. 1 Uhr nachts. Elsa folgte meinem Blick und erhob sich. Dann, überraschend, beugte sie sich vor und küsste mich sanft auf die Stirn. „Schlaf gut." sagte sie und ging.

Ich blieb auf dem Bett liegen und starrte die Decke an. Geoffrey war damals so unwahrscheinlich wütend gewesen. Er hatte mich gefunden, damals, als ich mich nach zwei Tagen Nachts heimlich ins Internat hatte schmuggeln wollen. Er hatte mich am Arm hinter sich hergezogen und immer wieder wissen wollen wo ich gewesen war. Ich hatte geschwiegen, beschämt, verwirrt, wütend. Er hatte mir vorher nicht geglaubt, also warum sollte er es jetzt? Dann hatte ich ihn angesehen und gesagt, er könne mich mal...

Meine Augen fielen zu, ich glitt in einen tiefen Schlaf.

Ich lief über den Innenhof, kickte unwillig einige Steine vor mich her. Lisa war heute Morgen in mein Zimmer gestürmt und hatte mich un-sanft geweckt. Zuwenig Schlaf bekam mir überhaupt nicht. Zum Glück hatte mich Elsa mit einem großen Becher Kaffee in der Küche erwartet. „Gut geschlafen?" hatte sie mich gefragt und gelacht, als ich nur mit ei-nem Knurren geantwortet hatte. „Mein Sohn erwartet dich am Ende des Innenhofs. Er hat einige der älteren Schüler dort versammelt. „ sagte sie weiter. Ich antwortete nicht. Eigentlich sprach ich nie vor meiner zwei-ten Tasse Kaffee. Nach drei weiteren Bechern Kaffee, sah Elsa demons-trativ zur Uhr und seufzte, sie ahnte, ich trödelte absichtlich. Also hatte ich mich erhoben und war hinaus getrottet.

Etwa 20 Jungen und Mädchen sahen mir entgegen... und ein sehr unge-haltener Geoffrey. Sein finsterer Blick munterte meine schlechte Laune erheblich auf. „Wurde ja auch Zeit!" begrüßte er mich ungehalten. „Wa-rum? hatten wir ein Date ausgemacht?" war meine Antwort. Gekicher aus den Reihen der Jugendlichen. Geoffreys scharfer Blick sorgte augenblicklich für Ruhe.

„Kinder, das ist Mary Cooper- Clarens." stellte er mich vor, ich hob lässig meine Hand und winkte. Einige winkten zurück, was mir ein Lächeln entlockte. Eine kurze Stille entstand.

„Mister Geoffrey sagt, sie seien etwas besonderes, sie seien wie wir, doch noch etwas besonderer." ein Mädchen aus der vorderen Reihe hatte mich angesehen und gewagt in die Stille hinein etwas zu sagen... Ich hob meinen Kopf und sah in fragende Gesichter... Diese Kinder, Jugendlichen. Sie und ich hatten etwas gemeinsam, wir waren anders als die anderen Menschen. Das wurde mir schlagartig klar. Ich sah in die freundlichen, etwas nervösen, unsicheren Gesichter der Kinder und Jugendlichen und wusste plötzlich... ich war nicht länger allein!!! All die Jahre hatte ich geglaubt alleine zu sein. In den drei Tagen, die ich nun schon hier war, hatte ich mich gegen alles und jeden gewehrt. Immer nur beseelt von dem Gedanken, hier zu verschwinden!

Es war ein Reflex gewesen, ein Reflex, den ich mein Leben lang hatte nutzen müssen um zu überleben. Oder nicht als Schwachsinnig eingesperrt zu werden. Ich wandte mein Gesicht von den Kindern und sah zu Geoffrey, ich musste mich etwas recken um ihn in die Augen zu sehen. Es schien, als verstünde er, was in diesem Moment in mir vorgegangen war.

„Wollen wir anfangen?" Seine Stimme war zum ersten mal, seit unseren Wiedertreffens so dunkel und ruhig, wie ich sie in Erinnerung gehabt hatte. Er schien gemerkt zu haben, dass ich meinen Widerstand aufgegeben hatte. „Du schaffst das." sagte er. Dann trat er zurück und überließ mir den Platz im Kreis der Kinder. Ich schluckte.

„Also, Leute." begann ich, einige kicherten. „Also Leute, ich bin Mary, und nur Mary, klar?" alle nickten. „Euer Oberguru!" mein Finger wies hinter mich auf Geoffrey. „Euer Oberguru hat euch erzählt ich sei etwas besonderes, doch so fühle ich mich eigentlich nicht." Dann fiel mir etwas ein. „Wer von euch ist bereits schon mal gestorben? Wer von euch ist diesen... gruseligen, ekligen, nach einer Maniküre schreienden Typen schon mal begegnet?" fragte ich. Fast alle Finger gingen in die Höhe.

„Und ihr habt überlebt. Sie haben euch nicht bekommen. Ebenso wie mich." Mein Blick streifte Geoffreys, er nickte mir aufmunternd zu.

„Also, Leute, wichtig ist, wenn ihr mal wieder tot umkippt..." die Kinder lachten und gaben mir Mut. Ich winkte Geoffrey zu mir. Dann legte ich meine Hand an seine Kehle, sein Herz und oberhalb des Magens. „Wichtig ist, diese ekligen, unrasierten unmanikürten Typen die aussehen als sei ihnen der Sargdeckel bereits zu oft ins Gesicht geknallt, von diesen Stellen fern zu halten. Diese Stellen sind Energiepunkte eurer Lebensexzess." „Wie halte ich die Gruseltypen von den Stellen fern?" fragte mich eins der kleineren Mädchen neugierig. Alle Augen waren auf mich gerichtet, alle diese Kinder hingen an meinen Lippen und sogen alles auf, was ich ihnen erzählte.

„Als Kind habe ich die Gürteltier Methode bevorzugt." erklärte ich. „Wie geht das?" fragte sie wieder. „Das wird euch euer Lehrer gerne demonstrieren." sagte ich grinsend.

„Echt jetzt?" fragte Geoffrey. „Echt jetzt!" antwortete ich und sah mit Genugtuung, wie Geoffrey sich still fluchend auf den Boden legte und zusammenrollte. Ich bückte mich zu ihm und legte seine Arme um seinen Hals. „So, genauso müsst ihr Liegen, dann kommen die Gruseltypen nicht an euch heran! Bleibt liegen bis sie aufgeben! Lauft nicht davon, sie sich schneller als ihr!"

„Wenn das, was du den Kindern zeigst nicht so wahnsinnig gut wäre, würde ich dir jetzt gerne meinen Mittelfinger zeigen... meine schöne Jacke!" zischte Geoffrey mir zu. Er erhob sich mürrisch und schüttelte den Staub ab.

Ich schwieg, was sollte ich den Kindern vor mir noch erzählen? Wieder hob ich meinen Blick zu Geoffrey. „Mach weiter, das machst du gut. Endlich mal passen alle gleichzeitig auf, das ist mir noch nie passiert." sagte er Augenzwinkernd. „Verstehe ich gut, ich kenne ihre Art von Unterricht." antwortete ich grinsend. Die Kinder lachten. „Doch wirklich, Leute, er war mal mein Geschichtslehrer... GÄHN" sagte ich, wieder lautes Gelächter. Ich wartete bis das Gelächter verklang, dann wurde ich wieder ernst.

„Leute also... wenn ihr mal wieder abnippelt... wenn ihr sterbt, öffnet ihr ungewollt eine Tür zum Totenreich. Es ist absolut wichtig, diese so schnell wie möglich zu schließen. Egal wie, trotzdem wird es immer wieder zwei, drei Ekeltypen gelingen hindurch zu schlüpfen und euch anzugreifen. Sie sind auf unser Lebenselixier aus." Ich zwinkerte den

Kindern zu. „Was soll ich sagen, wir sind nun mal lecker." Wieder Gekicher. „ Ich meine es Ernst, Leute. Kein Grund zum lachen!!! Schließt
diese Tür, bevor zu viele dieser Typen es schaffen hindurch zu kommen.
Sich mit ein oder zwei herum zu prügeln ist schon schwer genug. Stellt
euch eine ganze Armee von ihnen vor." Jetzt schwiegen die Kinder.
Meine Stimme war laut und autoritär geworden, die Kinder schwiegen
überrascht.

„Herum Prügeln. Mein Stichwort!" sagte Geoffrey. Er griff hinter sich
und hielt plötzlich ein Schwert in der Hand, das er locker hin und her
schwingen ließ. Ich erkannte die Waffe, es war dieselbe, die gestern
noch Josefine auf mich gerichtet hatte. Langsam, betont lässig, kam er
auf mich damit zu. Seine Augen funkelten angriffslustig. „Große Worte
kannst du ja schwingen.... Defender." Er kam näher, ich wich zurück.
Der Kreis der Kinder vergrößerte sich. Jetzt hob er das Schwert und legte die Spitze unter mein Kinn, es amüsierte ihn, wie heftig ich schluckte.
„Soll das ein Spaß sein?" fragte ich ihn, ich wusste worauf er hinaus
wollte. „Zauber doch mal für uns, Mary... so wie gestern.." wieder dieses
Glitzern in seinen braunen Augen. Er kam näher, ich wich zurück. Dann
hatte ich den Brunnen im Rücken und musste stoppen, Ausweichen ging
nicht, um uns herum die Kinder. Ich beugte mich zurück, die Klinge
immer noch unterm Kinn. Hinter mir das tiefe Brunnenloch. Geoffrey
lächelte, er wartete, während ich mich immer weiter dem Loch näherte.
Bruchteile schloss ich meine Augen - SUSAN Waffe, Schild," flüsterte
ich heiser. Dann öffnete ich meine Augen und Susan sah, was ich sah,
die Klinge an meinem Hals!
Aus dem Nichts erschien das große Schild, es materialisierte sich unter Geoffreys Schwert, fuhr in die Höhe und schlug die Klinge beiseite.
Einen Moment war Geoffrey so verblüfft, dass er nicht reagierte. Ich
sprang vom Brunnen fort, in der einen Hand mein Schwert, in der
anderen einen Ring mit drei Lederbändern an deren Enden Bleikugeln
hingen.
Dann hatte Geoffrey sich gefangen und sein Schwert hieb auf mich ein,
ich parierte, beide Schwerter klangen laut, metallisch. „Du bist wirklich
unglaublich stark." keuchte er angestrengt. „Meinem Schwert konnte
bislang niemand standhalten!"
Wieder hob er zum Schlag an. Ein Wink meiner Hand und das Schild

schob sich vor mich, sein Schwert schlug auf das Schild. Das Schild schien zu explodieren und blendete Geoffrey zwei Sekunden. Genug Zeit für mich. Ich drehte den Ring in meiner anderen Hand, die Bänder summten. Ich holte aus, die Bänder wickelten sich um den Griff und die Klinge von Geoffreys Schwert, ich zog und seine Waffe landete mit einem dumpfen Aufschlag auf dem Boden. Schnell trat ich die Waffe außer Reichweite. Geoffrey stand vollkommen perplex vor mir, nicht verstehend, was soeben passiert war.

Geoffrey kam näher, das Schild schob sich vor mich, unwillig ihn mir zu nahe kommen zu lassen. Er wechselte die Seite, das Schild folgte. „Was zum Teufel ist das?" fragte er endlich. Er wollte das Schild berühren. „Nein, Vorsicht!" sagte ich hastig. Ich öffnete meine Hände und die Waffen lösten sich in Nichts auf. „Das Schild verbrennt alles und jeden, der es zu berühren wagt."

Atemlose Stille herrschte um mich herum. Die Kinder wagten nicht zu flüstern, und auch Geoffrey schwieg, immer noch das Gesehene verarbeitend.

„He Leute. Nun mal keine Panik. Der Onkel hat doch gesagt, ich solle etwas zaubern." sagte ich, bemüht die unheimliche Stille zu beenden. Hatten sie mich alle bis vor dem Kampf als Freundin angesehen, so sah ich nun in vielen der Augen, die mich anstarrten Furcht... Furcht vor mir....

„Sie blöder Idiot!" zischte ich Geoffrey zu. „Sehen sie, was sie angerichtet haben? Jetzt bin ich der Buhmann der Nation... das personifizierte Böse. Das Omen im das Omen!" Meine Hand zeigte auf die Kinder. „Jetzt fürchten sie mich!"

„Woher kommen deine Waffen?" er reagierte nicht auf meine Anklage. Er schien sich der Kinder um uns herum nicht bewusst zu sein. „Wie kannst du sie von einer Sekunde zur anderen herbei... zaubern?" Seine Hand hielt mich an der Schulter fest, als ich mich wutentbrannt abwenden wollte. „Woher bekommst du deine Waffen!" Das war weniger eine Frage, als ein Befehl ihm zu antworten. Wieder wich ich vor ihm zurück. „Sie können sich ihren Befehl sonst wo hin stecken." sagte ich unterdrückt. Seine Stimme wurde dunkel, warm, verführerisch, als er seine Frage wiederholte. „Woher kommen deine Waffen, meine Liebe?" Ich schmolz dahin, mein Geist wurde von einem Nebel umhüllt, ich...

ich... ich... seine Stimme, so angenehm, so sanft in meinem Kopf. Seine Stimme, die alles ausblendete, was mich noch eben so beschäftigt hatte. Warum wehrte ich mich? Warum gab ich ich nicht die Antwort, die er so gerne hätte? Ein dümmliches Grinsen erschien auf meinem Gesicht und ich öffnete meine Lippen um ihm zu antworten... im letzten Moment blitzte eine Erkenntnis in mir auf...

Verdammt, er übte starken Zwang auf mich aus! Er versuchte sich seine Antwort zu beschaffen, egal wie!

„Sie verdammter, räudiger Idiot, sie Mutation eines Erdferkels! Sie sind der letzte Mensch auf Erden, mit dem ich reden würde!" Wutentbrannt warf ich mein Haar zurück und wollte so selbstbewusst wie möglich davon marschieren. Doch die Kinder hatten bereits wieder einen Kreis um uns gebildet und lachten. Ich lief hochrot an. Meine Zunge war mit mir durchgegangen, wie so oft. „Kinder, vergesst, was ich eben gesagt habe. Mister Mc. Laine ist ein ausgesprochen guter und netter Lehrer... meistens jedenfalls." bemühte ich mich um Schadensbegrenzung. Doch ich erntete nur wieder Lachen. „Du wirst meine Frage beantworten, Mary Cooper Clarens!" befahl Geoffrey. Ich streckte ihm die Zunge heraus, die Kinder lachten...

10. Kapitel

Lautes Hupen, unterbrochen von heftigem Schlagen und Schreien gegen das schmiedeeiserne große Tor am Eingang des Klosters rettete mich. Jemand drückte ununterbrochen laut auf eine Fahrzeughupe, schrie und verlangte, mit lauten Tritten gegen das Tor Einlass.

„Ihr verdammten Hurensöhne. Ihr Ausgeburten der Hölle. Lasst mich sofort rein! Oder ich werde mit meinem Jeep so lange gegen dieses scheiß Tor fahren bis es nachgibt!" schrie eindeutig eine Frauenstimme.

„Liebling das ist ein Leihwagen." war eine dunklere Männerstimme zu vernehmen.

„Das ist mir scheißegal, Weichei! Mary ist hinter diesen verfickten Tor. Ich weiß das! Irgendjemand hält sie da gefangen! Und eben hat sie nach Waffen verlangt, also ist sie in Gefahr!" wieder schrie die Frau und trat heftig gegen das Tor. „Macht verdammt nochmal das Tor auf. Oder ich bringe euch alle um!"

„Zuckerstück... du bist 155cm groß und wiegst 45 kilo, du kannst niemanden umbringen." die Männerstimme. „Dann zünde ich alles an! Wenn jemand meiner Mary auch nur ein Haar gekrümmt hat, dann bringe ich ihn um. Und den toten Geschichtslehrer zu aller erst!" antwortete die Frauenstimme schreiend. Wieder wurde die Hupe betätigt.

„Lasst mich rein!" schrie sie, was unter der Hupe nur verschwommen zu verstehen war.

„Süße, Mary hat wirre, krumme Haare, da kannst du nichts mehr krümmen." sagte die Männerstimme. Dann seufzte er als die Frauenstimme ihn ignorierte und weiter gegen das Tor trat. „Sag willst du es nicht mal mit Diplomatie versuchen?" wieder die Männerstimme, ruhig, besänftigend.

„Diplo..was? Mein süßer Liebling... wenn meine beste Freundin dort hinter diesem Tor misshandelt und gefoltert wird, kannst du dir deine

Diplomatie dorthin stecken wo nie die Sonne scheint!" Der Motor des Wagens heulte laut auf, es schien als würde die Frau ihn wirklich gegen das Tor setzen wollen...

„Ich lehne mich mal weit aus dem Fenster und behaupte die beiden vor dem Tor gehören zu dir?" Geoffrey raufte sich die Haare und sah erstaunt zum großen Tor. „Wie konnten die uns überhaupt finden!" Er griff meinen Oberarm und zerrte mich zum Eingang, wieder heulte der Motor auf.

„Liebling, lass den Menschen hinter dem Tor doch wenigstens die Zeit, den Schüssel zu holen... Kleine, jetzt mach kein Scheiß!" Jetzt wurde die Männerstimme leicht flehend.

„Wenigstens einer mit einem Funken Verstand." sagte Geoffrey scharf. Er zerrte mich hinter sich her und machte so große Schritte, dass ich stolperte. „Ich mag den Kerl jetzt schon."

Geoffrey zog schneller, er hatte wohl wirklich Angst um das Tor. Wieder heulte der Motor auf.

„Niklas Rupert Lassiter Miller! Geh mir aus den Weg! Ich werde jetzt Gas geben, egal ob du vor dem Wagen stehst oder nicht!" Wieder die Frauenstimme. „Dann ist ist dir Mary also wichtiger als dein dich liebender Verlobter!" schrie jetzt die Männerstimme.

„Stell mich nicht vor die Wahl!" schrie die Frau,.

Geoffrey schenkte mir einen schnellen Blick. „Die gehören eindeutig zu dir!" schnauzte er. Dann hatte er das große Tor erreicht und entfernte den riesigen schweren Riegel so mühelos, dass ich mich wieder wunderte. Das Tor sprang auf und es bot uns ein merkwürdiges Bild.

Susan saß im offenen Jeep, man konnte lediglich ihren Lockenkopf über dem Lenkrad erkennen. Nick stand, die Arme weit ausgebreitet vor dem Jeep, das Tor hinter sich.

„Was für ein Glück, Susan ist zu allem fähig." seufzte Nick erleichtert. Er wandte sich um und sah mich, die ich hinter Geoffrey hergezogen wurde. Ein breites Grinsen erschien auf Nicks Gesicht. „Oh ja, Susan hat Recht, du bist echt in Gefahr." Er lächelte. „Hallo Zombie!" Nick drehte sich und riss mich in seine Arme. „Hallo Weichei, Nerdy!" war meine Antwort. Ich presste mich an Nick, der mir einen dicken Kuss auf die

Lippen drückte. Geoffrey grunzte gefährlich.

Susan nahm den Fuß von der Kupplung, der Jeep sprang nach vorn.
Sie kam zu uns geeilt und riss mich aus Nicks Armen. Dieser griff nach
seiner Sonnenbrille. „Achtung!" sagte er zu Geoffrey, der schmerzhaft
seine Augen zukniff, als meine Flamme so hell auf flammte, dass es in
den Augen weh tat.

„Sie können die Flamme sehen?" fragte Geoffrey erstaunt. Er ging um
Susan und mich herum und reichte Nick die Hand. Beide Männer lehn-
ten sich an den Jeep und beobachteten uns. „Nun ja, zu Anfang nicht.
Da waren es nur zwei durchgeknallte Mädchen für mich. Aber seit Susan
und ich... na, seit... wir...." antwortete Nick.

„Seit ihr Sex habt." sagte ich. „Mein Gott Nick, wann wirst du mal etwas
lockerer?" Ich löste mich von Susan und meine Flamme wurde wieder
dunkel, satt.

„Du bist ebenso verkalkt wie ein gewisser Geschichtslehrer, den ich mal
kannte." Susan ging zu Nick und legte ihren Arm um seine Hüfte. Dann
warf sie einen schiefen Blick zu Geoffrey. Argwöhnisch sah sie ihn lange
an. „Sollten sie nicht in irgendein Grab vermodern?" sie gluckste. „Als
Mary mir berichtete, wer sie entführt hat, glaubte ich sie hätte diesmal
wirklich den Verstand verloren."

„Wie, Mary hat ihnen von mir berichtet! Wie das denn. Sie hat ihr
Handy doch nicht bei sich." Geoffreys Blick ging zu Nick, der leise lachend seine Hände ausstreckte und steife Schritte nachahmte. „Zombie
Magie."sagte er. „Ganz verstehe ich das auch nicht. Ich weiß nur, das die
beide jede Menge Roaming Gebühren sparen."

„Blödmann!" sagten Susan und ich gleichzeitig. Dann wandte Susan sich
an mich. „Süße, als du eben nach Waffen verlangt hast, glaubte ich dich
tot oder verletzt vorzufinden! Jage mir nie wieder so einen Schreck ein!
Zum Glück saß Nick am Steuer, so dass ich meine Hände frei hatte."

Nick setzte sich wieder in den Jeep. „Natürlich muss ich fahren, Schatz,
du kannst ja kaum übers Lenkrad schauen." Er zog seinen Kopf ein, als
Susan ihre Tasche nach ihm warf, sie landete auf dem Beifahrersitz. „Ich
liebe dich, Schatz." setzte Nick hinzu, dann startete er den Wagen und
fuhr durchs Tor in den Innenhof.

Die Kinder standen um den Wagen herum, als Geoffrey, Susan und ich
folgten. Geoffrey hatte das schwere Tor wieder verriegelt.

„Also Zombie, was ist das für ein Ort?" Nick hatte seinen Arm um meine Schulter gelegt und mich an sich gezogen. „Weißt du, wie viel Sorgen du uns bereitet hast?"

Geoffrey ging um den Jeep herum und griff auf den Beifahrersitz. Susans Tasche war ausgekippt und ihr Zeichenblock lag auf dem Sitz. Er griff danach und ein leichtes, fast gequältes Grinsen erschien auf seinem Gesicht.

„Grinst unser toter Geschichtslehrer oder hat er Verdauungsprobleme?" fragte Susan Sie war auf ihre Art ebenso so freundlich wie ich.

Die Kids brüllten vor Lachen. Sie schlugen sich gegenseitig auf die Schultern. Es war zu lustig. Nick schob eine Augenbraue in die Höhe.

„Ignoriere es, die haben hier nicht viel zum Lachen." sagte ich.

„Ab in eure Klassen!" befahl Geoffrey jetzt. „Wer ist einer Minute noch hier draußen steht, hat für die Rest der Woche Küchendienst!" seine Stimme wurde laut um das Gekicher zu übertönen. Murrend löste sich die große Gruppe auf. Ich blieb mit Susan, Nick und Geoffrey zurück. Plötzlich war es still...

Geoffrey schlug den Zeichenblock auf. Susan schluckte, als Geoffrey eine Zeichnung nach der anderen betrachtete, nickte, weiter blätterte.

„Sie haben ihr einmaliges Talent weiter vervollkommnend, liebe Susan Jenkins." sagte er schließlich. „Wenn sie schon mal hier sind... darf ich ihnen eine Erfrischung anbieten?" fragte Geoffrey weiter. Ohne auf eine Antwort zu warten, ging er Richtung Küche. Schweigend folgten wir drei ihm.

„Warum komme ich mir plötzlich wieder wie 16 vor? Auf dem Weg zum Direktor, weil wir etwas angestellt haben?" flüsterte Susan mir zu.

„Vielleicht, weil sie etwas angestellt haben?" Geoffrey hatte Susan gehört. Er blieb stehen und hielt uns die Tür auf.

„Wann stellen die beiden mal nichts an?" Nick grinste und wurde mit einem Seitenhieb meinerseits belohnt. „Ich kenne die beiden jetzt seit 18 Monaten und habe sie aus mehr Scheiße gezogen, als ein Klärwerk produziert." sagte er weiter, sich die schmerzende Seite haltend.

„Süße, du musst dich unbedingt bei der Polizei melden. Die Beamten waren bereits dreimal bei uns. Ich glaube, sie verdächtigen Nick und mich, dich um die Ecke gebracht zu haben." Susan trank dankbar ihr Wasser.

„Und unser übereilter Aufbruch zu deiner Rettung süßer Zombie..." sagte Nick weiter. „... könnte als Flucht unsererseits gewertet werden. Bestimmt tauchen wir heute Abend in den Nachrichten auf, als gesuchte Verbrecher." Nick verzog sein Gesicht. „Ich bin zu hübsch für den Knast. Ich eigne mich nicht als Braut eines Massenmörders!"

Susan und ich kicherten. Geoffrey stand, die Arme verschränkt, am Küchentresen und beobachtete uns schweigend. Ich schielte ihn aus den Augenwinkeln an und wünschte mir, ich könnte in diesem Moment seine Gedanken lesen. Seine Miene war verschlossen, es war unmöglich auch nur eine Regung darin zu erkennen.

„Warum lebt unser toter Lehrer noch?" fragte Susan mich jetzt, eine Frage, die ihr auf der Seele brannte, seit ich es ihr berichtet hatte. Ich zuckte mit den Schultern. Sollte Geoffrey ihre Frage doch beantworten.

„Zuckerstück, du schaust doch so viele Gruselfilme... und solltest doch wissen, ein Zombie kommt selten allein." antwortete Nick stattdessen.

Ich liebte Nick, ich liebte den Mann wirklich. Er war so herrlich unkompliziert, so aufgeschlossen. Er liebte Susan abgöttisch und akzeptierte unsere Verbindung, so wie sie war, ohne Nachfrage oder Probleme. Wenn wir etwas planten, schloss Nick sich an, ohne sich zu beschweren oder zu sperren. Wieder suchte ich Geoffreys Blick, doch seine Miene blieb verschlossen. Er schien nachzudenken, zu überlegen.

„Nein, ich meine, wieso ist der tote Lehrer hier... zusammen mit meiner besten Freundin? Wie passt alles zusammen?" fragte Susan wieder. „Ich meine, das du immer wieder aufwachst, das weiß ich aus eigener Erfahrung, aber er? Und dann trefft ihr auch noch aufeinander?"

Meine süße, liebe Susan. Sie war viel zu schlau, um sich mit den Begebenheiten zufrieden zu geben.

„Erpressung!" Ich hustete in meine Faust, das Wort verschleiernd.

„Glaub mir, ich wäre längst weg und auf den Weg in die Zivilisation. Aber... nun sagen wir... Hüter Mc. Laine hat da etwas, was mal mir gehörte." sagte ich dann finster.

„Hüter? Wie aus Hüter des..." Susan begann, doch ich unterbrach sie.

„Den Witz habe ich bereits gebracht... und glaub mir, der kam nicht so gut an wie ich eigentlich dachte."

Endlich gesellte Geoffrey sich zu uns an den Tisch. Er stieß sich vom Tresen ab und legte Susans Zeichenblock auf den Tisch. „Genug der Wiedersehensfreude." sagte er leise. Sein Blick glitt von Susan zu mir und blieb an mir hängen. „Susan Jenkins ist deine Waffenmeisterin." Er wartete einen Moment, doch niemand antwortete ihm. „Eigentlich hätte ich von alleine darauf kommen müssen. Du und Susan, ihr habt vom ersten Augenblick eures Kennenlernens zusammen gehangen. Und die süße kleine Susan, immer bewaffnet mit Zeichenblock und Stift hinterm Ohr." Geoffrey fuhr sich durch seine Haare.

„Wow, das macht er immer noch." flüsterte Susan mir zu. „Eigentlich müsste er schon eine Glatze haben." Ich kicherte leise.

„Mich wundert, dass ich nicht bereits eine Glatze habe, seit ich euch kenne." sagte Nick, er schien sich mit Geoffrey solidarisieren zu wollen.

„Wie funktioniert das hier?" Geoffrey schlug den Zeichenblock auf und zeigte auf den Ring mit den Lederbändern, die Waffe die ich erst vor kurzen benutzt hatte um ihm das Schwert zu entwinden. Gespannt wartete er auf eine Antwort. Beide schwiegen wir, Susan sah zu Nick, ich suchte mir einen Fleck an der gegenüber liegenden Wand.

„Brief!" sagte Geoffrey und sah mit Genugtuung, wie ich leicht errötete. Susans Augen wurden riesengroß. Sie sah von mir zu Geoffrey, dann wieder zu mir. Auch ihr war meine Gesichtsfarbe nicht entgangen.

„DER BRIEF?" Susan zog heftig die Luft zwischen die Zähne, es gab einen leisen Pfeifton. Ich nickte bedrückt.

„Wie kommen sie an den BRIEF?" fragte Susan, ihre Augen schlugen Blitze in Geoffreys Richtung. Tröstend legte sie mir einen Arm um die Schultern.

„Oh das war gar nicht so einfach. Es ist schwierig, aus einem frischen Grab zu klettern, wenn der Boden immer wieder nachgibt." antwortete Geoffrey sarkastisch.

„Arsch!" war Susans Antwort.

„Durchgeknallte Zombies, tote Geschichtslehrer, Grabräuber... man ich sollte einen Roman schreiben. Beste Story aller Zeiten." sagte Nick. Er fuchtelte theatralisch mit seinen Händen.

„Bleib bei deinem Computerkram und halt dich daraus." befahl Susan wütend. Dann wandte sie sich wieder an mich. „Deshalb also Erpressung, hatte schon gedacht, mich verhört zu haben." Sie zog mich vom

Stuhl. „Lass uns etwas die Sonne genießen... draußen." sagte sie wütend, dann zerrte sie mich aus den Raum. Wir ließen Geoffrey und Nick zurück.

„Und? Was machen wir hier?" Susan saß neben mir auf dem Rand des Brunnens und wir genossen die Sonnenstrahlen.
„Das weiß ich nicht." antwortete ich ehrlich. „Na, wenn du es nicht weißt." sagte Susan sarkastisch, „Dann ist ja alles in Ordnung." Sie schwieg einen Moment. „Was ich nur wissen möchte, Süße... wie kommst du und der tote Geschichtslehrer zusammen? Dein geliebter Goffy?" fragte sie dann.
„Lass das!" fuhr ich Susan an. Sie lachte auf, was mich noch mehr ärgerte. „Ich meine das ernst, Susan. Nur weil ich als Kind für den Typ geschwärmt habe, heißt das nicht, dass ich noch immer auf ihn stehe."
„Ja, nee,na klar!"sagte Susan gedehnt. „Okay, also, anderes Thema. Warum bist du noch hier? Du bist schon aus ganz anderen Situationen entkommen."
„Es sind die Kinder hier, Susan. Diese ganzen Kinder... sie sind wie ich! All die Jahre habe ich, wir, gedacht, ich wäre alleine, ein Einzelfall! Und dann bringt mich Geoffrey hierher. Zu all den anderen, die so sind wie ich. Und sie haben keine Ahnung, keine Ahnung von dem was sie erwartet." begann ich zu erzählen. Ich erzählte, Susan unterbrach mich nicht einmal, sie hörte zu. Ich erzählte ihr die ganze Geschichte der letzten Tage.
Unterbrochen wurde ich von Lisa. Sie sprang plötzlich über den Innenhof, gefolgt, wie immer vom Kater.
„Wer ist denn die Zuckerschnute!" Susan war begeistert, sie liebte Kinder. Sie würde mal einen ganzen Stall voll haben, das war mir klar.
„Geoffreys Tochter!" sagte ich. Lisa hatte mich entdeckt und kam zu uns. Susans Gesicht war einmalig. „Der Typ ist Vater? Das war mir neu. Dann hat also ein verheirateter Familienvater dein Herz höher schlagen lassen."
„Quatschkopf! Lisa ist Geoffreys Adoptivtochter. Und wenn du auch nur ein Wort über unsere Schulzeit verlierst solange wir hier sind, bringe ich dich um!" sagte ich leise. Lisa war jetzt bei uns und kletterte mir auf

den Schoß. Susan beugte sich zu ihr und kitzelte das Mädchen liebevoll unter dem Kinn. „Hallo, ich bin Susan. Die beste Freundin von Mary." sagte sie fröhlich. Lisa legte den Kopf und schien zu überlegen. Dann kicherte sie. Sie sprang von meinem Schoß und lief wieder in den Garten, gefolgt von Tom.

„Mc. Laine hat also deinen Brief... DEN BRIEF" sagte Susan nachdenklich. „Und er erpresst dich damit? Der Typ ist echt ätzend."

Ich nickte zustimmend. Dann fiel mir etwas ein.... „Du hast Schuld!" sagte ich wütend. „Ich? Was kann ich denn dafür!" verteidigte sich Susan. „Na du hast doch gesagt, ich solle den Brief schreiben! Wie war das noch?" fragte ich sie.

„Du hast die Augen aus dem Kopf geheult, ich wollte nur helfen!" verteidigte sich Susan.

„He, Trümmerlotte! Hör auf zu heulen! Du konntest den Typen nicht sagen wie sehr du ihn liebst als er noch lebte? Kein Problem. Schreib einen Brief, lege alle deine Gefühle für ihn rein! Wirf den Brief in sein Grab. Das ist dann so eine Art Nachnahme oder Nachsendeantrag. Er wird ihn dann in den ewigen Jagdgründen lesen!" Ich schnaubte. „Das waren doch deine Worte damals!"

„Konnte ich ahnen, dass der Typ wiederaufersteht?" Susan seufzte leise. „Wir dachten doch, du seist der einzige Zombie, den wir kennen." Sie lachte, ich schlug sie spielerisch. Dann fiel ihr etwas ein. „Vielleicht hat er ja den verkehrten Brief aus seinem Grab gefischt. Du warst nicht die einzige, die verrückt nach Mc. Laine war. Die halbe Schule war verknallt in Mister unwiderstehlich... und nicht nur Mädchen" Jetzt musste wir beide lachen.

Ich schüttelte meinen Kopf, meine Locken flogen. „Vergiss es, wir beide waren die einzigen aus unserer Schule, die bei der Beerdigung waren."

„Es hat fürchterlich geregnet an dem Tag, wahrscheinlich ist der Brief total durchgeweicht, oder unleserlich!" überlegte Susan erneut. Wieder schüttelte ich meinen Kopf. „Gerade weil es so geregnet hat an dem Tag habe ich den Brief in einen wasserdichten Plastikumschlag gesteckt... so dumm kann nur ich sein." seufzte ich abgrundtief beschämt. Was, wenn Geoffrey seine Drohung wahrmachte und den Brief las, was wenn er lesen würde, wie ich noch vor knapp 3 Jahren für ihn empfunden hatte..

„Kopf hoch, Süße. Auch dass bekommen wir wieder hin. Wichtig ist jetzt erst einmal, dass du dich bei der Polizei meldest." Susan erhob sich als Nick und Geoffrey auf uns zu kamen. Sie lief ihren Verlobten entgegen und umarmte ihn, so als wären sie Jahre getrennt gewesen. Plötzlich hatte ich einen Stich im Herzen, es war keine Eifersucht, einfach nur das Gefühl der Leere, die in mir herrschte.

„Wie habt ihr euch entschieden? Helft ihr uns?" Geoffrey legte mir eine Hand auf die Schulter und das Gefühl der Leere verschwand. Mir wurde warm. Es fühlte sich so gut an, seine Hand gab mir etwas Zuversicht.

„Wir werden bleiben, erst einmal jedenfalls. Ich muss morgen allerdings unbedingt in die Stadt und mit der Polizei sprechen. Mein Verschwinden hat für mächtig Ärger gesorgt. Schließlich bin ich nicht ganz unbekannt." sagte ich sanft. Zu sanft, Geoffrey zog argwöhnisch eine Augenbraue in die Höhe. Was dachte er wohl in diesem Moment? War er erleichtert, erleichtert, dass ich nicht länger Widerstand leistete? War es mir wichtig, was er dachte?

Ich lehnte mich zurück und hielt meinen Kopf in die Sonne. Einfach nur den Moment fühlen, die Wärme seiner Hand und die Sonne auf meinem Gesicht.

Elsa hatte unsere Neuankömmlinge mit der gleichen Herzlichkeit begrüßt, wie sie mich in ihr Herz geschlossen hatte. Es wurden einfach zwei weitere Teller auf den großen Tisch gestellt und Stühle heran geschafft. Ihr Mann Mirow ließ sich beim Abendbrot nicht blicken. „Vater bereitet die große Halle vor. Nach dem Essen erwartet er uns dort." erklärte Geoffrey mir. Ich wusste, was er meinte und nickte nur. Susans wache Augen entging kein Detail. Sie saß mir mit Nick gegenüber, neben Nick saß Lisa, die von Nick mit Aufmerksamkeit überschüttet wurde.

„Große Halle?" fragte Susan nun auch prompt. Sie schob sich eine riesige Gabel voll Rührei in den Mund und ich beneidete sie gnadenlos. Susan war einer jener Menschen, die Essen konnten, was sie wollten oder wie viel, sie nahmen nie zu. Und sie war absolut kein Kostverächter. Essbar, nahrhaft... meins.

„Oh das wird dir gefallen." antwortete ich und verzog mein Gesicht.

„Eine Mischung zwischen Harry Potter und Guantanamo... statt eines sprechenden Hutes haben sie das „unsichtbare Buch"" Ich gestikulierte mit meinen Händen. Allgemeines Gelächter am Tisch war meine Belohnung. Aus den Augenwinkeln schielte ich zu Geoffrey, der neben mir am Tischende saß. War da etwa ein Lächeln in seinen Gesichtszügen? Funkelten seine Augen etwa belustigt? Hatte er heute Abend beschlossen, mal keine Spaßbremse zu sein? Nicht den Oberlehrer auszukehren? „Und Befragungen wie in Guantanamo." setzte ich hinzu. „Außer meiner Schuhgröße und meinem Gewicht wollten die wirklich alles von mir wissen." Wieder Gelächter. Jetzt hob Geoffrey seinen Kopf und ließ seinen Blick über den Tisch gleiten. Sofort kehrte Ruhe ein. „Unheimlich!" flüsterte Nick, ich schenkte ihm ein kleines Lächeln. „Einmal Lehrer, immer Lehrer." flüsterte Susan zurück.

Ich schlich mich aus dem Haus und lief über den Menschenleeren Innenhof. Es war spät und ich war alleine. Tief die angenehme warme Nachtluft einatmend lehnte ich mich an den alten Brunnen und ließ meinen Gedanken freien Lauf. So viel war heute Nachmittag und Abend passiert, dass ich es unbedingt noch einmal durchdenken musste, wollte ich auch nur ein wenig Schlaf heute Nacht bekommen.

Susan und ich hatten eins unseres bestgehüteten Geheimnisse gelüftet. Wir hatten in der großen Halle gestanden, die Ratsmitglieder an ihrem Tisch. Nervös hatte ich zögernd vor dem Tisch gestanden, Susan neben mir, ihre Hand lag in der von Nick. Ich stand alleine dort, niemand, der mir tröstend seine Hand gab. Dann hatte ihre andere Hand nach meiner gegriffen und sofort war es wieder da, die helle Flamme, die den Raum für diejenigen erhellte die sie sehen konnten. Ein ungläubiger Ausruf der Ratsmitglieder bestätigte mir, dass sie es sehen konnten. „Unglaublich!" hatte Mirow geflüstert. „So etwas habe ich noch nie gesehen." Die anderen hatten zustimmend genickt. Mirow hatte seinen Sohn angesehen, Geoffrey hatte neben mir gestanden. „Mein Sohn sagt, sie seien die Waffenmeisterin, Miss Jenkins." sagte Mirow dann, leise, fast ehrfürchtig. „Sie wären damit die erste seit Jahrhunderten. Es ist eine Sensation." Mirow verneigte sich leicht vor Susan...

Na toll, sie behandelten sie mit Respekt. Mich hatten sie wie eine ansteckende Krankheit behandelt!

Susan hatte mich fragend angesehen, ich hatte gezögert, nervös, unbehaglich, ängstlich. Es war etwas ganz privates, dass mich mit ihr verband, etwas, dass nur wir beiden teilten. Etwas auf dass auch Nick keinen Zugriff haben konnte.

„Mary, bitte!" die beiden Worte, ausgesprochen von Geoffrey, seine Hand, die ganz leicht meine streifte, nur ganz kurz, kaum sichtbar für die anderen, doch so warm für meine kalte Seele. Meine Seele die vor Angst etwas zitterte. Ich hatte genickt. „Gut, zaubern wir etwas." hatte ich geantwortet. Susan hatte ihren Zeichenblock aufgeschlagen und ich hatte mich in Position gebracht.

Wie am Vormittag hatte Geoffrey mich mit dem alten, glänzenden Schwert attackiert, ich mit Waffen gekontert, die Susan hastig, in Bruchteilen einer Sekunde aufs Papier brachte. Dabei hatte sie ihre Augen geschlossen gehabt, sie sah durch meine Augen, sah, welche Waffen ich brauchte, sah was mein Gegner tat. Der Kampf hatte 10 Minuten gedauert. 10 Minuten in denen atemlose Stille geherrscht hatte, nur das Klingen der Schwerter hallte im Raum.

„Wie machen sie das, Miss Jenkins?" hatte Mirow ehrfürchtig gefragt. Er war um den Tisch herum gekommen und hatte Susan über die Schulter zugesehen. „Sie sind ein Genie, ein wahres Wunder."

Ganz Klasse... ich war diejenige, die sich den Gruseltypen stellte, ich war diejenige, die hier stand und kämpfte, ich war... wie hatte Geoffrey mich genannt? Der Defender... doch die liebe kleine Susan erntete den Respekt und die Anerkennung des Rats!

Ich hatte meine Konzentration verloren. Geoffrey war vorgesprungen, hatte sein Schwert unter meins geschoben und mich entwaffnet. Ich war so abgelenkt gewesen, dass ich vergessen hatte, nach Susans neu gezeichnete Waffe zu greifen. Meine Hände waren leer. Geoffrey hatte mit dem Schwert unter meinem Hals dagestanden und gegrinst. „Wieder mal keine Konzentration,liebe Mary."

„Vielleicht, weil sie mir keinen ernstzunehmenden Kampf bieten, Hüter Mc. Laine." hatte ich ironisch geantwortet. Das war eine Lüge gewesen, denn Geoffrey kämpfte exzellent. Man spürte sein Jahres-lange Training.

Er hatte mich lange angesehen, dann war er zu seinem Vater gegangen, hatte Susan über die andere Schulter beobachtet.

Ich stand mitten in der großen Halle... allein, einsam, still, unbeachtet. Wie in meinen gesamten, beschissenen Leben, wie immer, dachte ich traurig und unterdrückte die Tränen, die sich in meinen Augen sammelten.

„Funktionieren ihre Zeichnungen nur bei Mary, oder auch bei anderen Personen?" hatte Geoffrey Susan gefragt. „Ihre Gabe ist einmalig und bewundernswert, Susan." Er hob sein Kopf und ließ seine Augen kurz auf mich ruhen. Er streckte mir seine Hand hin, doch ich schüttelte nur meinen Kopf und blieb stehen.

„Nur bei Mary." hatte Nick geantwortet. „Wir haben es bei mir ausprobiert... Fehlanzeige. Hat wohl was mit dem Zombieblut zu tun, das die beiden ausgetauscht haben."

„Blutaustausch?" hatte Geoffrey interessiert gefragt und mich erneut lange angesehen.

Das weitere Gespräch hatte ich nicht mehr mitbekommen. Die Tränen liefen, ich wandte mich schnell ab. Ich war aus der Halle regelrecht geflohen. Weg von all den Menschen, die mich erneut ignorierten... ich fühlte mich plötzlich unbedeutend und unsichtbar.

11. Kapitel

Wie früher im Internat hatte ich mich bis vor wenigen Minuten in der Bibliothek versteckt. Hatte ein Buch nach dem anderen aus den Regalen genommen, einige Zeilen gelesen und es dann wieder zurück an seinen Platz gestellt.

Jetzt war ich hier draußen. Stand unter dem Sternenhimmel und zog tief die frische Luft ein. Seufzend stieß ich mich vom Brunnen ab und ging ziellos über das weitläufige Gelände des altes Klosters. Links, so wusste ich mittlerweile, hatte Elsa ihren Gemüsegarten. Dort war Zutritt absolut verboten. Ich lächelte, die der Beziehung war mit Elsa nicht zu scherzen. Also wandte ich mich nach rechts... und blieb wie angewurzelt stehen.

Dort, auf den schwach beleuchteten Gelände konnte ich eine durchtrainierte Männergestalt entdecken, ohne genauer hinzusehen wusste ich, wer es war.

Geoffrey absolvierte den Hindernisparcours so mühelos, als würde er tanzen. Seine Beine berührten kaum den Boden, er sprang in einem eleganten Satz über den Wassergraben und zog sich mit einer geschmeidigen Bewegung an der Holzwand empor. Mir stockte der Atem... ihn hier draußen, nur mit einer Jogginghose bekleidet und nackten Oberkörper zu sehen, hatte ich nie erwartet. Er stützte seine Arme auf den Oberschenkeln ab und verschnaufte einen Augenblick, dann lief er weiter, Richtung Wald.

Dann war er verschwunden... Eine kleine Weile stand ich immer noch erstarrt unter den Bäumen, die mich vor Geoffrey verborgen hatten und sah auf den nun leeren Übungsplatz. Ich hatte gewusst, wie muskulös Geoffrey war, wie durchtrainiert und stark... und doch hatte ihn hier zu sehen mein Herz wieder rasen lassen.

Verdammt, ich war keine 16 mehr! Innerlich schlug ich mir eine heftige

Ohrfeige. Mary Cooper-Clarens, du bist erwachsen! Der Typ hat früher nichts von deiner Existenz wahrgenommen und tut es heute eben sowenig! Verschwinde! Geh ins Bett... oder besser unter die kalte Dusche!!! Ich wandte mich ab um wieder ins Haus zu gehen, als ich urplötzlich nach Luft ringen musste.

Jemand hatte mich von hinten geschnappt, eine Hand an meiner Kehle, die andere umklammerte meine Handgelenke, so dass ich keine Möglichkeit hatte, auch nur eine Waffe zu greifen, würde ich nach Susan rufen. Dann beruhigte ich etwas, ich spürte die mittlerweile gewohnte Flamme von Geoffrey. Er schien mich gesehen zu haben und wollte mir eine weitere Lektion erteilen.

„Nun, Mary? Was machst du hier draußen um diese Uhrzeit? Und wieder mal unkonzentriert, unachtsam... wie willst du dich jetzt aus meinem Griff befreien?" fragte er mich mit gefährlich sanfter Stimme. Sein Griff um meine Handgelenke wurde fester, als ich trotzig schwieg. „Nach Susan rufen funktioniert ohne Hände nicht, oder?" fragte er leise, gefährlich, wie mir schien. Ich schwieg weiter, er hatte ja recht. Ich war so dermaßen verträumt gewesen, dass ich ihn nicht anschleichen gemerkt hatte. Er presste mich gegen seinen nackten Oberkörper, die Wärme seiner Haut drang durch meine Bluse und verbreitete ein Kribbeln auf meiner Haut. Er presste mich noch enger an sich, ich legte jede Gegenwehr ab, genoss seine Nähe. „Wo bleiben jetzt deine saloppen Sprüche, keine freche Bemerkung parat mit der du dich aus der Schlinge ziehen kannst?" fragte er weiter, nicht willens, seinen Griff zu lockern.

Eine kleine Bewegung am Rand meiner Augen erregte meine Aufmerksamkeit, ein Grinsen kam über meine Lippen, als ich Tom aus den Wald treten sah. Der Kater kam wohl von einem nächtlichen Rendezvous Nachhause. Jetzt hatte der uns entdeckt und blieb neugierig stehen. Der Kater legte seinen Kopf schief und kam etwas näher.

„He, Kleiner, du bist mir was schuldig! Hilf mir mal eben!" rief ich Tom zu. „Was?" gelang es Geoffrey noch zu sagen bevor er mich mit einen lauten Schmerzensschrei losließ und versuchte, den Kater abzuschütteln. Tom war Geoffrey mit einem Satz ins Genick gesprungen und hatte seine Krallen tief in dessen Hals gebohrt. Tom ließ ab und sprang mit einem Satz davon, verschwand in der Dunkelheit.

Eilig brachte ich einige Abstand zwischen Geoffrey und mir. Dann jedoch konnte ich ein Kichern nicht unterdrücken. Geoffrey stand vollkommen ungläubig vor mir und fasste sich in den Nacken, seine Finger waren voller Blut. Tom schien ihn heftig erwischt zu haben. „Verfluchtes Katzenvieh!" schnauzte Geoffrey. „Verdammtes Frauenzimmer!" Ohne auf mich zu warten, ging er mit schnellen Schritten zum Brunnen und schöpfte einen Eimer Wasser, den er sich über seinen Kopf laufen ließ. „Unfair... sehr unfair, liebe Mary. Aber sehr effizient." sagte er dann. Er lehnte sich gegen den Brunnen, ich folgte ihm vorsichtig und setzte mich auf den Rand. „Wenn man mit den Gruseltypen kämpfen muss, bringt Fairness nicht viel." antwortete ich leise. Dann beugte ich zu ihm herüber. „Lassen sie mich mal die Wunden sehen." bat ich. Geoffrey beugte sich zu mir herunter, ich konnte die Krallen Spuren von Tom entdecken. „Ganze Arbeit, alle Achtung. Vielleicht sollten sie dem Kater in den nächsten Tagen aus dem Weg gehen." sagte ich lachend. Ich griff nach einem scharfen Stein und ritzte mir meinen Zeigefinger etwas ein, es blutete. Sanft strich ich mit dem blutenden Finger über jede einzelne Spur. Sein Körper sog mein Blut gierig auf. Fast augenblicklich stoppten die Blutungen.

„Ich sollte besser dir aus dem Weg gehen, Mary Cooper-Clarens." Geoffrey hatte so leise gesprochen, dass ich glaubte mich verhört zu haben. Ich strich über die letzte Spur, dann richtete Geoffrey sich wieder auf und stützte sich schwer am Rand des Brunnens ab. „9 Jahre, Mary." sagte er nach einer kleinen Weile. „Es sind 9 Jahre... die zwischen uns liegen."

„Ich weiß." sagte ich nur. Geoffrey drehte kurz seinen Kopf um mich anzusehen, dann starrte er weiter in den schwarzen Brunnen.

„9 Jahre sind ein ganzes Leben. Ich bin hier Hüter, habe mein Studium hinter mir, habe eine Aufgabe. Habe die Welt bereist..." Er schien zu überlegen, was er weiter sagen sollte. „Du bist gerade mal 20 Jahre, hast die Schule beendet, beginnst mit deinem Studium... obwohl ich nicht glaube dass Geschichte und religiöse Fakten etwas für dich sind..."

„Blödmann!" war alles was ich heraus bekam.

„Du bist Erbin eines Multi-Vermögens. Dein Leben wird sich in den nächsten Jahren um Partys, Kurse, Noten und Jungs drehen.. Vielleicht in den Ferien... ein, zwei Wochen in einem unserer Häuser, in denen du Kinder Unterricht erteilst." Geoffrey schwieg. Er wandte sich ab und ging einige Schritte um den Brunnen, blieb dann vor mir stehen. „Ich habe deinen Brief. Aber es ist die Wahrheit, ich habe ihn nicht gelesen... weil ich auch so weiß, was darinnen steht." Er schloss kurz seine Augen und fuhr sich durch die Haare, eine so vertraute Bewegung, dass sich eine Träne löste und mir übers Gesicht lief. „Ich gebe dir den Brief morgen wieder, es hat keinen Sinn, ihn länger zu behalten... ich hätte ihn längst wegwerfen müssen." schloss er dann. Sanft wischte er die Träne fort.

Ich nickte, sprang vom Brunnenrand und wandte mich ab, es gab nichts mehr zu sagen. Er hielt mich an der Hand zurück, drehte mich zu sich herum. „Du hast mich neulich geohrfeigt, ich schulde die eine Revanche." flüsterte er. Ich hob meinen Kopf und versuchte in seinen Augen zu lesen. „Dann mal zu, ich kann einiges einstecken." flüsterte ich erstickt zurück.

Dann legte er seinen Mund auf meinen. Er küsste mich, seine Zunge verlangte Einlass, ich öffnete meine Lippen und erwiderte hungrig den Kuss. Er schien eine Ewigkeit zu dauern. Seine Arme legten sich um mich, zogen mich an sich und er vergrub seine Hände tief in meinem Haar. Ich schmiegte mich an ihn, meine Hände fuhren über seinen Rücken, streichelten, forschten.Noch nie war ich so leidenschaftlich geküsst worden... Ich wünschte der Augenblick würde nie enden...

Doch so plötzlich wie er mich geküsst hatte, so löste er sich von mir und schob mich von sich. Dann drehte er sich um und ging... ging schweigend. Ich blieb zurück. Allein und verwirrt.

„Was wisst ihr über Flammen?" Ich stand vor den Kindern und Jugendlichen und sah in ratlose Gesichter. „Jedes Lebewesen hat eine Flamme, sie ist für jeden individuell." Seit einer halben Stunde versuchte ich ihnen etwas beizubringen, doch in Gedanken war ich ganz woanders. Hatte ich den gestrigen Abend nur geträumt? Hatte ich mit alles nur eingebildet? Immer noch glaubte ich Geoffreys Lippen auf meinen zu spüren, seine Wärme hatte mich eingehüllt, sanft, leidenschaftlich. „Ich glaube, ich kann Flammen sehen." Ein schüchternes Mädchen mit blonden Haaren und blauen Augen hob ihre Hand. „Ich glaube, Tims Flamme ist blau." sagte sie unsicher. Ich lächelte sie aufmunternd an.

„Ja, du hast recht. Wie gesagt, jede Flamme ist anders. Deine ist grün." antwortete ich. „Ihr müsst lernen, diese Flammen zu sehen. Sie verändern sich, je nach Stimmung." Ich wies auf einen schmächtigen Jungen. „Konzerntrier dich auf mich, Jimmi. Welche Flamme siehst du?" fragte ich ihn. „Na komm, du kannst das. Ihr alle könnt es, ihr müsst es nur üben."

Er stand auf, kam näher und kniff die Augen zu Schlitzen. „Ich sehe deine Flamme Mary. Aber sie hat keine spezielle Farbe, sie wechselt. So wie ein Regenbogen, alle Farben sind darin vertreten." sagte er dann, einige andere Kinder nickten zustimmend. „Sehr gut!" lobte ich ihn. „Dann wollen wir das mal üben." Die restliche Stunde verbrachten wir damit, die Flammen zu erkennen. Während die Kinder sich gegenseitig ansahen und ihre Farben errieten, konnte ich mich meine Gedanken widmen. Seit dem Augenblick, da Geoffrey mich hatte stehen lassen, hatte ich ihn nicht wieder gesehen. Er war heute morgen weder beim Frühstück erschienen, noch half er mir beim Unterricht. Ich seufzte leise. Es war merkwürdig, ich vermisste ihn.

„Verdammt!" fluchte ich unterdrückt. „Hätte der Idiot nicht tot bleiben können?"Warum hatte er nur wieder auftauchen müssen. Hatte ich nicht genug Probleme? Immer noch stand die Beerdigung meines Vaters aus. Heute hatte ich einen Termin bei der Polizei in der Kreisstadt. Susan hatte vorhin den Kopf zur Tür reingesteckt und mir Bescheid gegeben. Wir würden nach dem Mittagessen losfahren und die Nacht im Hotel schlafen, da wir keine Ahnung hatten, wie lange es bei der Polizei dauern würde. Ich freute mich auf den Ausflug. Vielleicht würde ich etwas einkaufen gehen. Lisa ein kleines Geschenk besorgen... aber hauptsächlich hoffte ich auf andere Gedanken zu kommen. Meine Gedanken, die sich immer wieder um ein Thema drehten, Geoffrey Mc. Laine. Ich freute mich direkt, mal einen Tag und eine Nacht weg von hier zu kommen, weg von Geoffreys direkter Nähe.

„Ich kann es jetzt!" triumphierend rief Joe. Er wies auf mich und strahlte über das ganze Gesicht. „Deine Flamme ist ganz dunkel, so als seist du traurig, Mary." sagte er nachdenklich. Man, sah man mir das so deutlich

an? „Gutes Thema Joe!" versuchte ich ihn von mir abzulenken. „Gefühls-
regungen... sie können wir aus der Flamme unseres Gegenübers heraus-
lesen. Gut gemacht Joe." sagte ich, der Junge strahlte über mein Lob. Ich
wandte mich zur Tafel und schrieb einige Gefühle an die Wand.
Trauer, Angst, Freude, Wut, Glück, Frust,Liebe... ich zögerte beim letzten Wort.
Plötzlich fasste mich jemand an der Schulter, ich war so in Gedanken
versunken, dass ich nicht gemerkt hatte, wie die Tür aufgegangen war.
Schlagartig verstummte das Tuscheln im Raum..
„Wow!" sagte Jimmi fast ehrfürchtig. „Deine Flamme ist jetzt Türkis... sie
hat die Farbe von Hüter Mc. Laine angenommen, Mary." „Cool!" bestätigte Joe grinsend. „Sieht das verschärft aus." „Damit kannst du in einer
Disco auftreten, die lebende Discokugel." sagte Judy.
Geoffrey drehte mich zu sich herum und sah strafend die Kinder an.
„Ich hatte dich dreimal angesprochen, doch du hast mich nicht gehört,
warst irgendwie weit weggetreten mit deinen Gedanken." sagte er so
leise, es war nur für meine Ohren bestimmt.
„Was wollen sie, Goffy?" fragte ich und die Kinder kicherten. Ich lief
hochrot an. „Entschuldigung, Macht der Gewohnheit." flüsterte ich ihm
zu. „Wir fahren in einer halben Stunde los. Wenn du dich noch umziehen willst solltest deinen Unterricht beenden." sagte er nüchtern. Dann
sah er über die Köpfe der Kinder und nickte. „Sie scheinen wirklich viel
gelernt zu haben."
„Ja, Hüter, es war sehr cool, ein echt guter Unterricht." bestätigte Jimmi.
„Ich freue mich, wenn Mary uns noch mehr beibringt." Die anderen
nickten zustimmend.
„Dann lernt so viel wie möglich, Mary wird nicht mehr lange bleiben."
Er holte kurz Luft. „Sie hat ihr eigenes Leben. In wenigen Wochen geht
ihr Studium los. Im Grunde genommen ist sie ebenso eine Schülerin wie
ihr." Ein kurzer Druck seiner Finger auf meiner Schulter, dann ging er
und ließ mich zurück.
„Wow,ist deine Flamme jetzt dunkel! Fast schwarz." flüsterte Judy.
Jimmi stieß ihr unsanft in die Seite. „Schnauze Judy." sagte er nur. „Wir
werden uns mit den Flammen beschäftigen Mary. Das bekommen wir
auch alleine hin. Geh dich umziehen." sagte er. Ich versuchte Jimmi ein
Lächeln zu schenken. Jimmi war nur ein Jahr jünger als ich, gerade 19

geworden. Er schob mich sanft aus den Raum und legte mir tröstend einen Arm um die Schulter. „Mach dich hübsch!" befahl er mir grinsend. Spontan umarmte ich ihn. „Zeigs dem verstaubten Typen." flüsterte er mir ins Ohr und entlockte mir ein Lächeln. Jimmi war sehr feinfühlig, und sehr lieb. Ich reckte mich und gab ihm einen flüchtigen Kuss auf die Wange, der Junge lief hochrot an.

„Hast du keinen Unterricht, Jimmi?" Geoffrey war stehen geblieben und wartete bis Jimmi ins Klassenzimmer verschwand. Dann ging Geoffrey weiter, mich ignorierend. „Idiot!" fluchte ich ihm hinterher und hoffte sehnsüchtig, er hätte es gehört.

20 Minuten später saß ich in der Küche und ließ mir von Elsa einen Kaffee einschenken. Spontan hatte ich meine Jeans gegen ein sommerliches Kleid getauscht. Es war weiß, luftig, und etwas weit ausgeschnitten. Doch schließlich waren wir auf den Weg in die Stadt. Auf Strumpfhosen hatte ich verzichtet, an den Füßen kleine, flache Sandaletten in der gleichen Farbe. Meine kleine Tasche mit der Kleidung die ich für eine Nacht brauchte, stand neben mir.

„Sie sehen hübsch aus, Liebes." sagte Elsa sanft. Ihre Hand strich mir über den Kopf und sie lächelte als mein Haar sich wieder in die wirre Form legte, wie zuvor. „Widerspenstig wie das ganze Menschenkind." sagte Elsa. Sie setzte sich neben mich. „Geoffrey sagte mir heute morgen, du würdest uns bald wieder verlassen. Ich meine okay, du bist alt genug... und deine Uni geht ja auch bald los. Doch ich hatte gehofft du würdest etwas länger bleiben, Kind. Du bist die Erhörung unserer Gebete... meiner Gebete." Elsa sah kurz zur Tür. „Seit Geoffrey das letzte mal starb, verlässt er das Kloster so gut wie nie mehr." Elsa lächelte ein trauriges Lächeln. „Wir bekommen hier nur selten Damenbesuch. Und die, die hier waren... na ja. Vergiss es."

„Zwischen Geoffrey und mir liegen 9 Jahre, Elsa." sagte ich leise, in der Angst, die Tür würde sich öffnen. „Das hat er mir mehr als einmal klar gemacht. Für ihn bin ich nichts weiter als ein verwöhntes, arrogantes, eingebildetes, freches Kind."

Elsa erhob sich und brachte meinen Becher zur Spüle. Ein geheimnisvolles Grinsen lag auf ihren Lippen. „So... hat er das gesagt? Wusstest du, dass zwischen mir und seinem Vater 14 Jahre liegen?"

Mit offenen Mund starrte ich Elsa an, sie wollte gerade weiter reden, doch Susan kam in die Küche. „Süße! Hier bist du! Wir warten alle drei im Wagen auf dich!" Sie zerrte mich vom Stuhl und pfiff durch ihre Zähne. „Alle Achtung, Kleine, Richtig hübsch!"

Geoffrey und Nick saßen im Jeep. Nick am Steuer, Geoffrey neben ihm. Susan und ich quetschten uns auf den Rücksitz. „Warum fährt er denn mit?" Immer noch wütend zeigte ich mit der Hand auf Geoffrey, der sich den Gurt umlegte, während Susan und ich es uns so bequem wie möglich machten, die Rückbank war nicht wirklich komfortabel. „Ich bin dein Gastgeber... Ich möchte nur sichergehen, dass du auch den Rückweg findest." antwortete Geoffrey eisig. „Danke, bis lang habe meinen Weg noch immer gefunden!" fauchte ich zurück. „Ich weiß du hältst mich für ein kleines Mädchen, aber ich darf schon Auto fahren Onkel!" sagte ich zuckersüß. Dann streckte ich ihm hinter seinem Rücken die Zunge heraus.

„Oh ja, sehr erwachsen." war Geoffreys frostiger Kommentar.

„Man, die Temperatur hier im Auto ist dermaßen gesunken, dass ich versucht bin, das Verdeck zu schließen." sagte Nick, er suchte im Rückspiegel den Blick von Susan, die nur mit den Achseln zuckte.

Geoffrey und ich schwiegen während der Fahrt. Susan und Nick waren es, die sich unterhielten. Gaben sie das Wort an einen von uns weiter, kamen nur einsilbige Antworten.

„Was machen wir in der Stadt, nach deinem Termin?" fragte mich Susan. „Frag den Häuptling." meine Antwort.

„Welches Hotel nehmen wir?" fragte Nick Geoffrey. „Frag Miss little Sunshine." Geoffreys Antwort.

Irgendwann gaben Susan und Nick es auf und unterhielten sich alleine. Ich lehnte mich zurück und schloss müde meine Augen. In der vergangenen Nacht hatte ich nicht geschlafen. Hatte in meinem Bett wach gelegen, meine Gedanken waren wieder am Brunnen, dort wo Geoffrey mich geküsst hatte, gewesen. Jetzt rächte sich mein Körper, die Augen wurden schwer und ich schlief ein. „Endlich, ich habe mich schon gefragt, wie lange sie noch durchgehalten hätte, sie scheint nicht geschlafen zu haben." Ich hörte Geoffreys Stimme, sie klang sanft und lieb... ich musste träumen, eindeutig.

12. Kapitel

Wir betraten das Polizeirevier und wurden augenblicklich von vielen
Beamten umringt. Sie versuchten sofort, mich von Susan, Nick und
Geoffrey zu trennen, doch Geoffreys Hand lag beschützend auf meiner
Schulter. „Ich bin kein Kind mehr." zischte ich ihn wütend an. „Dann
benimm auch nicht so." zischte er zurück.
Man war ich wütend... Er behandelte mich, als sei ich nicht älter als 12...
Ich schüttelte energisch seine Hand ab und trat vor als ein junger Mann
lächelnd auf mich zu kam. „Miss Clarens? Sie wissen nicht wie froh ich
bin, sie so gesund und munter vor mir zu sehen. Wir haben bereits das
Schlimmste befürchtet." Er reichte mir seine Hand, ergriff meine und
ließ sie nicht wieder los. Ich folgte ihm als er mich etwas beiseite zog,
weg von Geoffrey.
„Ich bin Ralph Stettson. Man was bin ich froh." sagte er lächelnd.
„Nennen sie mich Mary."sagte ich und schenkte den jungen Mann vor
mir mein bezauberndstes Lächeln, er schmolz dahin. Mit Genugtuung
bemerkte ich Geoffreys finsteren Blick im Nacken. „Gerne Mary, ich bin
Ralph wenn sie möchten." Ralph legte mir eine Hand auf die Schulter
und führte mich zu einem Büro. Er wandte sich kurz zu meinen Beglei-
tern um. „Es dauert nicht lange, ich bringe ihnen Mary gleich wieder."
sagte er. „Sind nur ein paar Fragen."
Geoffreys Hand legte sich auf meine andere Schulter und hielt mich
zurück. „Eigentlich... wäre ich gerne bei dem Gespräch dabei." sagte er
eisig. "Mary sollte bei mir bleiben, ich bin..." Geoffrey schien nach dem
richtigen Wort zu suchen.
Der Teufel ritt mich, was hatte er gestern Nacht zu mir gesagt? Er wäre
zu alt für mich? ... "9 Jahre Mary.. .ein ganzes Leben..."

„Aber Onkel Geoffrey." ich drehte mich um und gab Geoffrey einen

feuchten Kuss auf die Wange. „Das schaffe ich schon ganz alleine. Danke das du so besorgt um mich bist, aber ich bin fast schon erwachsen." sagte ich honigsüß... Susan schlug sich die Hände über die Augen und schüttelte genervt ihren Kopf. Nick unterdrückte ein Lachen in einem heftigen Hustenanfall, Geoffreys Augen sprühten Flammen...
Ich ergriff wieder die Hand von diesem Ralph und ließ mich ins Büro führen. „Soll ich die Tür etwas auf lassen?" fragte mich Ralph besorgt, draußen sah ich Susan und Nick auf einer Bank sitzen. Geoffrey lief wie ein Tiger im Käfig vor der Tür auf und ab. „Nein, bitte schließen sie die Tür, Ralph." sagte ich zuckersüß. „Vielleicht kommt etwas peinliches zur Sprache, mein Onkel muss nicht alles hören. Er ist sehr, sehr konservativ." sagte ich so laut dass sie mich draußen gehört haben mussten. Ich hob meine Hand und winkte Geoffrey heftig zu. Es sah etwas dümmlich aus, es störte mich nicht. Geoffreys Gesicht war zu köstlich.

„Wissen sie Mary." begann Ralph. „Als wir gestern Abend den Anruf bekamen, dass sie uns aufsuchen würden, haben wir uns gestritten, wer sich mit ihnen unterhalten darf. Schließlich haben wir nicht jeden Tag eine Berühmtheit zu Besuch. Und dann noch so eine Hinreißende... Schließlich haben wir eine Münze geworfen... ich habe gewonnen." Er zog jetzt verschmitzt schmunzelnd eine Münze aus seiner Tasche. „Weil ich eine Münze mit zwei Köpfen habe." Er hielt mir die Münze hin. Ich lachte herzhaft auf. Ralph war niedlich, ungewöhnlich für einen Polizisten. „Das war zwar Betrug, aber ich wollte sie unbedingt kennenlernen. Sie sind noch hübscher als auf ihrem Foto." sagte er und wurde von mir erneut mit einem Lächeln belohnt.
„Sie sind so plötzlich verschwunden, wie in Luft aufgelöst." begann Ralph. „Niemand im Hotel konnte uns über ihren Verbleib Auskunft geben."
„Nun, ich bin jetzt hier." antwortete ich. „Ich wusste nicht, dass es so wichtig ist."
„Der Portier sagte aus, sie seien, total verdreckt und mit zerrissener Kleidung an ihm vorbei gestürmt, verfolgt von einem Typen... groß, muskulös, schwarze Jacke, schwarze Jeans... sah irgendwie aus wie aus einer 70ziger Seifenoper." fragte Ralph weiter. Ich brach in herzhaften Lachen aus, was für eine tolle Beschreibung von Geoffrey.

„He, nicht meine Worte, Mary. Ich lese nur vor." verteidigte sich Ralph grinsend. Sein Blick ging über meine Schulter zu Geoffrey, der immer noch vor der Tür auf und ab ging. „Kann ich das als „Gesuchte nennt den Verdächtigen Onkel abhaken?" fragte er weiter, ich nickte immer noch kichernd. Oh Man, Geoffrey als meinen Onkel auszugeben war eine meiner besten Ideen der letzten Tage. Das hatte er sich selbst zuzuschreiben...

„Noch einen Tag länger und es wäre eine Landesweite Suchaktion im Fernsehen gestartet worden." sagte Ralph weiter, „Es war gut, sich zu melden." Ich nickte, beugte mich dann über den Tisch zu Ralph herüber. „Ich musste einfach raus.. verstehen sie? Einfach mal weg für einige Tage. Es war alles zu viel für mich. Erst der Tod meines Vaters. Dann wie mir berichtet wurde, ist meine Mutter in ein Sanatorium gebracht worden." sagte ich weiter. „Ich bin bei Freunden untergekommen."

„Ja, sie hatte einen Nervenzusammenbruch." bestätigte Ralph. „Sie saß in einer riesigen Blutlache und stammelte wirres Zeug vor sich hin. Wir fanden es besser, sie in eine Nervenheilanstalt zu bringen." Ralph sah auf seine Armbanduhr. Dann lächelte er.

„Ihre Freunde draußen werden unruhig, Mary. Wir sollten erst einmal aufhören." Er erhob sich und half mir aufstehen. Dann nahm er meine Hand und sah mich bittend an. „Mary, ich bin zwar nur ein 25 Jähriger Polizist mit einem kleinen Gehalt und lausigen Aufstiegschancen, aber dürfte ich sie trotzdem heute Abend zum Essen einladen?" Sein Blick ging zu Geoffrey, der schon fast die Türklinke in der Hand hatte.

Auch ich wandte meinen Kopf und sah kurz zu Geoffrey. „Gerne, ich weiß noch nicht, welches Hotel wir nehmen, geben sie mir ihre Telefonnummer. So wie wir Zimmer haben melde ich mich bei ihnen. Wäre ihnen 20 Uhr recht?" sagte ich. Ralph hatte die Tür bereits geöffnet und strahlte mich nun unverhohlen bewundernd an. „Mary, sie sind so nett, ich freue mich auf heute Abend. Ich hole sie um 20 Uhr ab."

Geoffrey schwieg, als wir das Polizeirevier verließen. Seine Hände tief in seinen Jeans gesteckt, stapfte er mürrisch hinter uns her. Susan wollte alles wissen und fragte mich aus. Ich antwortete einsilbig, sie war verzweifelt. „Man, der spielt den mürrischen, alten Onkel ja perfekt." sagte Nick. Er wies mit dem Daumen auf Geoffrey. Ich zuckte nur mit den

Achseln.

„Ralph will also mit dir essen gehen? Eine echte Verabredung? Seit wie langer Zeit deine erste?" fragte Susan aufgeregt. „Susan?" sagte ich. „Ja?" fragte sie. „Halte deine Klappe!" sagte ich finster.

Wir hielten jetzt vor dem dritten Hotel, überall war ausgebucht, es war zum Verzweifeln. Frustriert lief ich hinter Geoffrey her zur Rezeption. „Wir brauchen drei Zimmer." sagte Geoffrey, auch seine Laune war auf dem Nullpunkt angekommen. Ich befürchtete Schlimmes, würden wir auch hier keine Zimmer bekommen.
„Nächste Station - Zelt und Schlafsack." ulkte Nick. Er stand mit Susan etwas abseits und wartete, ob Geoffrey Erfolg haben würde.
„Wir hätten noch zwei Zimmer zur Verfügung." sagte der Portier. Er sah in sein Buch und lächelte. Zimmer 112 und 114 wären für eine Nacht frei." Geoffrey nickte. „Nehmen wir. Einzel oder Doppelbetten?" fragte er ."Sowohl als auch. 112 Einzelbetten, 114 Doppelbett."sagte der Portier. Er reichte Geoffrey die Schüssel und er kam zu uns zurück.
Ehe Geoffrey reagieren konnte, riss ihm Nick den Schüssel für Zimmer 114 aus der Hand, nahm Susan und rannte zum Fahrstuhl. Lachend schloss sich die Tür des Fahrstuhls hinter ihnen. Zurück blieben Geoffrey und ich.
„Toll, eine Nacht mit meinem Onkel." sagte ich, als das Schweigen zwischen uns erdrückend wurde. Ich griff nach meiner kleinen Tasche und ging zum Fahrstuhl. Geoffrey nahm seinen Rucksack und folgte mir. Geoffrey schloss die Tür des Zimmers auf und warf seinen Rucksack auf einen der Stühle. Er zog sich seine Stiefelletten aus und legte sich aufs Bett. Einen Moment blieb ich im Zimmer stehen und sah auf ihn herab.
„Geoffrey..." ich stockte, was sollte ich sagen? Was konnte ich sagen? Wer hatte den Streit eigentlich begonnen? Ich? Er? Was hatte den Streit ausgelöst?
„Ja, meine liebe Nichte?" antwortete er so sarkastisch dass mir der Atem stockte. „Arsch!" antwortete ich. Trotzig griff ich zum Telefonhörer und rief Ralph an. Ich würde den Abend genießen. Würde mit Ralph essen gehen und mich amüsieren. Ralph nahm sofort ab und ich bemühte mich um den verführerischsten Ton, den ich konnte. Ich gab ihm Hotel und Zimmernummer durch und bestätigte ihm wie sehr ich auf den

heutigen Abend freute.

In der Lobby des kleinen Hotels hatte ich zu meiner Verwunderung eine kleine, aber exklusive Boutique entdeckt. Ich griff nach meiner Tasche und sah kurz zu Geoffrey. „Ich geh in den kleinen Laden unten. Ich brauch etwas zum Ausgehen heute Abend." sagte ich zu Geoffrey, insgeheim hoffte ich, er würde mich begleiten, doch er hatte sich nur zur Seite gedreht und antwortete mir nicht. Wahrscheinlich schlief er. „Arschloch!" sagte ich, dann ging ich und schlug die Zimmertür so laut zu, dass es noch in der Lobby zu hören war.

Ich hatte mich für ein schwarzes, knielanges Kleid mit weit ausgeschnitten Schulterpartien entschieden. Es betonte meinen Hals und meine Brüste. Ab der Taille war der Stoff gebauscht und lenkte so von meinen etwas breiten Hüften ab. Dazu trug ich leicht angedeutete Netzstrümpfe und Pumps mit einen dezenten Absatz.

Es war umständlich gewesen, sich in den kleinen Badezimmer anzuziehen. Doch mein unfreiwilliger Mitbewohner hatte sich geweigert, das Zimmer auch nur für 10 Minuten zu verlassen. Er lag immer noch auf seinem Bett und zappte sich durch die Fernsehkanäle.

„Wie ein Indianer auf Kriegsbemalung." sagte er jetzt. Ich saß vor dem kleinen Spiegel an einer der Wände und trug Make Up auf.

„Sprichst du mit mir, lieber Onkel?" antwortete ich, bemüht einen fröhlichen Ton anzuschlagen. „Dein Lippenstift ist zu dick aufgetragen, die Farbe entsetzlich." sagte er wieder, wieder schaltete er das Programm um.

Ich war fertig, ein letzter Blick in den Spiegel, dann erhob ich mich und drehte mich im Kreis, das Kleid bauschte. „Aber Onkel..." antwortete ich ironisch. „Ich bin doch noch ein Kind und experimentiere noch mit den Farben." Dann kam ein kleines Grinsen über meine Lippen. „Wenigstens ist der Lippenstift Wasserfest. Das heißt, es gibt beim Küssen keine Flecken."

Geoffrey sprang auf, die Fernbedienung flog auf dem Boden. Mit gefährlich glänzenden Augen kam er auf mich zu, ich wich zurück.

Er einen Schritt vorwärts, ich einen zurück. Dann hatte ich die Wand im Rücken, er blieb vor mir stehen. Er stützte seine Arme links und rechts von meinem Kopf und starrte auf mich herunter. Er schien zu überlegen, um Selbstbeherrschung zu ringen, sein Atem ging schnell, sein Herz schlug heftig, ebenso heftig wie meins. „Ich sollte deinen Lippenstift testen, ausprobieren, ob er hält was er verspricht." sagte Geoffrey. „Du willst doch keine böse Überraschung erleben, oder?"

Ein dezentes Klopfen an der Zimmertür rettete mich. Meine aufgewühlten Gefühle hatten sämtliche vernünftigen Gedanken in meinem Kopf gelöscht. Plötzlich wünschte ich mir nichts sehnlicher als das Geoffrey mich küssen würde, Küssen wie gestern Nacht. Das Klopfen wurde lauter. Ich bückte mich unter Geoffreys Arme hindurch und lief zur Tür. Wie erwartet, stand Ralph davor. Er hatte seine Uniform gegen einen netten Anzug gewechselt und sah mich bewundernd an. Dann überreichte er mir eine einzelne Rose. „Sie hat die Farbe ihrer Haare Mary, ich musste sie einfach kaufen." sagte er zur Begrüßung. „Sie sind pünktlich." sagte ich kurzatmig. Ich wagte nicht, hinter mich zu sehen, hinter mir ins Zimmer, dort wo Geoffrey mir finster nachsah. „Ich bin die Polizei, Mary... wir kommen immer zur rechten Zeit." antwortete Ralph. Oh Mann, konnte der Typ Gedanken lesen? Er war wirklich noch gerade rechtzeitig erschienen.
Ralph reichte mir seinen Arm, ich hakte mich leicht ein. Wir wollten gerade gehen, als Geoffrey in der Tür erschien. „Warte!" befahl er mild. Er legte mir einen dünnen Schal um die Schultern. „Sei vorsichtig!" sagte er zu mir, sein durchaus drohender Blick galt jedoch Ralph.
Ich zog Geoffreys Kopf zu mir herunter und drückte ihm einen Kuss auf die stoppelige Wange. „Keine Sorge Onkel Goffy. Ich werde mit dem netten Polizisten nichts machen, was ich nicht auch mit dir tun würde." flüsterte ich Geoffrey ins Ohr.

Ralph hatte ein nettes italienisches Restaurant gewählt. Fast beschämt sah er mich an. „Ich hätte vielleicht etwas besseres aussuchen sollen, Mary... du siehst so umwerfend aus, dass du in ein 5 Sterne Gourmet Tempel gehörst." Er schlug sich auf seine Brusttasche. „Aber mein Geldbeutel sagt Pizza oder Calzone."
„Esse ich für mein Leben gern, Ralph. Danke, ich freue mich auf einen

schönen Abend mit dir." antwortete ich. Dabei log ich....

Es war unfair. Ralph gab sich die allergrößte Mühe mich zu unterhalten, doch ich war mit meinen Gedanken immer noch im Hotelzimmer. Was wäre passiert, wenn Geoffrey mich geküsst hätte? Wäre es bei dem Kuss geblieben? In seine Augen hatte ein hungriger Blick gelegen, wahrscheinlich ebenso hungrig wie mein Blick gewesen war. Unsere Flamme, sie war in diesem Moment hellleuchtend, brennend Türkis gewesen...

„Mary? Mary?" Ralph schnippte mit den Fingern vor meinem Gesicht. „Hallo, ist alles in Ordnung?" Sein Ton war besorgt. Hastig nickte ich.

„Mein Vorgesetzter ist mit meinem vorläufigen Bericht unzufrieden. Er möchte wissen, wo du dich in den letzten Tagen aufgehalten hast. Und dann, er konnte keine Hinweise über deinen merkwürdigen Onkel finden. Wer ist der Typ? Jedenfalls hat er mir Angst eingejagt." sagte Ralph.

„Wer? Dein Vorgesetzter?" fragte ich ihn, wusste jedoch wem er meinte.

„Nein, dein sogenannter Onkel. Versteh mich nicht verkehrt, ich bin Polizist... und wenn ich sage, ich bekomme eine Gänsehaut, dann meine ich es auch so. Dein Onkel hat einen Blick drauf, der lässt dich zu Eis erfrieren." sagte Ralph nachdenklich. Er zog sich meine Hand über den Tisch zu sich. „Ich kenne dich zwar erst seit heute, doch du strahlst eine anziehende Wärme aus." Er fuhr sich durch die Haare und wieder wurde ich unfreiwillig an Geoffrey erinnert.

Was machte Geoffrey jetzt gerade? War er immer noch in unserem Zimmer? Schaute er weiterhin Fern? Wartete er auf mich... um dort weiter zu machen, wobei wir von Ralph unterbrochen worden waren? Oder schlief er vielleicht?

Plötzlich hatte ich nur den einen Wunsch, ins Hotel zurückzukehren. Doch ich hatte Ralph den Abend versprochen, also :

„Konzentriere dich" befahl ich mir.

„Ich war in den letzten Tagen bei Freunden untergekommen. Geoffrey ist ein guter Freund der Familie, Ralph. Er lebt sehr zurückgezogen und liebt es absolut nicht, irgendwie in der Öffentlichkeit aufzutauchen." log ich tapfer. „Er ist mir zuliebe mit hierher gekommen, um mich bei euch zu melden." Und dafür zu sorgen, dass ich nicht verschwand... setzte ich in Gedanken hinzu.

„Sehr ausweichende Antworten, Miss Cooper-Clarens." sagte Ralph scherzhaft. Er tat, als würde er sich etwas auf seiner Serviette notieren.

„Wenn ich jetzt im Dienst wäre, und sie nicht so hinreißend unschuldig wirken würden..." er machte eine dramatische Pause. „Würde ich meinen, sie versuchen etwas vor mir zu verheimlichen."

„Alles in bester Ordnung. Das Leben von Mary Cooper-Clarens ist in geordneten Bahnen, es gibt absolut keinen Grund es weiter zu verfolgen. Mary ist eine unschuldige, nette Frau." Jetzt hatte ich mich vorgebeugt und Ralph ins Ohr gehaucht. Ich hatte ihm eingegeben, was er morgen in seinen Abschlussbericht schreiben würde. Er saß leicht benommen mir gegenüber, den Blick leicht verloren, während meine Worte in seinen Kopf flossen, sich dort an den richtigen Stellen verankerten und warteten bis er sie abrufen würde... morgen früh...

Ich musste Ralph ablenken, unbedingt. „Oh, sie spielen eins meiner Lieblingslieder!" sagte ich schnell und erhob mich. An dem Restaurant angeschlossen war eine kleine Tanzfläche, einige Paare drehten sich bereits zur Musik. Ralph schüttelte verwirrt seinen Kopf, dann folgte er mir.

Er tat mir leid, ich hatte ihm meinen Willen aufgezwungen. Er würde morgen einen Bericht nach meinen Wünschen schreiben. Ich würde mit ihm tanzen und mich von meiner besten Seite zeigen.

„Du tanzt sehr gut." lobte ich Ralph, der mich erfreut näher an sich heran zog. "Weil du die perfekte Partnerin bist." antwortete er mir. Sein Mund strich flüchtig über meine Stirn und ich erschauerte. Ralph meinte es gut, er war ungefährlich, dass wusste ich, und doch war mir seine Berührung unangenehm. Verdammt, warum wünschte ich mir plötzlich Kilometer weit weg?

Die Musik endete und Ralph brachte mich zurück zu unseren Tisch. Dort hatte man bereits unser Dessert bereit gestellt.

„Darf ich?" Wie aus dem Nichts stand plötzlich Geoffrey hinter mir. Ohne auf Ralphs Protest zu achten, zog er mich in seine Arme und führte mich zurück zur Tanzfläche. Wütend stemmte ich meine Hände gegen seine Brust, als er mich auf der Tanzfläche an sich zog. „He, du Blödmann, mein Eis schmilzt!" beschwerte ich mich halbherzig. Im Grunde genommen war ich überglücklich, ihn hier zusehen, in seinen Armen zu liegen, mich im Takt der Musik mit ihm zu bewegen. Geoffrey spürte, wie mein Widerstand schmolz. Mit einem zufriedenen Grunzen zog er mich noch näher an sich. Augenblicklich war Ralph, mein Eis und alles

um mich herum vergessen. „Du hast Recht, ich bin ein Blödmann!"
sagte er leise, ich lachte...
Die Zeit stand plötzlich still, jedes Lebewesen im Gebäude erstarrte. Ich
sah mich um, wieder war alles wie eingefroren...

Jerry kam auf mich zu. Wie immer, groß, hager, gruselig. Ein sattes
Grinsen lag auf seinem Gesicht. Er ging um mich und Geoffrey herum,
besah uns von allen Seiten.
„Du und dieser, dieser, dieser Hü... Hü... Hü..." er hustete. „Was willst du
Jerry!" schnauzte ich ihn an. Das ist ein denkbar ungünstiger Zeitpunkt
für einen Besuch!"
„Mein Name ist Gregorius, meine Liebe."sagte Jerry. Er kicherte und
ging wieder um uns herum. „Die Gute hat also Recht gehabt."
„Hallo Jerry!" sagte ich genervt. "Du störst! Was willst du? Wie kann es
angehen, dass du so oft dein Reich verlassen kannst."
„Das ermöglicht mir eurer Lebenselixier meine Liebe." sagte Jerry.
„Mein hungriges Volk, so ausgehungert, so begierig auf Leben... und
dann war da dieses Mädchen. So voller Wut, Eifersucht. Ihr Herz war
ihr gebrochen worden, Er!" Geoffrey wies auf Geoffrey. „Er hat ihr Herz
gebrochen. Hat sie weggeschickt... wegen dir." Jerry kicherte." Sie war so
voller Hass auf dich. Wenn du nicht erschienen wärst, vielleicht hätte der
Hü... Hü..." wieder ein Hustenanfall. „Vielleicht hätte er dann erkannt,
wie sehr sie ihn liebt und er sie. Aber dann musst du auftauchen. Du mit
deinem tollen Haar, deinem Charme. Und plötzlich hat der Märchen-
prinz nur noch Augen und Ohren für dich." Jerry blies eine kleine Wolke in die kalte Luft um uns herum. Mir wurde übel, ich wusste plötzlich
was er meinte. „Josefine!" flüsterte ich erstickt, mein Muttermal begann
zu brennen. „Es war so einfach, so simpel... mein ausgehungertes Volk.
Immer nur mal ein Opfer... nie genug für alle... und dann war da das
Mädchen, so voller Hass auf dich, meine Liebe auf dich, die Defender. Es
war so einfach sie zu überreden. Sie hatte keinen Lebenswillen mehr. Ihr
Liebster hatte sie verstoßen! Und doch war da der brennende Wunsch
sich an dir zu rächen. Sie war so entgegenkommend. Sie starb mit der
Gewissheit, dir und auch ihm." Jerry zeigte erneut auf Geoffrey. „Euch
beiden den größtmöglichen Schaden anzutun."
„Wie?" fragte ich tonlos, obwohl ich die Antwort bereits ahnte..

„Sie hat uns die Tür aufgehalten, meine Liebe. Hast du deine Kids nicht erst neulich davor gewarnt? Sie hat uns allen die Tür aufgehalten. Mein Volk ist hindurch geströmt. Hinein ins Paradies... So viele Wiedererweckte Seelen, so viele. Ungeschützt, unfähig, sich zur Wehr zu setzen. Es war so leicht, so einfach... Kein Defender, kein Hüter der ihnen hätte helfen können. Mein Volk wurde zum ersten mal seit Jahrhunderten satt. Der Sturm... erinnerst du dich, wie ich das letzte mal davon gesprochen habe? Er hat begonnen." Jerry fuhr sich über die Lippen. „Jemand sollte zu dem Haus fahren und aufräumen. Mein Volk hat, so fürchte ich, eine ziemliche Schweinerei hinterlassen." Jerry ließ Bilder vor meinen Augen erscheinen, ein riesiger Innenhof. Überall Leichen, Kinder, Jugendlich, Erwachsene mit verzerrten Gesichtern, verrenkten Gliedern. Ein Schrei blieb mir in der Kehle stecken, unfähig etwas zu fühlen... „Warum, warum kommst du und erzählst es mir?" brachte ich endlich heraus. „Weil wir beide, du ich eine Abmachung haben. Du gehörst mir, nur mir. Deine Lebenselixiere sind das was mich stärkt und mir die Möglichkeit gibt, dein Reich, das der Lebenden, zu besuchen. Seit ich damals einmal an dir gekostet habe, kann ich es wieder. Du bist die erste Defender seit Jahrhunderten. Mein Volk weiß es und will dich aus den Weg räumen. Es darf keine weiteren Defender geben. Bis dato weiß niemand woher ihr Defender kommt. Weder der Rat, noch die Hü...,Hü... selbst ich weiß es nicht. Und so soll es bleiben. Stirbst du durch die Hand eines anderen Ghosts, werde ich schwächer, also:
Pass gut auf dich auf." Jerry verneigte sich und wandte sich zum Gehen.
„Gregorius!" Mein scharfer Ruf ließ ihn innehalten. Vielleicht weil ich ihn zu allerersten mal mit seinem richtigen Namen angesprochen hatte. Er drehte sich zu mir zurück. „Unsere Abmachung, sie ist hinfällig! Alle diese unschuldigen Kinder, die ihr ermordet habt! Ich schwöre, ich werde dich töten, ich werde dich finden und vernichten!" ich schrie.
Ich wollte Geoffrey loslassen, wollte mich auf Gregorius stürzen. Doch Geoffrey ließ mich nicht los.
Gregorius winkte leicht ab. „Das Kind, haben bereits alle anderen Defender vor dir versucht... und wie viele von euch gibt es noch?" fragte er, dann löste er sich auf.

13. Kapitel

Die Musik spielte, die Paare um uns herum bewegten sich, einige rempelten uns an. Weder Geoffrey noch ich waren fähig uns zu bewegen. „Geoffrey!" sagte ich leise. Er legte mir einen Finger auf die Lippen und schloss kurz seine Augen in denen ich nun Tränen erkennen konnte. „Ich habe alles gesehen, Mary, jedes Wort verstanden, dass ihr gesprochen habt. Wahrscheinlich weil ich dich berührt habe. Wir müssen umgehend zu dem Haus." Er zog mich über die Tanzfläche. Vorbei an den verwirrten Ralph hinaus auf die Straße. Er zog mich zum Jeep und setzte mich auf den Beifahrersitz. Energisch zerrte er am Sicherheitsgurt und fluchte, als dieser seinem Willen nicht gehorchen wollte. „Lass mich das machen." bat ich und schloss den Gurt. Geoffrey setzte sich ans Steuer, sein Kopf lag schwer auf dem Lenkrad. „Alles meine Schuld!" flüsterte er.

„Josefines!" mehr bekam ich nicht heraus. Immer noch hatte ich die grausamen Bilder vor Augen. Geoffrey schüttelte seinen Kopf. „Sie und Jill waren eigentlich schon zu alt für das Kloster. Ich hätte beide schon vor zwei Jahren wegschicken müssen, aber beide Mädchen sind... nun ja, hatten psychische Probleme." erklärte er. „Er startete den Wagen und fädelte sich in den Verkehr ein. Er fuhr sehr unkonzentriert, zum Glück war wenig los. Ich hatte beide Mädchen kennengelernt und wusste was er meinte. Jills Redezwang und Josefines Aggressivität...

„Es war meine Schuld, ganz allein meine Schuld. Der Rat hat Recht, ich bin zu nachsichtig mit den Kindern! Ich wusste, sie ist in mich verliebt. Aber ich hoffte sie würde darüber hinweg kommen, wenn ich ihr zeigen würde, dass mehr als Freundschaft nicht möglich ist. Doch dann rastete sie aus und griff dich an."

„Es ist meine Schuld Geoffrey." sagte ich erstickt. „Ich und mein Gottverdammtes Mundwerk. Ich habe sie vor dir bloßgestellt. Habe ihre

Gefühle für dich ins Lächerliche gezogen und heraus posaunt. Sie hatte mich den Tag so wütend gemacht."

„Sie hat dich angegriffen weil sie gespürt hat, das was zwischen uns ist. Sie hat dich angegriffen und sie hätte dich getötet, wenn sie gekonnt hätte, das ist mir jetzt klar. Ich musste sie wegschicken..." Geoffrey hatte unser Hotel erreicht und hielt direkt davor. „Pack deine nötigsten Sachen, wir müssen zum Flughafen. Ich werde einen Helikopter ordern. Susan und Nick sollen zurück zum Kloster fahren." sagte er, dann war er in der Lobby verschwunden.

„Warum konnten Susan und Nick nicht mit?" fragte ich Geoffrey. Wir hatten den Flugplatz erreicht und sahen zu, wie Nick den Jeep wendete. Er würde mit Susan noch heute Nacht zurück nach St August fahren und berichten, was Geoffrey und ich erfahren hatten.
„Weil wir dort..." Geoffrey machte eine Handbewegung und ich wusste, was er meinte. „Weil wir dort auf Mitglieder anderer Häuser treffen werden. Es darf niemand erfahren, dass wir normale Menschen in St. August aufgenommen haben. Es ist seit Generationen verboten." Geoffrey raufte sich die Haare und zum ersten mal amüsierte es mich nicht. „Es darf niemand dort erfahren, hast du verstanden? Denke also bitte nach, bevor sprichst!"
„Aber..." begann ich, dann schwieg ich betroffen, beleidigt. Im Helikopter erübrigte sich jegliches Gespräch, es war einfach zu laut.

Wir standen vor dem großen Tor. Ich zögerte hindurch zu gehen. Angst erfasste mich. Auch wenn ich durch die Bilder von Gregorius ahnte, was mich erwarten würde, so hatte ich bis zu diesem Moment gehofft, es wäre nicht real gewesen. Doch die vielen Wagen und Hubschrauber auf den weitläufigen Gelände hinter uns sagten etwas anderes...
Geoffrey reichte mir die Hand als wir durch ein großes Tor traten.
„Mach dich auf ein grausames Bild gefasst, Mary." warnte er mich. War er vorhin noch wütend auf mich gewesen, so war seine Stimmung nun düster und voller Trauer. Ich nickte stumm und drückte seine Hand als Bestätigung.

Etwa 20 Männer und Frauen sahen uns neugierig entgegen. Sie hatten begonnen, die Leichen der Kinder und Jugendlichen auf weiße Decken zu legen. Mir liefen Tränen übers Gesicht. So viele unschuldige Opfer. Wütend wiederholte ich meinen Schwur. Ich würde Gregorius vernichten...

Zwei Männer kamen nun auf uns zu. Sie reichten Geoffrey die Hand. „Hüter!" sagten sie zur Begrüßung. „Hüter!" erwiderte Geoffrey ihren Gruß. Ihr argwöhnischer Blick streifte mich kurz. Sie schienen zu überlegen warum Geoffrey eine Außenstehende mit gebracht hatte.

„Du hast Recht gehabt, Geoffrey. Alle tot. Niemand hat überlebt. Woher hast du es gewusst?" Endlich ergriff einer der Männer das Wort. Er hatte gezögert, nicht wissend, was er in meiner Gegenwart sagen konnte. Geoffrey nickte in meine Richtung. „Sie war es. Sie wusste es. Sie ist ein Defender." Jetzt sahen beide Männer mich staunend an. Ungläubig, unsicher. Einer von ihnen schüttelte seinen Kopf, unfähig Geoffreys Worten zu glauben.

Eine Frau mittleren Alters kam nun zu uns. „Es ehrt uns, das du persönlich erscheinst Geoffrey, aber es ist hier nicht sicher für dich." sagte sie zur Begrüßung. „Nicht alle Ghosts sind in ihr Reich zurückgekehrt." Ihr Blick glitt von Geoffrey zu mir, blieb an unseren Händen hängen, eine ihrer Augenbrauen fuhr in die Höhe. „Wer ist sie?" fragte sie dann weiter. „Sie soll die Defender sein." flüsterte einer der Männer, wieder schüttelte er seinen Kopf. Die Frau schwieg, nachdenklich. Auch die Männer schwiegen nun und starrten mich an.

„Ich bin Mary." antwortete ich ihr. „Und sie sind wer?" Ich holte Luft, mir lag eine scharfe Antwort auf den Lippen, doch Geoffreys Druck um meine Hand verstärkte sich. „Nicht der richtige Ort für deine scharfe Zunge." flüsterte er mir zu. Dann beugte er sich zu mir... „Später darfst du."

„Hüter Mc. Laine! Ich muss sie... allein..." Der Blick der Frau bohrte sich auf unsere Hände. „Ich muss sie dringend alleine sprechen! Unsere Regeln besagen eindeutig, keine Fremde in unserer Gemeinschaft."

„Hören sie Vogelscheuche!" sagte ich wütend. Hier war ein unwahrscheinliches Verbrechen passiert. So viele Menschen hatten ihr Leben verloren und diese Frau, die ich mich in ihrer Größe, Figur und

Kleidung wirklich an einen Vogelschreck erinnerte, hatte die Nerven Geoffrey zu maßregeln? Mit Genugtuung sah ich, wie die Frau die Luft scharf einzog. „Hören sie. Ich war so freundlich, mich vorzustellen... sie nicht. Hier sind Menschen gestorben! Haben sie keine andere Sorgen als sich über mich aufzuregen?" Ich wollte weiter reden, doch wieder drückte Geoffrey mich warnend.

Ich löste meine Hand aus Geoffreys und ging durch den Innenhof. Die vielen Toten, die Kinder, die Jugendlichen, die Lehrer und Erzieher. Sie alle tot, niedergemetzelt. So viele Unschuldige... Hinter mir konnte ich Geoffrey reden hören. Er berichtete den anderen von meinem Muttermal, meinen Fähigkeiten, mich den Ghosts entgegen zu stellen. Fragende, unsichere, fast argwöhnische Blicke folgten mir, als ich weiter ging. Niemand sprach mit mir, ich wusste, sie wollten mich nicht hier haben. Ich war eine Fremde, eine die hier nicht hingehörte...

Mein Muttermal brannte plötzlich wie Feuer. Das Übel war hier greifbar. Irgendwo hier waren noch einige der Gruseltypen, das spürte ich genau... Ich hob meine Hände und fühlte, es kam von weiter hinten. Irgendwo im Garten des Hauses... sie waren noch hier, sie waren nicht fort...
„Susan, Waffe, Schild!" schrie ich. „Gefahr!" Meine Stimme hallte über den stillen Innenhof.
Alle Köpfe drehten sich ruckartig zu mir herum. Es interessierte mich nicht. Die Menschen waren mir so egal. Ich rannte an allen vorbei, sprang über Bänke und Stühle, durch den Torbogen, das Schwert in der Hand, das große Schild mir folgend. Meine Füße berührten kaum den Boden.
Geoffrey reagierte als erster. Er stieß die Menschen vor sich beiseite und rannte mir hinterher. Die Frau war ihm auf den Fersen. „Woher hat sie plötzlich die Waffen!" schrie sie Geoffrey an.
„Sie ist ein Defender!" war seine grobe Antwort. „Verdammt! Glauben sie es endlich!"
Im Garten blieb ich eine Sekunde lang stehen um mich orientieren. Ich fühlte das Übel, es war nahe. Ich war in unmittelbarer Nähe.
Das Schild schoss vor mich, als sich im großen Rosenbusch etwas be-

wegte. Ein Hund kam unter dem Busch hervor. Er blutete stark, seine rechte Hinterpfote war gebrochen. Vor mir brach er erschöpft zusammen. „Hallo Freund!" sagte ich besänftigend und näherte mich dem Tier. Es hob kurz seinen Kopf und knurrte.

Geoffrey und die Frau hatten mich jetzt fast erreicht. Mit einer Bewegung des Schwertes gebot ich ihnen, stehen zu bleiben.

Jetzt winselte der Hund. Ich sprang auf. „Alles Klar! Wo ist er, Herkules?" fragte ich. Die Frau warf Geoffrey einen fragenden Blick zu. Doch er schwieg. Wieder winselte der Hund. Ich hatte verstanden. Mit einen einzigem Satz sprang ich in den riesigen Rosenbusch. Die Dornen zerrissen meine Bluse, es war mir egal.

Inmitten des Busch lag ein kleiner Junge. Zwei Ghosts beugten sich über ihn. Sie waren so mit dem Kind beschäftigt, das sie mich nicht hatten kommen sehen. Jetzt zischten sie gefährlich, doch zu spät. Mit zwei gekonnten Schlägen schlug ich ihnen die Hände ab. Ihre langen Krallen artigen Finger verkrümmten sich, dann lösten sich die Gruselgestalten mit lauten Geschrei auf.

Ich ließ mich auf den Boden fallen und legte mein Ohr auf die Brust des Kindes, es atmete noch, seine kleine, gelbe Flamme, war schwach, sehr schwach, aber sie leuchtete noch. Ich war gerade noch rechtzeitig erschienen. Ich riss das Kind in meine Arme. Es war ein etwa 4 Jähriger Junge, klein und schmächtig, mit einem unbändigen Lebenswillen. „Er lebt!" flüsterte ich. Tränen der Erleichterung liefen mir übers Gesicht. Der Hund kam zu uns. Er blutete, er humpelte. Mit allerletzter Kraft legte er seine Schnauze auf die Beine des Jungen. „Du bist ein super Wächter Herkules!" sagte ich Tränen erdrückt. „Der Beste!" Suchend sah ich mich um. Dann stach ich mir an den Rosendornen in den Finger und steckte ihn den Hund in den Mund. Er winselte und leckte, schluckte. Geoffrey und die Frau hatten sich endlich durch den Busch gekämpft. Mein Schild schoss vor mich, als beide uns zu nahe kamen. Ich drückte den Jungen an mich.

„Vorsicht!" Geoffrey riss die Frau zurück, als sie sich dem Schild näherte. Das Schild glühte gefährlich auf. „Mary!" sagte Geoffrey. Ich reagierte nicht. Ich ließ den Hund mein Blut schlecken und drückte das Kind an mich.

„Was macht sie da mit dem Hund?" fragte die Frau. Geoffrey ignorierte sie. „Mary, wir wollen dir helfen!" bat Geoffrey mich wieder.

„Er lebt, Geoffrey. Er lebt. Ich kam gerade zurecht." sagte ich heiser. Dann beugte ich mich zu dem Hund und zog ihm meine Hand aus der Schnauze. „Es reicht mein Freund, deine Wunden heilen bereits." sagte ich dann. Ich hob meinen Kopf und suchte den Blick von Geoffrey. „Bestell deinen Vater, sollte er sich noch einmal darüber beschweren dass ich einem Tier das Leben rette, trete ich ihn in den Hintern." Geoffrey versuchte sich am Schild vorbei zu drücken, sofort schoss es herum und blockierte ihn.

„Hat sie gerade gesagt, sie würde Ratsmitglied Mirow in den Hintern treten?!" fragte die Frau.

„Mary, nimm das Schild herunter!" befahl Geoffrey mir jetzt. „Lass mich dir helfen." Er fluchte als ich nicht reagierte. „Er lebt, Geoffrey, er ist wie ich. So wie, ich als ich so alt war…" sagte ich wieder. „Ich, die gute Schauspielerin, nicht?" fragte ich ihn bitter. „Hab ich gut gespielt?" Mit meiner freien Hand strich ich dem Kind die Haare aus dem Gesicht, schwarze Haare, große, unschuldige Kinderaugen. "Er ist so wie ich…"

„Mary, bitte, lass mich dir helfen, der Junge muss weggebracht werden. Ihr könnt nicht hier liegen bleiben." Geoffrey fuhr sich durch die Haare und zum ersten mal nahm ich ihn wirklich wahr. Ich hob meinen Kopf, sah Geoffrey, der sich bemühte, dem Schild auszuweichen. Sah die Frau, die in sicherem Abstand hinter ihm stand und uns beobachtete. „Lass das Schild verschwinden, Liebes." bat Geoffrey mich. „Hier könnten sich noch mehr von deinen Gruseltypen herum treiben." sagte Geoffrey nun.

„Gruseltypen?" fragte die Frau. „Hüter Geoffrey, was immer hier vor sich geht, sie haben eine Menge zu erklären." sagte sie harsch. Geoffrey ignorierte sie. „Mary, lass mich zu dir!" bat er wieder. Endlich reagierte ich. Ich öffnete meine Hand, das Schwert verschwand, das Schild löste sich vor den Augen von Geoffrey und der Frau auf.

„Unglaublich!" flüsterte die Frau. „So etwas kenne ich nur aus den Überlieferungen." Sie kam näher und blieb vor mir stehen. Geoffrey beugte sich zu mir, etwas zu hastig. Der Hund erhob sich und sein Fell sträubte sich. Ein gefährliches Knurren kam aus seiner Kehle. Bereit mich und sein Herrchen erneut zu verteidigen. Beruhigend legte ich dem Tier eine Hand auf den Rücken, er legte sich wieder, ließ Geoffrey aber nicht aus den Augen.

„Komm, steh auf!" sagte Geoffrey. Er legte mir den Arm um die Schulter und zog mich auf die Beine. Ich hielt das Kind fest umklammert, drückte ihn an mich. „Lass mich!" sagte ich grob. Ich schüttelte heftig den Kopf, als Geoffrey mir das Kind abnehmen wollte.

Ohne ihn oder die Frau beachten, stolperte ich durch das Gebüsch und trug den Jungen zurück in den Innenhof. Der Hund blieb mir auf den Fersen.

Ein kleiner Tumult entstand im Innenhof, als ich mich mit dem Kind auf dem Arm auf eine der Bänke setzte, die Geoffrey wieder aufgerichtet hatte. Die Menschen umringten mich neugierig.

„Sie hat zwei Ghosts besiegt." sagte die Frau nun, immer noch ungläubig. „Sie hat sie vernichtet und dem Jungen das Leben gerettet." Ein Raunen ging durch die Anwesenden. Ein Mann sah von seiner Liste auf. „Es handelt sich um Timothy Parker. Er ist erst seit wenigen Wochen hier. Er und sein Hund waren die einzigen Überlebenden eines Autounfalls." sagte er. „Das Kind ist Waise." Wieder trat Schweigen ein.

„Okay, geben sie mir den Jungen." verlangte jetzt die Frau. „Wir werden ihn in eins der anderen Häuser bringen." Sie wollte nach Timothy greifen, doch ich wehrte mich. „Mädchen lassen sie das!" befahl mir die Frau, die jetzt da sie ihr Gesicht verärgert verzog mehr denn je einer Vogelscheuche glich. „Es ist nicht gestattet, emotionale Bindungen zu einen Kind aufzubauen!"

„Herzlose Kuh!" flüsterte ich heiser. „Sie bekommen ihn nicht!" sagte ich dann laut. Geoffrey hatte den geflüsterten Ausdruck gehört und sein Gesicht verzogen. Er seufzte und sah die Frau bittend an. „Wir werden ihn mit zu uns nehmen, Lady Oberon." sagte er. „Das ist das beste, denke ich."

„Das ist gegen alle Regeln, Hüter Mc. Laine! Sie haben sich schon strafbar gemacht, weil sie Lisa adoptiert haben! Noch einen Regelverstoß werde ich nicht tolerieren!" Wieder kam die Frau auf mich zu. Einige der Männer, wie es mir schien, waren bereit, mir Timothy aus den Armen zu reißen.

„Susan, Doppelschild!" rief ich, und augenblicklich war ich von zwei riesigen, glühenden, halbrunden Schilden umgeben. Sie drehten sich langsam um mich und Herkules, der regungslos vor meinen Füßen lag. „Ich bin da, Süße, habe alles mitbekommen, sag nur was du brauchst..

Die Gruftis werden deinen Timothy nicht bekommen!" hörte ich Susans Stimme in meinem Kopf.

„Wie macht sie das!!!" Ein Mann trat vor und sah fragend zu Geoffrey. Ich schüttelte stumm meinen Kopf, er durfte Susan nicht verraten. Er nickte verstehend und zuckte nur mit den Schultern.

„Sie ist ein Defender. Das sagte ich doch bereits." antwortete er.

„Und wie lange wissen sie schon von ihr, Hüter Mc. Laine?" fauchte Lady Oberon.

„Seit zirka einer Woche." antwortete Geoffrey wahrheitsgemäß.

„Und sie haben es uns nicht umgehend gemeldet?!" Jetzt schrie die Frau. „Sie ist der erste Defender seit Jahrhunderten! Sie hätten sie umgehend in unsere Zentrale bringen müssen! Wir hätten das Phänomen gründlich prüfen müssen. Sie ist die wahrscheinlich wichtigste Entdeckung seit..."

„Sie ist 20 Jahre alt! Sie hat gerade eben ihre Schule beendet! Sie hat einen tollen Studiums platz! Sie ist kein Phänomen, das untersucht werden muss! Mary wird ihr Leben nicht aufgeben. Das werde ich zu verhindern wissen!" Geoffrey hatte ebenfalls seine Stimme erhoben.

„Hüter Mc. Laine! Ihr Benehmen wird Folgen haben. Sie verstoßen laufend gegen die Regeln! Das hier ist noch nicht zu ende! Sie werden sich verantworten müssen. Sie ist zu wertvoll, um einfach, einfach ein Studium anzufangen!" Lady Oberon hatte ihre Stimme gesenkt, doch der Ton war mehr als drohend.

„Wir sind hier fertig!" sagte ich bitter. Ich erhob mich, Timothy auf den Armen, Herkules neben mir. Die Schilder vergrößerten sich, die Menge um mich herum nahm Abstand. „Ich werde Timothy mitnehmen. Und sie können nichts daran ändern! Weder sie noch irgendein anderer der Gruftis hier!" Drohend sah ich mich um. „Wollen sie sich wirklich mit mir anlegen, Lady?"

„Sie werden hier wohl kaum vom Hof kommen." antwortete Lady Oberon. Sie gab den Männern Zeichen, mir den Weg zu verstellen.

Ich schloss die Augen. „Susan?" Ich lief durch meinen Kopf und suchte sie. „Ich bin doch hier." war ihre Antwort. „Ich weiß was du brauchst." Lady Oberon schrie auf, als eine kleine Armee von Schattenkriegern mir den Weg zum Tor frei hielten. Sie standen plötzlich da. Große, steinerne Krieger, die Susan mal in einer Ausstellung gesehen hatte. Sie hatte schon lange darauf gewartet, ihre Fantasie diesbezüglich austoben zu können.

„Mary, das ist..." Geoffrey war sprachlos. Ihm fehlten die Worte. „Bleib einfach dicht hinter mir!" befahl ich ihm, dann ging ich zum Tor. Hinter Geoffrey und mir schlossen sich die Reihen der Krieger. Sie geleiteten uns bis zum Tor um sich dann ebenso schnell aufzulösen, wie sie gekommen waren.

„Du hast dir eine Menge Ärger eingehandelt. Und eine Feindin gemacht. Lady Oberon wird diesen Vorfall nicht vergessen." sagte Geoffrey. Wie waren wieder in unserem Hotelzimmer. Susan war so vorausschauend gewesen, es uns zu reservieren. Geoffrey hatte den Schlüssel entgegen genommen und sah nun zu, wie ich den immer noch schlafenden Timothy auf eins der Betten legte. Sofort sprang Herkules hinterher. „Hunde haben im Bett nichts verloren." sagte Geoffrey. „Dann sag es Herkules, er wird bestimmt auf dich hören." antwortete ich müde. „Du bist doch die Tier-Flüsterin." sagte Geoffrey. „Sag du es ihm".

Ich zuckte nur lässig mit den Schultern. Dann sah ich mich im Zimmer um. Zwei Betten, eins von einem Kind und einem Hund belegt. Das andere, verlockend, himmlisch, frei an der anderen Seite des Raums. Geoffrey unterdrückte ein Lächeln, er schnappte sich seinen Rucksack und verschwand im Bad.

Wenn ich mich beeilte und mich ins leere Bett legte, würde für Geoffrey nur der Boden übrig bleiben, überlegte ich. Dann sah ich an mir herunter und verwarf die Idee gleich wieder. Auch ich musste dringend duschen. Das hieß, Geoffrey würde sich das Bett schnappen und für mich blieb der Boden. Na gut, ich hatte schon schlimmer geschlafen. Und es war ja nur für eine Nacht.

Wie erwartet lag Geoffrey im Bett, als ich 20 Minuten später aus dem Bad kam. „Echt Gentleman, danke. So viel zur Ritterlichkeit." sagte ich trocken. Ein Grinsen war seine Antwort. Ich ging zum anderen Bett um mir die Bettdecke unter Timothy hervor zu ziehen. Herkules knurrte unwillig. „Schnauze, Hund!" befahl ich grimmig. „Ich habe euch das Leben gerettet!" Doch das schien den Hund nicht zu interessieren. Er

drehte sich einmal im Kreis, rollte sich zusammen und schloss seine
Augen.

„Wenn du dich beruhigt hast, komm her. Wir teilen uns das Bett."sagte
Geoffrey lachend, die Szene beobachtend. Ich erstarrte in meinen
Bewegung, hatte ich das jetzt richtig verstanden? „Keine Panik. Ganz
kameradschaftlich, Defender." sagte Geoffrey wieder. „Hüter und Defender, mehr nicht." Einladend hielt er die Bettdecke etwas in die Höhe.
„Es sei denn, du willst Herkules überzeugen, dir Platz zu machen." Jetzt
schwang etwas Belustigung in seiner Stimme. „Such es dir aus. Entweder
endlos Diskussion mit einem sturen Hund oder Schlaf..."
Ich zögerte einen Moment, dann ließ ich die Bettdecke los und ging zu
Geoffrey. Ich kroch unter die Decke und rutschte an den Rand des Bet-
tes. Er drehte mir den Rücken zu, wofür ich ihm dankbar war, es nahm
der ganzen Sache etwas die Schärfe.

„Was meinte die Vogelscheuche damit, es sei zu gefährlich für dich, dort
zu sein? Deine Mutter erwähnte neulich so etwas ähnliches." Die Frage beschäftigte mich seit Stunden. Ich konnte mir keinen Reim darauf
machen.

„Der Name ist Lady Oberon. Sie ist die Herrin über alle Hüter auf unseren Kontinent. Wir alle sind ihr unterstellt. Und du hast sie dir nicht
gerade zur Freundin gemacht. Diplomatie ist echt nicht deine Stärke.
Und jetzt Schlaf. Wir haben morgen einen langen Heimweg." Geoffrey
boxte sich das Kissen zurecht.

„Du hast meine Frage nicht beantwortet." sagte ich und spürte wie er
sich versteifte. Er schwieg...

„Was passiert mit Timothy? Was meinte die Vogelscheuche damit, du
hast dich strafbar gemacht wegen Lisa?" fragte ich wieder Geoffrey
seufzte leise. Dann drehte er sich zu mir um. Jetzt sahen wir uns im dunkeln in die Augen. „Es ist uns untersagt, uns emotional an die Kinder zu
binden. Versteh uns bitte. Die Kinder bleiben nicht, sie gehen irgendwann, wenn sie alt genug sind. Und oft überleben sie nicht. Wenn wir
uns zu sehr an sie binden, ist das gefährlich. Du hast gesehen, was mit
Josefine passiert ist, sie hatte ihre Emotionen nicht im Griff." Geoffrey
schwieg einen Moment. „Ich habe Lisa gefunden. Klein, schwach und
doch so voller Lebenswillen. Immer lustig, trotz ihres Schicksals. Ich
habe mich augenblicklich in sie verliebt. Ich habe ihr erlaubt, mich Dad

zu nennen."

„Ich verstehe, Emotionale Bindung... wenn Lisa was passiert..." weiter sprach ich nicht. Ich verstand, ich verstand sogar die Vogelscheuche... ein wenig jedenfalls.

„Deine Tonkrieger waren der Kracher!" Geoffrey strich mir eine Haarsträhne aus dem Gesicht. „Du hättest die Gesichter der anderen Hüter sehen sollen. Ich glaube, der alte Donovan ist fast in Ohnmacht gefallen. Du und Susan, ihr seid etwas ganz besonderes. Das ihr euch gefunden habt, ist ein Wunder." Dann beugte sich Geoffrey zu mir und küsste mich sanft auf die Stirn. „Schlaf jetzt. Morgen haben wir das Problem, wie Tom mit Herkules auskommen soll. Hund und Katze."

„Kein Problem, ich werde mit beiden reden." sagte ich salopp. „Darauf möchte ich wetten." Geoffrey hatte sich bereits wieder umgedreht und sich die Decke hochgezogen. Minuten später hörte ich ihn leise schnarchen.

Ich lag lange wach und lauschte seinen gleichmäßigen Atemzügen. Wieder kam mir meine Frage in den Sinn - warum es für Geoffrey gefährlich sich außerhalb von St. August aufzuhalten?

Als ich am nächsten Morgen erwachte waren Geoffrey und Herkules verschwunden. Eine kurze Nachricht auf meinem Kissen beruhigte mich allerdings schnell."Bin mit dem Hund draußen" stand auf dem Zettel. Ich sah kurz nach dem immer noch schlafenden Timothy. Sein Atem ging regelmäßig, ich war zufrieden. Ich wusste er würde noch den ganzen Tag lang schlafen.

Geoffrey war sehr einsilbig als er wieder kam. Ein paar mal hatte ich ihn angesprochen, doch er gab nur spärliche Antworten. Schließlich gab ich es auf und hing meinen eigenen Gedanken nach.

Er hatte uns einen Leihwagen organisiert und Stunden später hielten wir wieder vor dem Kloster. „Hör zu, Mary." sagte er. Geoffrey drehte sich zu mir herum. „Du solltest dich durch das Geschehene nicht von deinen Plänen abbringen lassen. Du möchtest zur Uni. Tu das. Ich habe meine Aufgabe hier im Kloster. Ich kann es nicht mehr verlassen. Die Kinder brauchen mich." Er fuhr sich mit den Fingern durchs Haar. „Du bist noch jung, solltest dir die Welt ansehen. Andere Menschen, Jungen kennenlernen." „Und wenn ich das nicht will?" fragte ich ihn. Immer noch starrte ich aus dem Fenster. Draußen ging jetzt die Sonne unter, es sah wunderschön aus. Ein rot goldener Ball, der von den Baumwimpeln verschluckt wurde.

„Mary, das hier, das ist der verkehrte Weg. Ich bin der verkehrte Weg... Du wärst hier wie eingesperrt. Hier irgendwo in der Wahllachei. In einem Kloster, das fast auseinander fällt. Du gehörst hier nicht her. Du gehörst in die Welt, du hast die Zeit und das Geld alles zu erleben. Lerne nette Menschen kennen. Genieße deine Uni.."

„Arschloch!" sagte ich leise. Ich stieg aus dem Wagen und schlug mit meinen Fäusten gegen das Tor. So lange, bis mir irgendjemand öffnete...

14. Kapitel

Die nächsten drei Tage sah und hörte ich nichts von Geoffrey. Ich hatte keine Ahnung, wie er es anstellte mir so permanent aus dem Weg zu gehen. Ich verkroch mich in meinem Zimmer, die Decke über dem Kopf und heulte.

Timothy war erwacht. Lisa hatte die gesamte Zeit an seinem Bett gesessen und beide Kinder waren augenblicklich unzertrennlich. Es hatte Reibereien zwischen Herkules und Tom gegeben, doch Lisa hatte es fertiggebracht, dass sich beide Tiere akzeptierten. Ich war stolz auf mein kleines Mädchen.

Gestern war ich mit Lisa und Timothy im Garten gewesen, hatte beiden Kindern beim Spielen zugesehen, als Geoffrey am Rand des Rasens vorbei ging. Mein Herz schlug sofort unregelmäßig und schnell. Timothy hatte seine Hand gehoben und ihm zugewinkt. „Hallo Dad!" hatte Lisa gerufen, Geoffrey hatte zurück gewinkt, war kurz stehen geblieben um uns zu beobachten. Er hatte sich jedoch nicht genähert. „Timothy darf ihn auch Dad nennen." erzählte Lisa mir dann. „Er sagte, er sei unser Dad, meiner und Timothys... und du, Mary, bist unsere tapfere, große Schwester."

Es traf mich, als hätte er mich geschlagen. Mein Kopf schoss hoch, ich sprang auf die Beine, bereit mich Geoffrey in den Weg zu stellen und ihm den Kopf zu waschen. Doch Geoffrey war bereits weitergegangen, war verschwunden... Verdammt, er hatte mir mit den Worten meinen Platz in seinem Leben zugewiesen.

Ich war eins seiner Kinder!

Ein Klopfen an meiner Zimmertür riss mich aus meinen trüben Gedanken. Ohne auf mein Herein zu warten, schlüpfte Susan in mein Zimmer und riss mir die Bettdecke fort. „Lass mich in Ruhe. Ich werde die letzten drei Tage hier liegen bleiben!" maulte ich sie an. Ende der Woche, so hatten wir beschlossen, würden wir das Kloster verlassen. Die Beerdigung meines Vater war für nächste Woche angesetzt worden, dann wurde es Zeit sich eine Wohnung in der Nähe der Uni zu suchen. Wir drei, Susan, Nick und ich, würden zusammen ein Haus mieten.

„Du siehst scheiße aus, Süße." sagte Susan. Sie strich mir liebevoll über das verheulte Gesicht. „Richtig übel... bist du schwanger?" Theatralisch legte sie mir ein Hand auf die Stirn, die andere auf meinen Bauch.

„Dafür müsste ich zumindest einmal Sex gehabt haben, blöde Kuh!" fauchte ich meine beste Freundin an. Wütend stieß ich sie vom Bett. Sie lachte. „Nun, ich dachte, du und der tote Geschichtslehrer, zwei Nächte zusammen in einem Zimmer..."

„Dafür müsste der tote Geschichtslehrer erst einmal auftauen! Der ist so kalt wie ein Eisberg! Da holt man sich Erfrierungen!" schnauzte ich wieder. Susan kicherte leise. Sie zog an meinem Arm, ich wehrte mich. „Steh auf, Süße! Der Eisberg hat gesagt, wir drei, Nick, du und ich sollen für einige Stunden verschwinden. Es kommen gleich einige dieser Gruftis und auch die Vogelscheuche ist mit dabei. Große Ratsversammlung oder so. Und wenn sie uns hier entdecken..." Susan sprach nicht weiter. Wieder zog sie an meinem Arm. „Ach mit dir spricht dieser Idiot?" fragte ich wütend. Ich erhob mich und begann, mich umzukleiden. „Wasch dir dein Gesicht, du siehst zum Fürchten aus. Mit deinem verheulten Gesicht könntest du die kleinen Kinder erschrecken. Und du willst doch eine gute große Schwester sein. Oder?" sagte Susan und wich dem Kissen aus, dass ich nach ihr warf. „Mary Cooper-Clarens, die gute große Schwester. Was hat sich Geoffrey nur dabei gedacht?" überlegte Susan weiter.

„Er mich damit klar auf meinem Platz verwiesen. Dieser Blödmann glaubt, ich müsste in der Welt meine Erfahrungen machen." ich hob meine Finger und machte Ausrufezeichen in der Luft.

„Wirklich Idiot!" sinnierte Susan, sie reichte mir meine Schuhe und sah zu, wie ich die Schleifen band. „Ich habe den Verdacht, das sein Gehirn immer noch tot ist." Sie ahmte den Zombie Gang nach. „Der Körper lebt doch das Gehirn..." sang sie . Endlich lächelte ich.

„So ist es besser Süße. Die beste Art dem Feind die Zähne zu zeigen ist es zu lächeln." Susan zog mich den langen Gang zur Treppe. Ich stolperte hinter ihr her und fiel über Geoffrey, der gerade in dem Moment aus seinem Zimmer trat. Er fing mich auf, hielt mich einen Augenblick in seinen Armen und schloss seine Augen. Ich hielt still. Susan hatte meine Hand losgelassen, stand an der Treppe und sah uns wie im Schock zu. Dann war der Augenblick vorbei. „Seht zu, dass ihr wegkommt!" befahl er mir leise. „Lady Oberon und die anderen können jeden Augenblick hier sein!" Geoffrey stellte mich wieder auf meine Beine, ging einen Schritt zurück und wandte sich zur Treppe. Ohne ein weiteres Wort ging er an Susan vorbei die Treppe hinunter.

„Wow!" flüsterte Susan mir zu, während wir langsam die Treppe hinunter gingen. „Wenn man für unsere Flamme schon eine Sonnenbrille braucht, wie Nick immer sagt... dann ist eure Flamme eine Art Atompilz wenn ihr euch berührt."

„Susan!" Geoffrey stand urplötzlich hinter uns. Er sprach Susan an, nicht mich. „Susan seid so nett und bringt den Mietwagen wieder zurück. Wir brauchen ihn nicht mehr." sagte er, dann warf er ihr die Schüssel zu und ging. „Arschloch!" formten Susans Lippen lautlos. Ich nickte.

Wir fuhren mit zwei Wagen zurück in die Stadt. In dem einen saß Nick, den anderen fuhr ich. Ich genoss es, Susan für die Fahrt mal wieder für mich allein zu haben, auch wenn ich Nick wie einen Bruder liebte, so gab es doch Momente, wo ich Susan allein brauchte. Ich berichtete ihr schonungslos was ich in den beiden Tagen mit Geoffrey allein erlebt hatte.

„Und er hat dir nicht gesagt, warum es gefährlich für ihn ist, das Kloster zu verlassen?" fragte Susan nach. Ich schüttelte den Kopf.

„Als ich ihn fragte, sagte er nur, ich solle schlafen. Und dann drehte er sich einfach um und begann zu schnarchen." erzählte ich. Susan lachte hell auf. „Mary Cooper-Clarens! Endlich hast du mal einen Kerl im Bett und dann schnarcht er auch noch!" sagte sie. Ich schlug nach ihr und der Wagen kam leicht ins Schlingern. „He Vorsicht! Nicht alle sind unsterblich!" rief Susan.

Wir brachten den Wagen zum Leihfirma.

Nick fuhr den Wagen zum Parkplatz, während ich in den Laden ging, um die Rechnung zu bezahlen. Geoffrey hatte Susan zwar Geld gegeben, doch dass so hatte ich beschlossen, sollte sie ihm zurückgeben, bevor wir in drei Tagen abreisten.

Durch Elsa, der ich an den Abenden beim Abwasch geholfen hatte, hatte ich erfahren, wie schlecht es finanziell um das Kloster stand. Kein Wunder, dass hier seit Jahren nicht mehr renoviert worden war. Nun, so hatte ich beschlossen, dass zumindest konnte ich ändern. Ich würde ihnen Geld zukommen lassen, genug um ihren Unterhalt problemlos zu bestreiten. Was nutzte mir das ganze Geld meines Vaters, wenn ich nichts sinnvolles damit anfangen konnte?

Wie es Geoffrey wohl im Moment erging? Ob ihn diese Menschen, der sogenannte hohe Rat, ihm wohl mächtig zusetzten?

Endlich kam der Besitzer der Leihfirma und reichte mir die Hand. „Die Rechnung bitte." sagte ich, plötzlich von etwas abgelenkt, dass ich eben in dieser Sekunde am anderen Ende des Parkplatzes entdeckt hatte.

Der Besitzer kam mit einem Zettel wieder und reichte ihn mir. Ich legte den Zettel auf einen der Tische und wies mit meiner Hand zum Parkplatz. „Ist das da draußen ein Cadillac?" fragte ich den Besitzer. Er drehte seinen Kopf und lächelte schmal. „Ja, Lady ein 69er Cadillac. Ein schöner Wagen, allerdings macht der Motor Probleme." Er seufzte. „Und so kauft ihn keiner. Er müsste total aufgearbeitet werden, der Motor.. und dann frisst die Kiste so um die 20 Liter." Wieder ein Seufzen. „Er steht schon seit gut zwei Jahren hier."

Ich ging an den Mann vorbei, durch die Tür direkt zu dem Wagen. Das war er, genauso ein Auto hatte Geoffrey damals gefahren, als er Geschichtslehrer in meiner Schule gewesen war. Dieser war rot, seiner damals war schwarz gewesen, doch ansonsten das selbe Modell. Geoffrey hatte seine Wagen damals verloren, als er mit ihm verunglückt war...

„Was soll er kosten?" fragte ich. Der Mann starrte mich an. „Lady, der Wagen ist alt, er hat Probleme..." sagte er dann ."Das habe ich gehört, Mister. Geld interessiert mich nicht. Wann könnten sie ihn wieder in Schuss gebracht haben?" fragte ich ihn. "Mit allem drum und dran."

Der Mann überlegte, dann grinste er leicht. „Wenn Geld keine Rolle spielt ist der Wagen in 10 Tagen wie neu. Ich kenne da zwei Profis, die ihn sich vornehmen könnten." sagte er dann. Ich nickte. Dann schrieb ich ihm die Adresse des Klosters auf. „Ich möchte den Wagen im original Zustand, ist das klar?" Der Mann schluckte als ich ihm einen großen Scheck ausstellte. „Das ist zu viel Lady." sagte er, steckte den Scheck jedoch schnell weg.

„Was hat denn so lange gedauert?" fragte Susan mich. Ich stieg in den Jeep und Nick fuhr weiter in die Innenstadt.

Ich schwieg, es ging die beiden nichts an. Geoffrey würde den Wagen in 10 Tagen bekommen. 10 Tage, dann war ich bereits weg. Würde mir an der Uni die Zeit vertreiben... mit Partys, Jungen und Alkohol... wie Geoffrey es gesagt hatte. Mein nächster Weg führte mich zu einem Notar, der, nachdem er meinen Namen gehört hatte, sofort Zeit für mich hatte.

Endlich hatte ich alles erledigt. Wir bummelten durch die Geschäfte von denen es hier erstaunlicher weise eine Menge gab. Ich kaufte, kaufte, kaufte. Für jeden der Bewohner des Klosters besorgte ich irgend eine Kleinigkeit. Susan suchte aus, ich bezahlte, Nick schleppte. Trotz allem war ich unruhig.

Der große Rat tagte, sie fällten ein Urteil über Geoffrey... plötzlich wusste ich warum er mich, uns, weggeschickt hatte! Es war keine Tagung, es war eine Gerichtsverhandlung.

Verdammt! Geoffrey stand vor Gericht weil er gegen die verstaubten Gesetze der Gemeinschaft verstoßen hatte! Er kämpfte um seine Zukunft, eine Zukunft, die ich ihm vielleicht versaut hatte...

„Wir müssen sofort zurück!" Ich blieb mitten auf der Straße stehen. Autos fuhren an mir vorbei und hupten zornig. Susan zog mich zu sich auf den Bürgersteig. „Geoffrey!" stammelte ich. „Sie sind wegen Geoffrey hier! Die Vogelscheuche ist sauer auf mich... und Geoffrey muss es ausbaden. Verdammt!"

„Ich habe mich schon gefragt wann du dahinter kommen würdest." Nick fluchte. „Geoffrey sagte uns, wir sollen dich vom Kloster wegbringen, er meldet sich, wenn alles vorbei ist. Er ist dir in den letzten Tagen absichtlich aus dem Weg gegangen, damit du nichts merkst." Nick ließ die Taschen fallen und ging vorsichtig einige Schritte zurück, als er meine Miene sah.

„Bringt mich sofort zurück! Wenn der Idiot glaubt, mich schützen zu müssen, werde ich ihm den Arsch aufreißen! Diese Vogelscheuche kann sich warm anziehen! Geoffrey ist vielleicht ein Idiot, aber der beste Idiot den ich kenne!" schnauzte ich. Susan und Nick wechselten einen Blick der alles sagte.

„Na dann! Auf in den Kampf!" sagte Susan.

Ich fuhr zurück. Nick und Susan klammerten sich an die Griffe, ich übersah jedes Geschwindigkeitsgebot, rote Ampeln waren für meinen Hintermann...

Mit quietschenden Reifen hielt ich den Jeep im Innenhof und lief auf das große Gebäude zu. „Fahrt ihr etwas weg und wartet bis ich euch Bescheid gebe!" befahl ich ihnen. Ich wartete bis Nick den Jeep gewendet hatte und aus dem Kloster fuhr. Dann riss ich die Tür zum großen Saal auf.

An einen runden Tisch saßen Lady Oberon, Mirow, Geoffrey und weitere 8 Männer und Frauen. Sie verstummten bei meinem Eintritt und sahen mir entgegen.

Geoffrey raufte sich die Haare und erhob sich. „Hüter Mc. Laine! Bleiben sie sitzen! Es ist ihre Zukunft, über die wir hier entscheiden müssen! Was will diese Frau hier? Es ist eine Vollversammlung aller Ratsmitglieder. "sagte Lady Oberon. Sie erhob sich und wies auf mich. „Sie sind nicht geladen Defender! Sie haben nichts zu melden. Ihr Platz ist..."

„Mein Platz ist genau hier! Jetzt und in diesem Moment! Wenn sie hier über Hüter Mc. Laines Zukunft entscheiden, entscheiden sie auch über mich! Denn wenn sie ihn für irgendetwas Verantwortlich machen wollen, dann müssen sie mich ebenso verdammen! Denn alle Geschehnisse der letzten Tage stehen unmittelbar in Zusammenhang mit meiner Person!" fiel ich Lady Oberon ins Wort. Sie schluckte, atmete tief ein und sah mich einen Moment schweigend an. „Sie mögen Recht haben. Setzen sie sich neben den Hüter!" befahl sie nun. Geoffrey zog mir einen Stuhl heran. „Seit wann kannst du so gewählt sprechen?" fragte er mich flüsternd. „Manchmal hilft nur Diplomatie." flüsterte ich zurück. Geoffreys Augenbrauen schossen überrascht in die Höhe.

„Hüter Mc. Laine hat uns gerade berichtet, wie es zu dem Überfall im Haus in Dorchester kommen konnte. Welche Ereignisse zu dem Unglück führten." fasste Mirow zusammen. „Wir sind uns deshalb wieder mal klar geworden, wohin eine emotional Bindung der Kinder an uns führen kann. Hüter Mc. Laine hätte früher reagieren müssen. Er hätte merken müssen in welchen instabilen Zustand Josefine war." klagte Lady Oberon. „Er hat es versäumt, rechtzeitig zu reagieren." schloss sich ein weiterer Mann an.

„Hallo? Hallo!" sagte ich, als die anderen am Tisch ihre Stimme erhoben. „Was kann denn Hüter Mc. Laine dafür, dass sich die labile Tussi in ihn verliebt?" fragte ich wütend, dann verbesserte ich mich. „Ich meine was kann denn ein Mann dafür, wenn er heimlich von einer jungen Frau angehimmelt wird? Wenn sie Geoffrey dafür verantwortlich machen wollen, dann müssen mich ebenfalls dafür bestrafen! Ich war es, die Josefine vor Geoffrey bloßgestellt hat. Josefine hätte ihn wahrscheinlich noch Jahre lang angeschmachtet, oder es, wie üblich bei jungen Mädchen, überwunden. Aber ich und meine große Klappe hatten nichts besseres zu tun, als es in die Welt hinaus zu posaunen. „Hört mal Leute, Josefine ist verknallt in Geoffrey!" sagte ich heftig.

Geoffrey griff unter dem Tisch meine Hand und drückte sie warnend. Geschockt kniff Lady Oberon ihre Augen zusammen und ich wusste in diesem Moment, auch sie konnte unsere Flammen sehen. „Atompilz!" wieder kam mir Susan Wort in den Sinn. Hastig entzog ich Geoffrey meine Hand.

„Sie haben sich geweigert uns das Kind Timothy auszuhändigen." sprach jetzt einer der Männer. Ich erkannte ihn wieder. Er war auch im anderen Haus gewesen.

„Ich bin wie Hüter Mc. Laine so gerne betont, ein Defender! Ich habe Timothy gefunden und gerettet, was wäre ich für eine Beschützerin, würde ich ihn dann nicht weiter beschützen?" fragte ich ihn bitter. Dann hob ich meinen Blick und sah einen nach den anderen am Tisch an.

„Lisa ist hier das einzige kleine Kind im Haus! Sie hat lediglich ihren Kater zum spielen! Jetzt hat sie Timothy, endlich ein Kind in ihrem Alter." Ich sah wie Geoffrey nickte und mich bestärkte. „Sie suchen die Kinder und bringen sie in ihren Häusern sicher unter... doch dann? Was bieten sie den Kindern weiter? Was können sie hier machen? Sie lernen und leben hier, doch sie leben isoliert!" Ich holte kurz Luft.

„Es gibt da ein tolles Zitat eines deutschen Dichters: Johann Wolfgang von Goethe! Er lebte 1749-1832. Ich zitiere es gerne, denn es ist mein Lebensmotto geworden!" Ich holte tief Luft und ignorierte Geoffreys komplett verwirrten Blick.

„Geh! Gehorche meinem Winken! Nutze deine jungen Tage, lerne zeitig Klüger sein! Auf der Glückes großer Waage, steht die Zunge selten ein. Du musst steigen oder sinken, du musst herrschen und gewinnen! Oder Dienen und verlieren, Leiden oder Triumphieren... Amboss oder Hammer sein!"

Atemlose Stille herrschte im Saal, niemand wagte zu antworten. Ich hob meine Hand und wies aus dem Fenster. „Sie machen aus den Kindern hier lauter Ambosse! Vielleicht, und nur vielleicht wäre die Sache mit Josefine nicht so eskaliert, hätte sie die Möglichkeit bekommen, das Mausoleum hier mal für einen Kinobesuch oder einen Tanzabend zu verlassen! Auch wenn die Kinder hier alle schon einmal gestorben sind... so sind sie doch nicht tot. Es fehlt allen Kindern hier an gesunden Selbstbewusstsein! Vielleicht hätte Josefine draußen einen netten jungen Mann kennengelernt, der sie auf die Boden der Tatsachen zurückgeholt hätte. So hat sie in ihrem Luftschloss gesessen und nur geträumt!" Ich sah in betroffene Gesichter. „Seien wir doch mal ehrlich, Leute. Das einzig passable Mannsbild hier im Kloster ist unser Jack Frost hier!" konnte ich mir nicht verkneifen. „Ist doch kein Wunder das sich die pubertierenden Girls alle in ihn verknallen."

„Jack Frost?" fragte Lady Oberon verwirrt. „Lange Geschichte." murmelte Mirow.

„Die Jugendlichen leben hier so dermaßen isoliert, das sie wahrscheinlich nicht einmal wissen welches Jahrhundert wir schreiben! Neue Kinofilme? Fernsehen? Fehlanzeige!" Ich holte kurz Luft. „Was ist mal mit einen Ausflug, oder einer Klassenfahrt? Nichts, die Kinder leben hier vollkommen isoliert!" Dann schloss ich. „Die Kinder hier können einem leid tun". Atemlose Stille entstand im Raum, niemand wagte etwas darauf zu antworten. Es dauerte eine kleine Weile bis sich die Älteste räusperte.

„Sie haben uns viel zum nachdenken gegeben, Defender Clarens." sagte Lady Oberon endlich. „Wir werden uns beraten müssen. Wir kamen her um zu richten... nicht um selbst gerichtet zu werden." setzte sie trocken hinzu. Sie wandte sich an Mirow. „Plötzlich komm ich mir vor als säße ich auf der Anklagebank!"

„Tja, die Wirkung hat hat Mary auf die Menschen." murmelte Mirow.

Geoffrey und ich verließen den Saal. Er schloss die Tür hinter sich und lehnte sich schwer dagegen. Dann atmete er tief aus. „Du solltest auf Geschichte und Religion pfeifen und stattdessen Jura studieren." Geoffrey fuhr sich durch die Haare und zog mich an sich. „Du hast wesentlich mehr Wissen als du dir anmerken lässt. Ich muss also wirklich hinter deine Maske aus Ignoranz und Schludrigkeit sehen um die wirkliche Mary Cooper-Clarens kennenzulernen!"

„Ich dachte das hättest du bereits." antwortete ich lächelnd. Ich schmiegte mich in seine Arme, genoss den Moment der Ruhe. „Du hast sie umgehauen. Mein Gott, ich wollte dich aus der Schusslinie haben, hatte Angst sie würden dich fertigmachen und stattdessen, hast du sie umgehauen! Zitierst Goethe als würdest du alle seine Werke kennen..." Er sprach nicht weiter. Dann ließ er mich los, steckte seine Hände in die Taschen seiner Jeans. „Du weißt, dass alles was du gerade zum Rat gesagt hat auch auf dich zutrifft, oder? Du bist ebenfalls in der Lage, dass du dich umsehen und erkunden musst... du musst ebenfalls etwas anderes sehen und erleben."

„Ich habe bereits..." sagte ich, doch Geoffrey hob seine Hand und gebot mir zu Schweigen. „Lass mich erklären, bitte. Mutter wuchs hier im Heim auf. Vater ist 14 Jahre älter als sie. Er fand sie damals. Er brachte sie hierher. Mutter blieb. Sie hat nie das Kloster weiter als bis zur nächsten Stadt verlassen. Sie heiratete meinen Vater. Mutter liebt ihn, keine Frage und doch... sie liest dauernd Bücher über fremde Orte. Hawaii, Mali, Tunesien... Ihre ganze Wohnung ist voll davon. Sie sagt sie sei glücklich, doch ich glaube sie vermisst etwas. Was wäre, wenn sie damals das Kloster verlassen hätte? Hätte sie dann all diese Orte besucht?"

„Deine Mutter liebt dich, deinen Vater, das Kloster und alle Kinder hier! Wie kommst du darauf, sie würde etwas vermissen? Nur weil sie gerne träumt, heißt das nicht, dass es auch in die Tat umsetzen will!" widersprach ich. „Und ich bin nicht deine Mutter. Ich habe diese ganzen Orte bereits besucht, und sie waren nicht so toll, wie du vielleicht glaubst. Die kämpfen ebenso gegen die Umweltverschmutzung wie wir auch!" Ich schob seine Arme wieder auseinander und schmiegte mich hinein. „Ich habe genug erlebt. Denk an meine 12 Tode. Und wenn du eins über mich weißt, dann die Tatsache dass ich unwahrscheinlich stur sein kann!" Jetzt deutete ich ein Lächeln an. „Vielleicht hättest du tot bleiben sollen, dass hätte dir eine ganze Menge Ärger erspart" Ich zog seinen Kopf zu mir herunter, meine Lippen suchten seine.

Geoffrey erstarrte, die Luft um uns herum wurde eiskalt.

„Welch ein schönes Bild." Gregorius kam den langen Gang herunter.

„Schade dass es das letzte ist, was dir vom Leben bleibt"

„Was willst du?" schnauzte ich Gregorius an. "Ich sagte dir, ich werde dich töten, wenn ich dich wiedersehe!" Ich wollte Geoffrey loslassen, im letzten Moment fiel mir ein, dass er Gregorius nur sehen konnte, wenn er mich berührte.

„Der Sturm, meine liebe, der Sturm! Ich sagte dir doch der Sturm wird kommen! Mein Volk steht bereit, so wie ich ihnen ein Zeichen gebe, werden sie dein schönes Kloster hier dem Boden niedermachen. Wir werden uns alle holen, Männer, Frauen ,Kinder. Ich sagte bereits, mein Volk ist ausgehungert. Sie wollen nicht länger warten. Und dass nach all den Jahrhunderten wieder ein Defender aufgetaucht ist, macht ihnen Angst!" Gregorius schnalzte mit der Zunge, es sah widerlich aus. „Aber ich sagte ihnen, du gehörst mir, nur mir. Ich bin derjenige, dem die Defender gehören. Ich habe den letzten getötet, ihn ausgesaugt, er war so kraftvoll gewesen, so stark. Und doch war er mir unterlegen. Und du, du hast auch keine Chance. Ich bin uralt, mächtig." Gregorius löste sich auf.

16. Kapitel

„Sie kommen!" flüsterte ich, Geoffrey nickte, er griff meine Hand und rannte mit mir zu den Klassenzimmern. „Raus in den Hof!" schrie er in jedes Zimmer. „Ghosts!" Die Jugendlichen und Lehrer reagierten augenblicklich, sie sprangen auf und griffen ihre Taschen. „Folge ihnen!" befahl Geoffrey mir, er rannte in Richtung seines Büros.
Und dann kamen sie. Eine riesige Nebelwand fiel auf das Kloster, umhüllte uns. „Susan Waffen!" schrie ich laut, sofort erschien mein Schwert und mein Schild. „Jimmi!" schrie ich wieder, der Junge erschien, zitternd, ängstlich. Ich reichte ihm meine Hand, er griff danach. „Lass meine Hand erst los, wenn du das Schwert in deiner anderen spürst!" befahl ich, dann reichte ich ihn mein Schwert. Plötzlich hielt er es in seiner Hand. „Lass es nicht los! Solange du deine Hand geschlossen hältst, ist es da! Beschütze damit die Jüngeren!" befahl ich. Dann schrie ich nach neuen Waffen, die Susan mir gab. Ich verteilte sie an die größeren Kinder. „Schlagt ihnen die Hände ab. Nur so könnt ihr sie töten! Denkt nicht nach! Schlagt einfach zu!" befahl ich ihnen.
Die Ghosts griffen an. Sie griffen sich die Kinder, zerrten und versuchten, ihre langen Finger in sie zu stechen, sie auszusaugen. Wie ich es ihnen gezeigt hatte, versuchten sie ihre Energiepunkte zu schützen, ich war stolz auf sie. Jinmmi sprang vor, schlug einem Ghost eine Hand ab, die in einem der jüngeren Kinder steckte. Tapfer verteidigte er das Kind. Schlug wie wild um sich. Andere Kinder liefen schreiend über den Hof, gejagt und gehetzt. „Schützt eure Energiepunkte!" schrie ich sie an. Ich rannte über den Hof, schlug und trat nach jedem Ghost der sich mir in den Weg stellte. Eine kleine Gruppe Kinder war mein Ziel, sie hatten sich zusammengekauert, starr vor Angst. Etwa 10 Ghost attackierten sie. Ich hatte sie fast erreicht, als ich Geoffrey sah, er stellte sich vor die Kinder, in den Händen das alte Schwert, das nun plötzlich glühte. Die

Ghosts wichen aufschreiend zurück. „Zu viele!" schrie Geoffrey mir zu. Ich nickte, es waren einfach zu viele, und es kamen immer mehr. Wenn wir einen von ihnen töteten, kamen mindestens 5 neue Ghosts.

An anderen Ende des Platzes konnte ich Lisa aufschreien hören, sie lag, zusammen mit Timothy auf dem Boden, über ihnen Tom und Herkules. Beide Tiere waren auf ihre 5 fache Größe gewachsen. Tom glich jetzt einem Säbelzahntiger. Er legte sich über Lisa, begrub sie unter sich. Mit seinen Pranken schlug er nach jedem Ghost der ihm zu nahe kam. Herkules stand über Timothy, groß, riesig. Er brüllte Furcht einflößend. Er schnappte und trat um sich. „Die kleinen Kinder, sie werden getötet!" schrie Geoffrey mir zu. „Wir können sie nicht alle schützen." Pure Verzweiflung klang aus seiner Stimme. Ich sah mich um, überall diese Kinder, diese Ghosts, die sich über sie beugten ihnen das Leben aussaugten. Wir würden die Kinder verlieren, sie hatten keine Wächter, die ihnen halfen... Mir fiel der Schneesturm wieder ein, die Geschichte, die ich Geoffrey erzählt hatte... neulich in der Gasse...

Ein lauter Pfiff entfuhr mir. „Befehle den Kindern sofort, sich auf den Boden zu legen!" schrie ich Geoffrey an. Ohne Nach zu fragen, befahl er den Kindern hinter sich, sich auf den Boden zu legen... und dann kamen sie, alle die Bewohner eines alten Gemäuers, die nie einer zu Gesicht bekam, die gut versteckt unterhalb eines jeden Gebäudes wohnten. Hunderte von Spinnen, Mäusen und Ratten kamen aus ihren Verstecken. Wieder pfiff ich und die Tiere rannten zu den Kindern, begruben sie unter sich. Fauchend zogen sich die Ghosts zurück. Ghosts hassten Nagetiere, das hatte ich damals herausgefunden... „Bleibt liegen und rührt euch nicht!" befahl ich den schreienden Kindern. „Bleibt unter den Ratten liegen!".

Dann rannte ich, mich weiter in das Kampfgetümmel werfend. Ich schlug und traf. Wenn ich kämpfte kannte ich keine Gnade... Die Hände eines Ghost flogen und trafen Geoffrey der direkt hinter mir kämpfte. Dann sah ich Jimmi fallen, er hatte seine Deckung vernachlässigt und einer der Ghost hatte ihn von hinten erwischt, seinen langen Finger direkt in sein Hals gebohrt. Jimmi schrie laut auf vor Schmerzen.

Geoffrey stürmte an mir vorbei, hob sein Schwert und schlug die Hand des Ghosts ab. Mit einer eleganten Drehung erwischte er auch die andere Hand. Mit lautem Aufschrei löste sich der Ghost auf. Uns blieb keine Zeit zu verschnaufen. Überall wurde unsere Hilfe gebraucht. Wir kämpften, schlugen und töteten, so viele Ghosts wir konnten. Einzig die Kinder waren uns wichtig.

Plötzlich gefror die Kampfstätte. Gregorius erschien. Elegant stieg er über die Kinder am Boden, die vielen Überreste seines Volkes und kam auf mich zu. „Meine Liebe. Ihr tötet zu viele meines Volks! Du bist zu gut, dein Hüter ist zu gut." Gregorius wich dem gefrorenen Geoffrey aus. Das Schwert in dessen Hand glühte heiß auf. „Und dein Hüter hat das heilige Schwert des Lazarus... nun damit habe ich nicht gerechnet: Ich werde euch beide töten müssen, damit mein Volk eine Chance hat, satt zu werden." Er grinste .

„Ich werde dich vernichten!" schrie ich, ich wusste, Wut war gefährlich, sie machte unachtsam. Und doch gelang es mir nur schwer, meine Wut zu bändigen. „Aber, aber, meine Liebe!" Gregorius wich meinem Schwerthieb aus, er hob seine Hand und ich stolperte rückwärts. „Susan Waffe!" flüsterte ich. Gregorius streckte seine Hand nach mir aus. Mein Schwert verwandelte sich in eine kleine Armbrust, ich zielte schoss und der Pfeil bohrte sich durch Gregorius Hand, die er aufschreiend wegzog. Wieder hielt ich das Schwert in der Hand. Ich schlug zu und trennte Gregorius rechte Hand ab. „Verflucht, das wirst du mir büßen!" schrie er. „Das hat noch nie einer geschafft!" Wieder kam er auf mich zu, diesmal wich er der Waffe aus. Ein Schild erschien, doch mit einer Bewegung seiner linken Hand flog es davon. Noch eine Bewegung seiner Hand und ich stolperte weiter Rückwärts. Ich flog über dem am Boden liegenden Jimmi, meine Hand öffnete sich und mein Schwert löste sich auf. Ich war wehrlos. „Susan!" wollte ich schreien, doch ich bekam keinen Ton heraus. Gregorius hatte bereits meine Kehle ergriffen und seine Finger bohrten sich in meinen Hals. Ich war unfähig, mich zu bewegen. „Ebenso so schwach wie alle anderen Defender vor dir. So schwach, so lecker!" knurrte Gregorius, während ich spürte, wie er mein Lebenselixier aus mir heraussaugte. Plötzlich wurde Gregorius von mir weggerissen. Geoffrey drehte ihn zu sich herum und stach mit seinem Schwert zu. „Liebe hat meinen Bann überwunden!" schrie Gregorius auf. Gregorius bohrte überrascht seine Finger in Geoffreys Hals, als dieser mit letzter Kraft sein Schwert hob und ihm die Hand abtrennte. Mit einem Marker-

schütternden Schrei löste Gregorius sich auf.
Der Nebel verschwand, die Ghosts, die noch übrig waren, lösten sich
schlagartig auf. Geoffrey sank auf dem Boden neben mir zusammen.
Ich kroch zu ihm, meine Hand griff seine. „Danke du Idiot!" flüsterte
ich heiser. „Du hast mir das Leben gerettet." Geoffrey antwortete nicht.
Er drückte mit letzter Kraft meine Hand. Dann wurde mir schwarz vor
Augen... ich wurde ohnmächtig.

„Geoffrey!" mit einem lauten Schrei erwachte ich. Ich lag in meinem
Bett in meinem Zimmer und sah mich suchend um. Sofort war Susan an
meinem Bett und griff nach meiner Hand. „Gott sei Dank!" hauchte sie
erleichtert. „Du weilst wieder unter den Lebenden." Ich zog mich müh-
sam hoch, mir wurde schwindlig und ich ließ mich zurücksinken. „Du
hast uns Sorgen gemacht, Süße." sagte Susan wieder. Sie reichte mir ein
Glas Wasser und sah zu, wie ich es austrank. „Was ist geschehen?" fragte
ich sie. Susan schwieg. „Haben alle überlebt?" fragte ich erneut. Suchend
sah ich mich um, insgeheim hatte ich gehofft, Geoffrey an meinem Bett
zu entdecken, wenn ich erwachte.
„Den Kindern geht es allen gut." sagte jetzt Nick. Er hatte seinen Arm
um Susan gelegt und schob sie sanft beiseite. „Es hat die Rats Älteste
erwischt, Lady Oberon."
Er zögerte einen Moment „Aber den Kindern geht es dank dir und
Geoffrey gut, wir haben keins von ihnen verloren."
„Er hat den Oberguru getötet." sagte ich tonlos. Geoffrey hat Gregorius getötet." Dann sah ich mich suchend um. „Wo ist Goffy? Schläft er
noch?" fragte ich. Weder Susan noch Nick antworteten. Beide wichen
meinem Blick aus. „Wenn du soweit bist, komm in die Küche. Mirow
möchte mit dir reden." sagte Susan. Sie zog Nick aus meinem Zimmer.
Draußen hörte ich, wie sie aufschluchzte.

Vor meiner Zimmertür erwartete mich Tom. Der Kater strich mir
um die Beine und schnurrte. Ich bückte mich zu ihm. „Gut gekämpft,
Kamerad." sagte ich liebevoll. „Das hast du gut gemacht. Lisa kann sich
glücklich schätzen, dich zu haben." Zur Bestätigung miaute der Kater. Er
folgte mir zur Küche.

Drinnen hörte ich gedämpfte Stimmen. Elsa weinte, Mirow sprach leise, tröstend auf sie ein. Was war hier los? Wo waren die lustigen, oft lauten Kinderstimmen?

Ich öffnete die Tür und betrat den Raum. Augenblicklich verstummten die Gespräche. „Entschuldigen sie, Susan sagte mir, sie wollten mit mir reden." begann ich nervös. Elsa klopfte auf den freien Stuhl neben ihr. Dann legte sie mir den Arm um die Schultern. „Was ist hier los?" fragte ich unsicher, als Elsa wieder weinte.

„Wo ist Geoffrey? Eine düstere, dunkle Ahnung schlich sich in meine Seele. Eine Ahnung, die mir das Herz zuschnürte, mir die Luft zum Atmen nahm. Eine Antwort hing ungesagt in der Luft, eine Antwort die ich nicht hören wollte. Mein Blick irrte durch den Raum, blieb an der Tür hängen, sie müsste doch jeden Moment aufgehen, Geoffrey müsste eintreten... groß, muskulös, mit seinem typischen Grinsen, eine Hand durch die Haare fahrend...

„Geoffrey ist tot." sagte Mirow leise. Elsa weinte lauter auf. „Nein!" ich schrie es in den stillen Raum."Nein!" In meinem Kopf herrschte ein Vakuum. Ich schrie und sprang auf, es durfte nicht wahr sein. Es war Nick, der mich wieder auf meinen Stuhl drückte.

„Wie?" fragte ich endlich. „Ich denke, er gehört zum Club der Wiedererweckten, er..." ich verstummte, als mir die brutale Wahrheit klar wurde. Mirow nickte, er sah wie ich die ganze Wahrheit erfasste. „Er hatte kein Leben mehr übrig. Der Autounfall hat ihm das letzte Mal gekostet. Deshalb hatte er das Kloster nicht mehr verlassen sollen. Deshalb war es für ihn jedes mal so gefährlich." sagte er traurig.

„Er hielt sich auch daran. Nur wenn er gehört hatte, dass du in unserer Nähe warst, ist er raus. Er wollte nach dir sehen, dich beobachten. Wir haben das nie verstanden. Wir hielten das für ausgesprochen dumm, du warst für uns ein verzogenes, reiches Kind. Versteh uns nicht verkehrt. Wir kannten nur die Geschichten über dich. Und doch fuhr Geoffrey jedes mal in die Stadt um dich zu sehen." Elsa lächelte mich entschuldigend an. „Und dann brachte er dich mit. Endlich verstand ich meinen Sohn."

Ich war wie taub, Geoffrey war tot... wieder tot. Das durfte einfach nicht

wahr sein! Hatte ich nicht als 17 Jährige genug um ihn geweint? War ich damals nicht fast daran zu Grunde gegangen? Was fiel diesem Idioten ein, mir das noch einmal anzutun? Warum konnte ich jetzt nicht weinen? Warum schrie mein Herz meine Seele dass es nicht wahr war? „Wo ist er?" fragte ich. "Ich glaube es erst, wenn ich ihn gesehen habe!"
„Kind, vielleicht solltest du nicht noch einmal sehen... es würde dir wahrscheinlich das Herz brechen." sagte Mirow jetzt. Es war das liebevollste, was der Mann seit unserem Kennenlernen zu mir gesagt hatte. Es störte mich nicht, von ihm als Kind bezeichnet zu werden. Er war Geoffreys Vater, ich fühlte mich plötzlich als Teil seiner Familie.
„Es ist bereits gebrochen... zum zweiten Mal." sagte ich tonlos. „Goffy hat mir das Leben gerettet!" Es war immer noch schleierhaft, wie Geoffrey sich aus der Starre hatte lösen können. „Er hat sein Leben für mich geopfert! Ich will zu ihm."
„Wir haben ihn in einem ruhigen Raum gebracht." sagte Mirow. Unbeholfen tätschelte er Elsas zuckenden Schultern. „Unsere Gesetze besagen, er darf die nächsten drei Tage nicht gestört werden, bevor..." Er schwieg, Elsas Schluchzen übertönte ihn.
„Eure dämlichen, verstauben Vorschriften!" widersprach ich ihn. Ich sprang von meinem Stuhl und rannte aus der Küche, ließ die Menschen hinter mir. Mein Weg führte mich zum Übungsplatz. Dort lehnte ich mich an einen der Bäume und schloss meine Augen, Hier konnte ich ihn sehen, konnte Geoffrey sehen, wie er über das Gelände lief, fast tanzte. Sich mühelos die große Holzwand hochzog...
Und doch wusste ich: Geoffrey würde nie wieder kommen... Dieser Schmerz, der Schmerz der seit drei Jahren in mir geruht hatte... er war wieder da. Größer, stärker, heftiger als je zuvor.....

„Und? Wann machen wir auf Leichensuche?" Nick legte seinen Arm um mich und zog meinen Kopf an seine Brust. Endlich gestattete ich mir, ein paar Tränen zu weinen. Still hielt er mich fest, Susans Hand schob sich in meine. Plötzlich waren wir drei allein auf dieser verrückten Welt. „Heute Nacht." sagte ich entschlossen. „Wo willst du suchen Süße. Sie haben ihn bestimmt gut versteckt. Seine „Ruhe" ist ihnen sehr wichtig. Du hättest Mirows Vortrag hören sollen, als du raus bist." berichtete Nick. „Hast nichts versäumt." sagte Susan lapidar. „Du willst ihn sehen,

wir bringen dich zu ihm, die können sich ihre Regeln in den Arsch
schieben!"
„Derb, aber zutreffend." stimmte Nick zu. „Wir werden das gesamte
Mausoleum umkrempeln, falls nötig."
Tom lief über das weitläufige Gelände. Er schritt sein Revier ab. Mit
hocherhobenen Schwanz kam er auf mich zu und strich um Aufmerk-
samkeit haschend um meine Beine. „Das wird nicht nötig sein, meine
Lieben." sagte ich und bückte mich, den Kater auf den Arm nehmend.
„Ich kenne da jemand, der das Gebäude besser kennt, als irgendein
anderer, der alle Räume kennt und mir bestimmt zeigen wird, wo wir
Geoffrey finden werden." Ich kraulte den Kater unterm Kinn. Er miaute
zufrieden...

„Verdammt, hätten sie hier nicht mal ein paar Lampen anbringen können? So viel Geld kostet das doch auch nicht!" schimpfte Nick. Er bildete
die Nachhut. In seiner Hand eine altersschwache Taschenlampe, die er
im Jeep gefunden hatte.
Vor mir schritt Tom, dann ich,Susan und zum Schluss folgte uns Nick.
„Bist du dir sicher, dass dieser Kater uns zu Geoffrey führt? Vielleicht
nimmt er uns ja auch nur zu einer lustigen Mäusejagd mit!"
„Nick, Liebling?" sagte Susan. „Ja?" fragte er. „Halte die Klappe!" sagte
Susan. Ihre Anspannung war zum Greifen nah. Sie war absolut kein
abenteuerlicher Typ. Ihre Welt bestand aus Zeichnungen, schöne, kunst-
volle Zeichnungen. Sie entwarf, ich kämpfte.
Vor einer schweren Eichentür blieb Tom stehen und kratzte am Holz.
Ich verstand. „Danke,Tom!" flüsterte ich und förderte einige Knabberei-
en aus meiner Hosentasche, die der Kater hoheitsvoll entgegen nahm.
Ich holte tief Luft und öffnete die schwere Tür.
Der Raum war kalt, einige große Kerzen erhellten ihn.
Mitten im Raum, auf einem wundervoll dekorierten Tisch lag Geoffrey.
Ich schluckte tief und wischte mir hastig zwei Tränen aus dem Gesicht,
das wahrscheinlich jetzt, dank der Spinnen-weben und des Staubs voll-
kommen verdreckt war.
„Gruselfaktor 10 und höher." sagte Susan, sie betrat hinter mir den
Raum und fuhr sich unwillkürlich über ihre Oberarme.
Ich ignorierte sie. Langsam, fast furchtsam trat ich an den Tisch und

betrachtete Geoffrey Mc. Laine. Er trug, wie immer, seine verdammte, abgewetzte schwarze Lederjacke, seine schwarzen Jeans und die längst aus der Mode gekommenen Stiefelletten. Liebevoll strich ich ihm das Haar aus dem Gesicht. „Du bist ein Idiot!" sagte ich leise. „Du warst ein Idiot!" verbesserte ich mich, und unterdrückte den schweren Kloß der sich in meinem Hals gebildet hatte. „Du hättest mich sterben lassen sollen. Du bist wichtiger für die Kinder als ich." Ich legte meine Wange an seine kalte Haut.

„Wowowowow!" Susan sprang erschrocken einen guten Meter nach hinten."Das war zwar kein Atompilz..." sagte sie und ignorierte Nicks Zwischenfrage. „Atompilz?" „Aber die Flamme war auch nicht zu verachten." Sie kam zögernd näher. „Mach das nochmal!" bat sie mich. Wieder legte ich meine Wange auf seine. „Okay, ich verstehe ja von den ganzen Tot, nicht tot - tot Kram nichts..." sagte sie stockend, „Aber ist es normal, dass deine Flamme so ausschlägt... wie... wie ein Geigerzähler?" Zögernd schob ich meine Hand unter Geoffreys Lederjacke und spürte sie, spürte die winzige Flamme, die noch in ihm flimmerte. Winzig klein, fast am verlöschen und doch war sie da.

Mein Herz schlug so rasend, das ich nach Luft ringen musste, ich versuchte meinen Puls zu beruhigen. Geoffrey war nicht tot... noch nicht. Er klammerte sich am Leben, irgendetwas hielt ihn noch in einer Welt zwischen unseren Welten fest. „Und ich werde dich da rausholen! Wir beide, du und ich, wir haben noch einige offene Rechnungen, mein Freund." sagte ich leise.

„Äh, habe ich irgendwie den Anschluss verloren?" fragte Nick. Er fluchte als die Taschenlampe ihren Dienst aufgab. „Nimm eine der Kerzen, Liebling, und komm her. Wir brauchen deine Hilfe." sagte Susan. Sie hatte, wie immer ,verstanden.

„Wir müssen Geoffrey ausziehen." sagte ich und begann, ihm die Lederjacke von den Schultern zu zerren. „Du meinst ausziehen? Alles ausziehen?" fragte Nick. „Weichei!" sagte Susan und ich im Chor. Es dauerte einen Augenblick den großen Mann aus seiner Kleidung zu bekommen. Und er war nicht gerade hilfsbereit dabei. Immer wieder fiel sein Körper zurück auf den Tisch, wenn Susan und ich ihn endlich aufgerichtet hatten. Nick zerrte an der Jeanshose und fluchte. „Er sah darin so gut aus, ich ich wusste nur nicht, dass sie so eng war!" fluchte er „Das muss doch bestimmt schädlich für die Kronjuwelen sein!"

Trotz der bizarren Lage in der wir uns befanden, man könnte uns leicht Leichenfledderei vorwerfen, musste Susan lachen. Endlich hatten wir Geoffrey entkleidet. Wieder lag er auf dem Tisch, regungslos, still... nackt... Ich griff mir mein Taschenmesser und schnitt Geoffrey der Länge nach Arme, Beine und eine Stelle über dem Herzen auf. Kein Blut floss, er lag einfach still dort vor mir.

„Igitt!" entschlüpfte es Susan. „Igitt, wie ekelig!"

„Wenn du kotzen willst, spare es dir, bis Nick dasselbe mit mir getan hat." sagte ich trocken, dann begann ich mich auszuziehen und stand Augenblicke später nackt vor Nick und Susan.

Eine Minute lang schwiegen wir. „Also Nick, mein Lieber... bring mich um." sagte ich dann, er riss seine Augen so weit auf, das ich fast befürchten musste, sie würden aus ihren Höhlen fallen.

„Geoffrey ist so gut wie tot. Er hat kein Lebenselixier mehr, das ihn zurückbringen könnte." erklärte ich meinen besten Freunden. „Ich werde ihm etwas von meinem geben müssen. Das bedeutet, ich muss sterben und den Idioten suchen. Ich kann nur hoffen, dass er sich allzu weit ins Reich der ewigen Jagdgründe verirrt hat. Er darf nicht ins nächste Reich wandern, Nick!" ich reichte ihn das Messer. „Du wirst mich töten, dann werdet ihr an meinem Körper die gleichen Schnitte machen wie ich sie bei Geoffrey getan habe. Dann legt meinen Körper auf seinen und wartet zwei Stunden. Dann bringt mich weg von hier." Ich schluckte. „Möglichst ohne Aufsehen zu erregen. Wir verstoßen hier und jetzt gegen so viele Gesetze, dass wir verschwinden sollten, egal ob wir Geoffrey retten können oder nicht."

„Was? Ich kann dich nicht umbringen!" Nick sah das Messer in seinen Händen an und warf es dann Susan zu. „Das kannst du nicht verlangen Mary! Auf keinen Fall! Ich bin Pazifist!"

„Weichei!" schimpfte Susan. Dann wandte sie sich zu Geoffrey herum. „Oh sieh mal Mary. Geoffrey hat seine Augen aufgeschlagen!" rief sie überrascht. „Was?" rief ich. Ich wendete meinen Kopf, Freude überkam mich. Geoffrey lebte? Dann ein scharfer Schmerz... Susan hatte mir das Messer direkt ins Herz gestoßen, tief und fest. Ich sackte zusammen und starb...Zum 13. Mal....

17. Kapitel

Ich betrat das Zwischenreich. Eigentlich müsste ich bereits Bonusmeilen beantragen können, sooft wie ich bereits hier gewesen war, dachte ich schwach. Susan hatte ganze Arbeit geleistet. Sie hatte, wie üblich, nicht gefragt, sie hatte gehandelt. Wahrscheinlich würde sie jetzt in einer Ecken stehen und sich die Seele aus dem Leib kotzen, aber sie hatte ihre Aufgabe erfüllt. Sie hatten die Schnitte gesetzt, ich spürte, wie mein Lebenselixier aus mir lief, hinein in Geoffreys Körper, der es wie ein Schwamm auf sog. Ich wanderte durch den riesigen Raum und suchte den Mann, um dessen Willen ich hier war. „Wehe du hast es gewagt, den Bus ins nächste Reich zu besteigen!" fluchte ich, wusste jedoch, so lange die kleine Flamme, die Dank meines Lebenselixiers nun stetig stieg und größer, wärmer wurde,brannte, er in diesem Reich gefangen war.

Dann sah ich ihn. Geoffrey Mc. Laine saß auf einen großen Stein, wieso auf einem Stein, in dieser Welt hätte er sich auch einen Sessel und Schaukelstuhl projizieren können. Es saß dort, direkt vor mir, den Kopf in seine Hände gestützt und schien zu warten. Schemenhafte Gestalten, Verstorbene Seelen, eilten hektisch an uns vorbei, als ich mich neben ihm auf den Stein fallen ließ.

„Hallo Süße. Du hast dir Zeit gelassen." sagte Geoffrey. Er legte einen Arm mich und küsste mich sanft auf die Stirn.

„Du hast gut sterben!" schnauzte ich ihn glücklich an. „Erst erwache ich, nur um zu erfahren dass du Idiot dich für mich geopfert hast! Dann weigern sich deine Eltern, mich zu dir zu lassen!" schimpfte ich weiter. „Der Kater musste uns verraten wo sie dich aufgebahrt haben! Der Kater, ich bitte dich! Und, nun mal ehrlich, hätten deine Eltern sich nicht einen etwas saubereren Raum aussuchen können? Der Raum ist super ekelig!"

Ich holte tief Luft. „Und dann weigerte sich Nick, auch noch, mich umzubringen! Ich bitte dich, was für ein Weichei! Susan musste Hand anlegen!" Geoffrey lachte, er lachte! Er saß hier auf einem Stein im Zwischenreich und lachte mich aus. „Wie jetzt, Susan hat dich umgebracht?" fragte er ungläubig.

„Kurzfassung? Susan - Pieks, pieks - ich tot und nun hier." sagte ich. Wieder brach Geoffrey in schallendes Gelächter aus. „Oh ja, das ergibt ebenso viel Sinn wie der ganze andere Müll, den du die gesamte Zeit von dir gibst."

„Wir müssen gehen." sagte ich zu ihm. „Wir dürfen hier nicht so lange verweilen." Energisch zog ich an seinem Arm. Das war nicht so einfach wie früher, er war, dank meines Blutes, stärker geworden. Doch gutmütig gab er nach.

Wir standen auf und er nahm mich in seine Arme, „Nein, du musst gehen, mein Weg geht da lang." er wies mit der Hand hinter sich. „Ich konnte nur Dank des Blutes, das du mir gabst als Tom mich so verletzt hatte, bleiben. Ich hätte bereits weiter sein sollen." Wieder küsste er mich auf die Stirn. „Ich habe hier gewartet, weil ich genau wusste, du würdest einen Weg finden, dich von mir zu abschieden."

Ich lächelte und zog ihn in die andere Richtung. „So schnell wird hier nicht abgetreten mein Lieber, die ewigen Jagdgründe müssen noch ein Weilchen auf dich warten, Goffy." antwortete ich. Er hob fragend die Augenbrauen in die Höhe. „Merkst du eigentlich nicht, das du mit jeder Sekunde stärker wirst?" fragte ich ihn. „In diesem Moment gebe ich dir mein Lebenselixier."

Geoffrey sah jetzt zum ersten Mal an sich herunter. Er wirkte nicht mehr so durchscheinend, so schwach. „Wie?" war alles was er heraus bekam. „Nun, in diesem Moment liegen wir beide nackt, ich nackt auf deinem nackten Körper auf diesem, etwas verstaubten, dreckigen Tisch in der Krypta." sagte ich, während ich ihn durch die gleichmäßige Weiße des Raums zog. „Was?" fragte Geoffrey nur, man konnte der einsilbig sein... „Ich bin NICHT Nekrophile!" erwiderte ich grinsend, „Obwohl, was ich beim Entkleiden deines Körper zu sehen bekam, mir schon irgendwie gefiel." Geoffrey schnaubte, mit seiner freien Hand fuhr er sich durch Haare. „Wir sollten einen Schritt zulegen. Die Tür zur Außenwelt schließt bald ihre Tore." Ich verschwieg ihm dass ich, so wie er stärker wurde, immer schwächer werden würde. Ich spürte schon die bleierne Müdigkeit. Sein toter Körper saugte begierig jeden Tropfen meiner Kraft in sich auf. Geoffrey schien es jedoch zu merken, er erhöhte seinen Schritt, zog mich jetzt hinter sich her. „Du kleine, dumme Närrin! Natürlich du stirbst! Du opferst deine Kraft, damit ich wieder leben kann! Ohne dein Elixier ist mir ein Überleben nicht möglich!" Geoffrey blieb stehen und nahm mich nun auf die Arme, ich war zu schwach zum Laufen geworden. „Du bist wirklich total unreif, kindisch und egoistisch! Glaubst du, ich würde weiter leben wollen, wenn du stirbst? So bescheuert kannst auch nur du sein!" Er rannte jetzt, mein Gewicht schien ihn nicht zu belasten. „Verdammte Närrin! Ich will nicht in eine Welt ohne dich zurückkehren!"

Endlich hatten wir die Tür, jetzt nur noch ein unscheinbares kleines Loch, erreicht. Er blieb kurz stehen und stellte mich auf die Beine. „Danke!" flüsterte er, dann küsste er mich leidenschaftlich, bevor er mich brutal durch das Loch schubste....

Ich erwachte unter einer dicken Schicht aus Eiswürfeln und Tiefkühlgemüse. Ich lag in einem Bett und fror jämmerlich. „Was? Wie?" fragte ich benommen. Ich hatte keine Erinnerung, was geschehen war.

„Endlich!" hörte ich Susans Stimme. „Das war diesmal knapp!" Sie kam zu mir ans Bett, schob einige Tüten gefrorene Erbsen beiseite und riss mich in ihre Arme. „Sehr knapp!" sagte Nick trocken, er erhob sich und kam ebenfalls zu mir. „Du warst fast 5 Tage weg. Und wenn ich weg sage, meine ich das auch so! Du hast bereits angefangen zu stinken, trotz des ganzen Eis und des Gemüses!" schimpfte er, doch ich hörte die Erleichterung in seiner Stimme. „Noch ein Tag länger und ich hätte dir ein Loch buddeln müssen, draußen im Wald!" Er hob einen Spaten in die Höhe.

„Quatschkopf!" sagte Susan. Sie half mir aus dem Berg aus Eis und Gemüse aufzustehen.

„Wo sind wir?" fragte ich sie, wir waren nicht in St. August, das wurde mir klar. Ich selber hatte ja bestimmt, dass Susan und Nick uns von dort wegbringen sollten. Mirow und Elsa hatten Geoffrey garantiert gefunden, ich wollte mir ihre Reaktion darauf nicht vorstellen.

„In der alten Jagdhütte deines Vaters. Er hat mich doch mal mitgenommen, ich erinnerte mich daran. Es war schon schlimm genug, mit einer

Leiche durch die Gegend zu fahren, wir konnten doch nicht noch in einem Hotel mit dir einchecken." erzählte Susan.

„Und seit Tagen gibt es nur noch Gemüse! Susan kauft es gefroren, und wenn es anfängt aufzutauen, muss ich es essen!" beschwerte sich Nick. „Was gäbe ich für ein saftiges Steak!"

Ich zog mir meine Kleidung, die Susan mir überzogen hatte, als ich gestorben war, aus und trocknete mich ab. Es störte mich nicht, das Nick mich nackt sah, man gewöhnte sich daran, dachte ich sarkastisch. „Gemüse kann dir nicht schaden, das gibt Muskeln " sagte ich. Dann drehte ich mich um und starrte aus dem Fenster. Draußen ging bereits die Sonne unter. Der Jeep, ich ahnte er würde uns wahrscheinlich erhalten bleiben, stand dort vor der Tür. Ich zitterte vor Angst...

„Nun frag doch schon, Süße, du erstickst doch fast daran." half mir Susan auf die Sprünge. Sie stieß Nick an, der sich räusperte. „Es geht deinem toten Geschichtslehrer gut. Als wir dich von ihm herunter zogen, hat er sogar wieder geatmet, ganz im Gegenteil zu dir!" Das war ganz klar ein Vorwurf. „Ich liebe dich auch, Nicky!" sagte ich erleichtert, ein dümmliches, glückliches Grinsen im Gesicht. Nick verzog amüsiert sein Gesicht.

„Er war noch nicht wieder bei Bewusstsein, aber verzog sein Gesicht, als würde er jemanden küssen..." sagte Susan schmunzelnd. „Das, oder er hatte Blähungen." schloss Nick. Er reichte mir ein Tuch, in das ich laut schnäuzte. Dann ging er zum Tisch und schaltete sein Notebook ein. „Du hast übrigens eine Mail von Ältesten Mirow erhalten. Na ja eigentlich ich, aber sie ist für dich." sagte er. Wann hatte Nick Mirow seine Mailadresse verraten? Ich beschloss, dass es mir egal war, ich musste nicht alles erfahren. „Ich habe sie noch nicht geöffnet, obwohl Susan vor Neugierde fast stirbt." sagte Nick.

Ich setzte mich an den Tisch und öffnete die Mail. Ich zitterte etwas. Was wollte mir Geoffreys Vater schreiben?

Meine liebe Miss Clarens

Seit mein Sohn Geoffrey sie hier ins Kloster gebracht hat, haben sie so gut wie gegen jede bestehende Regel oder Vorschrift verstoßen, die das Fundament unserer Gemeinschaft ausmachen. Mir ist noch nie in meinem langen Leben eine so undisziplinierte, freche, vorlaute Person wie sie begegnet. Ihre Freundin Miss Jenkins, eingeschlossen. Sie scheuen sich nicht, ihre Meinung kundzutun, egal ob man es hören möchte oder nicht. Und sie äußern sie mit Nachdruck... Vielleicht es aber genau dass was wir hier, hier in unseren angestaubten, vergilbten Gemäuer gebraucht haben. Sie zwingen uns umzudenken.

Und doch... Das sie sich meiner Anweisung, Geoffrey in Ruhe zu lassen, ihn trotzdem gesucht haben und seine Totenruhe gestört haben, setzt dem Fass die Krone auf! Uns ist bis heute schleierhaft, wie sie die Krypta überhaupt hatten finden können! DANKE, DANKE, dass sie sich allen widersetzt haben... sie haben uns Geoffrey wiedergegeben! Es gibt keine Worte um unser Glück darüber auszudrücken....

Ich soll ihnen von Elsa ausrichten, dass sie sie liebt. Sie steht hinter mir und schlägt mich, damit ich auch ja schreibe...

Geoffrey schläft noch. Er schläft sich gesund und ich denke, wenn er aufwacht, wird er sehr, sehr wütend sein. Wütend auf sie, liebe Miss Clarens, weil sie ihr kostbares Leben riskiert haben um seines zu retten.

Ich hoffe doch, das auch sie wiedererweckt sind... sie haben Geoffrey bestimmt sehr viel ihres Lebenselixiers gegeben. Aber ich denke, wir denken, dass sich ihre Freunde anderseits bei uns gemeldet hätten. Und noch einmal danke, liebe Miss Clarens. Ein Anwalt hat sich bei mir gemeldet, er sagte, sie hätten ein Fond für unser Kloster einrichten lassen. Wir könnten jetzt das Kloster modernisieren. Oder wir sie es einmal ausdrückten: Ins 21. Jahrhundert bringen.

Wir, Elsa und ich, denken, sie sind das Beste, was uns je passiert ist. Sie sind wirklich ein Defender! In jeder Hinsicht...

Wir wissen, dass sie viel zu tun haben, die Beerdigung ihres Vaters, das Erbe, und ihr Studium - Wollen sie wirklich Geschichte und religiöse Fakten studieren? - aber wir würden uns freuen, wenn sie uns wieder besuchen kommen. Sie wissen wo sie uns finden.. Elsa und ich werden dort sein... Und wir wissen, wann immer wir einen Defender brauchen.. und eine hervorragende Waffenmeisterin... werden sie zur Stelle sein. Danke

P.S. Elsa sagt, dass alle Ausdrücke, mit denen sie unseren Sohn je betitelt haben, zutreffend seien...

Epilog

Wir standen am Grab meines Vaters. Wir waren allein. Susan, Nick und ich. Mutter war immer noch in der Nervenheilanstalt. Dort würde sie auch noch eine ganze Weile bleiben. Mir konnte es nur Recht sein. Ich hatte niemanden von Vaters Freunden oder Geschäftspartnern geladen. Es war mir so am liebsten. Wenigstens diesen Teil wollte ich ohne Zuschauer hinter mich bringen.

Mein Verschwinden hatte für mächtig viel Wirbel gesorgt, schließlich war ich eine steinreiche Erbin, die nicht so einfach verschwinden konnte. Die Klatschspalten waren voller Mutmaßungen und Geschichten gewesen, ich hatte kaum fünf Minuten Ruhe gehabt, seit ich wieder Zuhause gewesen war. „Lass uns gehen, Süße." sagte Susan jetzt. „Es sieht nach Regen aus." Sie hakte mich ein. Nick folgte uns schweigend.

Wir hatten den Parkplatz fast erreicht, der Jeep wartete brav auf uns, als ich ein rotes Cadillac davon fahren sah.

Ein rotes 69. Cadillac!

Geschockt war ich stehen geblieben. Es war eindeutig der Wagen gewesen, den ich bei der Leihfirma entdeckt hatte...

„War das.." Mehr bekam Susan nicht heraus. Sie war ebenfalls stehengeblieben, Nick rempelte uns erschrocken an. „He, das war doch Geoffrey, der tote Geschichtslehrer!" sagte er. „Also ist er auch wieder unter den Lebenden."

Er ging an uns vorbei zum Jeep. Dort fummelte er einen Umschlag unter dem Scheibenwischer hervor. „He, der ist für dich, Zuckerstück!" sagte er.

Unsicher drehte ich den Umschlag in meinen Händen hin und her.

„Liebes, gleich geht hier ein Regenschauer runter. Steig ein und öffne endlich den Umschlag, bevor ich vor Neugier sterbe!" befahl Susan.

Sie quetschte sich neben mir auf den Rücksitz, gespannt den Umschlag anstarrend. Ich war immer noch geschockt. Geoffrey war hier gewesen, er war bei mir gewesen bei der Beerdigung. Warum hatte er nicht gewartet? Warum hatte er das Kloster überhaupt verlassen? Sollte er mit seinem neuen Leben nicht vorsichtiger umgehen?

„Mach den Umschlag auf, oder ich tue es!" befahl Susan. Nick hatte den Jeep gestartet und wir fuhren wieder in die Innenstadt.

„Na gut!" gab ich nach.

Mein Brief fiel mir entgegen. DER BRIEF!

Fein sauber verpackt, mit einer kleinen, rosa Schleife gebunden.

Geoffrey hatte sein Wort gehalten. Er hatte mir meinen Brief ungelesen zurückgegeben.

Ich legte ihn vorsichtig neben mich und zog einen weiteren Brief heraus.

Mary
Hallo Kleine...(Du lebst, was für ein Glück)

Ich lebe...Danke.Danke...
Obwohl es das dümmste war, was du dir je geleistet hast! Und ich weiß aus eigener Erfahrung, was du dir schon geleistet hast. Ich habe nicht mehr viel Erinnerung an das was im Zwischenreich passiert ist... irgendetwas von wegen Nekrophile Veranlagung? Ich hoffe ich habe dich für meine Rettung... nun...(Lass mich raten, Susan liest mit?)
Es zieht eine Reihe an Problemen mit sich, die du nicht einmal Ansatzweise ahnst. Aber danke dir, das du dies für mich getan hast... (Es sind meine Probleme, nicht deine, Süße.)
Gestern wurde der Wagen geliefert. Du kannst dir mein Gesicht nicht vorstellen, als der Typ von der Autofirma allen Ernstes behauptet hatte, der Wagen würde mir gehören. Ein 69. Cadillac, auf die Idee kannst auch nur du kommen... Ich liebe ihn. Was für ein schönes Geschenk... apropos Geschenk... du hast mir noch ein Geschenk gemacht... und gleichzeitig ein Geheimnis gelüftet.
Defender werden nicht geboren (Na ja, mit Ausnahme von dir) Defender werden gemacht. Durch deine Aufopferung, durch deine Blut und Elixier Gabe, habe ich mich verändert! Auch ich kann nun keine Bauchfreien T-Shirts mehr tragen... Unterhalb meines Bauchnabels prangt eben das selbe Muttermal, wie bei dir. Du hast einen weiteren Defender geschaffen. Du hast mich neu geschaffen! Ich muss den Tod nun nicht länger fürchten, ich

kann meiner Aufgabe als Hüter/ Defender wieder aufnehmen! Ich werde in der Zeit die verschiedenen Häuser aufsuchen, ihnen von dir berichten und ihnen beibringen was du uns gezeigt hast. Es ist eine große Zeit, eine Zeit des Umdenkens, wie Lady Oberon es so gut ausgedrückt hat. Du siehst, ich habe viel vor... und du auch, deine Uni geht los (Immer noch sicher, dass du Geschichte und religiöse Fakten studieren solltest?) Was ich damit sagen will... unsere Leben laufen in der nächsten Zeit in getrennte Bahnen. Ich werde in der ganzen Welt unterwegs sein, du hast deine Uni.... Genieße deine Zeit an der Uni....
Geoffrey

„Arschloch!" sagte Susan.
„Großes Arschloch!" sagte ich.
„Amen!" sagte Nick

Nachsatz

Nun lebe ich also in einer kleinen Stadt, etwa zwei Tagesreisen vom Kloster entfernt und gehe zur Universität. Es ist fast so, als sei das alles im Sommer nie passiert. Doch ich weiß es besser...
Susan sagt, ich solle den Idioten vergessen, mich mit anderen Männern treffen, mich neu verlieben. Bei Gott, ich habe es ja versucht.
Aber es ist ja nicht so, das der Männermarkt für eine kleine, etwas rundliche, Rothaarige geradezu übersät ist.
Ich hatte acht Dates. Und obwohl ich keine großen Ansprüche gestellt habe... na ja.
Dank meiner sich immer besser entwickelnden Defender-Gaben, war es leicht, sie alle zu durchschauen.
Fünf dieser Männer hatten irgendwie herausbekommen, wie reich ich war und sich deshalb mit mir verabredet...
Einer hatte einen physischen Knacks und den Wunsch, alle rothaarigen Frauen seien Hexen???
Zwei waren dumm, richtig dumm! Ich mein, ich bin ja nun auch nicht die hellste Birne in Gottes Kronleuchter, aber ein wenig Intelligenz wäre schon wünschenswert.

Im Spätherbst war ich im Sanatorium um meine Mutter einen Besuch abzustatten. Sie hatte wie am Spieß geschrien als sie mich gesehen hatte und ihr behandelnder Arzt, ein Professor Schnyder, nervte mich mit tausend Fragen, dann wollte er unbedingt mit mir Essen gehen. Also Bitte!!!! Geoffrey fühlt sich mit seinen neun Jahren schon zu alt für mich, dieser Doktor ist bestimmt zwanzig Jahre älter als ich...
Egal, irgendwie lande ich immer wieder bei Geoffrey. Von dem Idioten habe ich nie wieder etwas gehört. Ab und wann kribbelt mein Muttermal heftig, ich sehe mich dann suchend um, in der Hoffnung, den großen Mann irgendwo stehen zu sehen, doch wenn ich mich dann

umdrehe, verblasst das Kribbeln... Ich bilde es mir wohl nur ein...
Er fliegt, fährt und läuft munter durch die Welt ohne auch nur einen
Gedanken an mich zu verschwenden... und ich sollte es auch mehr tun...
Tagsüber gelingt es mir ja, aber Nachts, in meinen Träumen...

Hallo Leute !

Mein Name ist Mary und ich habe ein Problem.
Sterben muss jeder einmal...

... aber 12 mal? Und immer wieder aufwachen?
Und als ob das nicht reichen würde, erscheint mir
noch mein toter Geschichtslehrer!

Geoffrey Mc. Laine... mein Teenagerschwarm aus
der Schule...
Er entführt mich, nach meinem unfreiwilligen
Sturz aus dem 12. Stock eines Hotels, in die Wild-
nis von Maine.
Dort in einem versteckten Kloster beginnt das
größte Abenteuer meine Lebens, welches ich nur
mit vielen saloppen Sprüchen und einer ordenlti-
chen Protion Selbstbewusstsein überstehe...

9 783744 840187

Herstellung und Verlag:
BoD - Books on Demand, Norderstedt
ISBN 978-3-7448-4018-7